Las manzanas

Biblioteca Agatha Christie

Agatha Christie
Las manzanas

Traducción de Alberto Coscarelli

ESPASA

Obra editada en colaboración con Editorial Planeta – España

Hallowe'en Party © 1969 Agatha Christie Limited. All rights reserved

Diseño de portada: Planeta Arte & Diseño / David López
Ilustraciones de portada: iStock

© 2023, Planeta Argentina S.A.I.C., – Buenos Aires, Argentina

Derechos reservados

© 2023, Editorial Planeta Mexicana, S.A. de C.V.
Bajo el sello editorial BOOKET M.R.
Avenida Presidente Masarik núm. 111,
Piso 2, Polanco V Sección, Miguel Hidalgo
C.P. 11560, Ciudad de México
www.planetadelibros.com.mx

Primera edición impresa en España: septiembre de 2023
ISBN: 978-84-08-27705-7

Primera edición impresa en México en Booket: octubre de 2023
ISBN: 978-607-39-0758-3

Impreso en los talleres de Litográfica Ingramex, S.A. de C.V.
Centeno núm. 162-1, colonia Granjas Esmeralda, Ciudad de México
Impreso en México - *Printed in Mexico*

Biografía

Agatha Christie es conocida en todo el mundo como la Dama del Crimen. Es la autora más publicada de todos los tiempos, tan solo superada por la Biblia y Shakespeare. Sus libros han vendido más de cuatro mil millones de ejemplares en todo el mundo. Escribió un total de ochenta novelas de misterio y colecciones de relatos breves, diecinueve obras de teatro y seis novelas escritas con el pseudónimo de Mary Westmacott. Probó suerte con la pluma mientras trabajaba en un hospital durante la Primera Guerra Mundial, y debutó en 1920 con *El misterioso caso de Styles*, cuyo protagonista es el legendario detective Hércules Poirot, que luego aparecería en treinta y tres libros más. Alcanzó la fama con *El asesinato de Roger Ackroyd* en 1926, y creó a la ingeniosa Miss Marple en *Muerte en la vicaría*, publicado por primera vez en 1930. Se casó dos veces, una con Archibald Christie, de quien adoptó el apellido con el que es conocida mundialmente como la genial escritora de novelas y cuentos policiales y detectivescos, y luego con el arqueólogo Max Mallowan, al que acompañó en varias expediciones a lugares exóticos del mundo que luego usó como escenarios en sus novelas. En 1961 fue nombrada miembro de la Real Sociedad de Literatura y en 1971 recibió el título de Dama de la Orden del Imperio Británico, un título nobiliario que en aquellos días se concedía con poca frecuencia. Murió en 1976 a la edad de ochenta y cinco años. Sus misterios encantan a lectores de todas las edades, pues son lo suficientemente simples como para que los más jóvenes los entiendan y disfruten, pero a la vez muestran una complejidad que las mentes adultas no consiguen descifrar hasta el final.

www.agathachristie.com

*A P. G. Wodehouse, cuyas novelas y cuentos
han alegrado mi vida durante muchos años.
También, para mostrar mi placer
por haber tenido la amabilidad de decir
que disfruta con la lectura de mis libros*

Capítulo primero

Mrs. Ariadne Oliver había ido a ayudar a Judith Butler, amiga en cuya casa estaba alojada, en los preparativos de la fiesta infantil que se celebraría aquella tarde.

En aquel momento había una actividad frenética. Mujeres muy activas entraban y salían cargando sillas, mesas, jarrones y una considerable cantidad de calabazas amarillas, que repartían estratégicamente en los lugares seleccionados.

Sería una fiesta de Halloween para un grupo de jóvenes de edades comprendidas entre los diez y los diecisiete años.

Mrs. Oliver se apartó del grupo principal, se apoyó en una pared vacía y sostuvo en alto una gran calabaza amarilla para observarla con ojo crítico.

—La última vez que vi una de estas —dijo apartándose un mechón de pelo gris de su frente abombada— fue el año pasado en Estados Unidos. Había centenares desparramadas por toda la casa. En mi vida había visto tantas en un mismo lugar. La verdad —añadió con tono pensativo—, nunca he sabido cuál es la diferencia entre una calabaza y un calabacín. ¿Cuál de los dos es esto?

—Perdona, querida —dijo Mrs. Butler, disculpándose por el pisotón que acababa de darle.

Mrs. Oliver se apretó un poco más contra la pared.

—Es culpa mía por estar en medio. Era fascinante ver

tantas calabazas o calabacines, o lo que fueran. Había por todas partes: en las tiendas, en las casas, con velas o luces en el interior, colgadas. Era muy interesante. Pero no fue por la fiesta de Halloween, sino por el Día de Acción de Gracias. Siempre he relacionado las calabazas con Halloween y eso es a finales de octubre. El Día de Acción de Gracias es mucho más tarde, ¿no? ¿No es en noviembre, la tercera semana más o menos? La cuestión es que aquí se celebra Halloween el 31 de octubre. Primero Halloween y luego... ¿Qué viene después? ¿El Día de Difuntos? En París, ese día la gente va a los cementerios y pone flores en las tumbas. No es una fiesta triste. Van hasta los niños y se lo pasan en grande. Primero van al mercado de flores y compran montones de ellas, muy bonitas. No hay otro lugar donde las flores sean más bonitas que en París.

Un grupo de mujeres atareadas continuaba tropezando con Mrs. Oliver, pero nadie la escuchaba. Estaban muy ocupadas en sus quehaceres.

La mayoría eran madres, pero algunas eran competentes solteronas; también había adolescentes voluntariosos, chicos de dieciséis y diecisiete años que trepaban por las escaleras o se subían a las sillas para colgar las calabazas o calabacines y las bolas de colores a una altura adecuada. Las niñas entre los once y los quince años formaban corrillos y no paraban de reír.

—Después del Día de Difuntos y las visitas a los cementerios —prosiguió Mrs. Oliver, sentándose en el brazo de un sillón— viene Todos los Santos. ¿Me equivoco?

Nadie respondió a su pregunta. Mrs. Drake, la guapa mujer de mediana edad que ofrecía la fiesta, dijo en voz alta:

—Que quede claro que esta no es una fiesta de Halloween, aunque en realidad lo sea. Yo la llamo la fiesta de los mayores de once años. Es para el grupo de esa edad. La mayoría dejan Los Olmos para ir a otras escuelas.

—No es del todo exacto, Rowena —la contradijo miss

Whittaker, ajustándose las gafas con una expresión de reproche.

Miss Whittaker, como maestra de la escuela local, era una firme partidaria de la precisión.

—Dejamos lo de los mayores de once años hace muchísimo tiempo.

Mrs. Oliver se levantó del sillón con expresión culpable.

—No hago nada útil. Me he quedado sentada diciendo un montón de tonterías sobre calabazas y calabacines —comentó, añadiendo para sí misma: «Además de darles un descanso a mis pies».

Le remordía la conciencia, pero no tanto como para decirlo en voz alta.

—¿En qué puedo ayudar? ¡Qué manzanas más bonitas!

Alguien acababa de entrar con un enorme cesto lleno de manzanas. Mrs. Oliver era una gran entusiasta de las manzanas.

—Unas manzanas rojas preciosas —añadió.

—La verdad es que no son muy buenas —dijo Rowena Drake—, pero tienen muy buen aspecto y servirán para el juego de las manzanas. Están muy maduras; a los niños no les costará cogerlas con los dientes. Beatrice, por favor, llévalas a la biblioteca. Este juego tiene el inconveniente de que el agua salpica por todas partes, aunque en la biblioteca no importa porque la alfombra es muy vieja. ¡Ah, muchas gracias, Joyce!

Joyce, una robusta colegiala de trece años, sujetó la cesta. Dos manzanas cayeron al suelo y rodaron hasta detenerse, como por arte de magia, a los pies de Mrs. Oliver.

—A usted le gustan las manzanas, ¿verdad? —preguntó Joyce—. Lo leí en alguna parte, o quizá lo dijeron en televisión. Usted es la escritora de novelas policíacas, ¿no?

—Así es.

—Tendríamos que haberle pedido que preparara algo relacionado con asesinatos, algo así como inventar un crimen para la fiesta de esta noche y hacer que los invitados descubrieran al asesino.

—No, muchas gracias —manifestó Mrs. Oliver—. Nunca más.

—¿Por qué dice nunca más?

—Lo hice una vez y fue un fracaso.

—Pero usted ha escrito muchos libros —replicó Joyce—. Seguro que ha ganado un montón de dinero.

—No tanto —contestó la escritora, pensando en la voracidad del fisco.

—Además, tiene un detective que es finés.

Mrs. Oliver lo admitió. Un niño, que evidentemente no había accedido a la categoría de mayores de once años, preguntó en tono duro:

—¿Por qué un finés?

—Eso me he preguntado yo más de una vez —respondió Mrs. Oliver con sinceridad.

Mrs. Hargreaves, la esposa del organista, entró en la sala cargada con un enorme barreño de plástico verde.

—¿Qué les parece esto para el juego de las manzanas? A mí me parece muy bonito.

—Es mejor un barreño de cinc —opinó miss Lee, la farmacéutica—. No se volcará tan fácilmente. ¿Dónde harán el juego de las manzanas, Mrs. Drake?

—Creo que lo mejor será hacerlo en la biblioteca. La alfombra es vieja y no importa si se moja.

—De acuerdo. Ahora mismo llevaremos las manzanas a la biblioteca, Rowena. Aquí hay otro cesto.

—Dejad que os ayude —dijo Mrs. Oliver.

Recogió las dos manzanas. Casi sin darse cuenta de lo que hacía, mordió una y comenzó a masticarla con fruición. Mrs. Drake le quitó la otra manzana con mano firme y la devolvió al cesto.

—¿Dónde jugaremos al Dragón Hambriento? —preguntó alguien.

—Tendríais que jugar en la biblioteca, es la habitación más oscura.

—No, lo haremos en el comedor.

—Primero tendremos que poner algo para proteger la mesa.

—Hay un mantel de tela y encima colocaremos el hule.

—¿Y los espejos? ¿Es cierto que veremos a nuestros futuros esposos?

Mrs. Oliver se quitó los zapatos con mucho disimulo y, mientras seguía disfrutando de la manzana, volvió a sentarse en el sillón para observar a la concurrencia. Contemplaba a las personas desde el punto de vista de una escritora: «Si tuviese que escribir un libro sobre estas personas, ¿cómo lo haría? Yo diría que, en general, son personas agradables, pero ¿quién puede estar seguro de ello?».

Consideró que, hasta cierto punto, era fascinante no saber nada de ellas. Todas vivían en Woodleigh Common y a algunas les había colgado unas vagas etiquetas por chismorreos que le había contado Judith. Miss Johnson tenía algo que ver con la iglesia, pero no era la hermana del vicario. No, esa era la hermana del organista, Rowena Drake, la que parecía estar al mando de Woodleigh Common. La mujer asmática que había traído el siniestro barreño de plástico verde. Claro que a ella nunca le habían gustado los objetos de plástico. Después estaban los niños y los adolescentes.

Hasta ese momento, para Mrs. Oliver solo eran nombres. Había una Nan, una Beatrice, una Cathie, una Diana y la tal Joyce, que era presumida y hacía preguntas. «Joyce no me cae bien», pensó Mrs. Oliver. Había una joven, Ann, que parecía muy soberbia. Había dos adolescentes que aparentemente habían decidido que era el momento de probar otros estilos de peinado con resultados un tanto lamentables.

Entró un niño pequeño con una expresión tímida.

—Mamá me envía con estos espejos para ver si les sirven —dijo con un leve jadeo.

Mrs. Drake se hizo cargo de los espejos.

—Muchas gracias, Eddy.

—No son más que unos espejos vulgares —afirmó Ann—. ¿Alguien se cree que veremos ahí los rostros de nuestros futuros maridos?

—Algunas de vosotras los veréis y otras no —señaló Judith Butler.

—¿Alguna vez vio usted el rostro de su marido cuando fue a una fiesta como esta?

—Por supuesto que no —dijo Joyce.

—Quizá sí —intervino Beatrice, haciéndose la importante—. Lo llaman PES, Percepción Extra Sensorial —añadió con el tono de alguien que maneja con soltura los términos modernos.

—Leí uno de sus libros —le comentó Ann a Mrs. Oliver—. *El pez moribundo.* Me pareció bastante bueno —manifestó amablemente.

—A mí no me gustó —afirmó Joyce—. No había bastante sangre. Me gustan los asesinatos con mucha sangre.

—Un poco excesivo, ¿no crees? —apuntó Mrs. Oliver.

—Sí, pero excitante —replicó Joyce.

—No necesariamente —opinó la escritora.

—Yo vi un asesinato —añadió Joyce.

—No seas tonta, Joyce —señaló miss Whittaker, la maestra.

—Lo vi —insistió Joyce.

—¿Es cierto que viste un asesinato? —preguntó Cathie, mirando a Joyce con los ojos abiertos como platos.

—Claro que no —replicó Mrs. Drake—. Por favor, Joyce, no digas tonterías.

—Vi un asesinato. Lo vi, lo vi, lo vi.

Un muchacho de diecisiete años, subido a una escalera, la miró interesado.

—¿Qué clase de asesinato? —preguntó.

—No me lo creo —afirmó Beatrice.

—Claro que no —intervino la madre de Cathie—. Se lo acaba de inventar.

—No es cierto. Lo vi.

—¿Por qué no se lo contaste a la policía? —quiso saber Cathie.

—Porque cuando lo vi no sabía que era un asesinato. Hasta mucho tiempo después no me di cuenta de que era un asesinato. Algo que dijo alguien hace uno o dos meses me hizo pensar que lo que vi fue un asesinato.

—¿Veis como se lo había inventado? —señaló Ann—. Es una tontería.

—¿Cuándo ocurrió? —preguntó Beatrice.

—Hace años —contestó Joyce—. Yo era muy pequeña.

—¿Quién mató a quién? —inquirió Beatrice.

—No os lo diré a ninguna de vosotras —respondió Joyce—, porque no creéis nada de lo que digo.

Miss Lee entró con otro barreño. La conversación se transformó en una discusión sobre si los cubos metálicos o los de plástico eran más apropiados para el juego de las manzanas. La mayoría de los chicos pasaron a la biblioteca para inspeccionar el terreno. Los más jóvenes se mostraron dispuestos a demostrar la dificultad y sus habilidades en el juego. Muchos acabaron empapados, el agua se derramó sobre la alfombra y mandaron a por toallas para limpiar todo aquello. Al final se decidió que un barreño metálico era mejor que los dudosos encantos del recipiente de plástico, que se volcaba con facilidad.

Mrs. Oliver dejó sobre la mesa el cesto con las manzanas que había ido a buscar para reponer las que se habían usado en la exhibición y cogió una.

—Leí en el periódico que le gustaban muchísimo las manzanas —dijo una voz acusadora que la escritora atribuyó a una niña llamada Ann o Susan.

—Para mí son una tentación irresistible.

—Sería mucho más divertido si lo hiciéramos con melones —opinó uno de los chicos—. Son muy jugosos. Imagínese cómo pondríamos todo esto —añadió, observando la alfombra divertido.

Mrs. Oliver, con un leve sentimiento de culpa por la exhibición pública de su gula, salió de la sala para ir a buscar el baño, cuya ubicación en las casas suele ser bastante evidente. Subió las escaleras y, cuando llegó al primer rellano, se dio de bruces con una pareja de adolescentes que se abrazaban apasionadamente apoyados en la puerta, que, a juicio de Mrs. Oliver, comunicaba con el cuarto al que tanto le interesaba acceder. La pareja no le prestó ni la más mínima atención y siguieron con sus arrumacos. La escritora se preguntó cuántos años tendrían. El chico, quizá quince, y la chica, entre doce y trece, aunque por el desarrollo de sus pechos se acercaba más a los trece.

La casa era bastante grande. Estaba segura de que contaba con más de un rincón agradable y discreto. «Qué egoísta es la gente —pensó Mrs. Oliver—. No tienen la menor consideración con los demás.» Era una opinión que venía de muy lejos. Se la había oído decir a un ama de llaves, a una niñera, a una gobernanta, a su abuela, a dos tías abuelas, a su madre y a unas cuantas personas más.

—Perdón —dijo Mrs. Oliver con voz alta y clara.

La pareja se abrazó con más fuerza mientras se daban un beso interminable.

—Perdón —repitió Mrs. Oliver—. ¿Os importaría dejarme pasar? Necesito entrar.

Los adolescentes se apartaron a regañadientes. La miraron ofendidos. Mrs. Oliver entró, cerró dando un portazo y echó el cerrojo.

La puerta no ajustaba bien y oyó lo que decían en el pasillo.

—¿Has visto cómo es la gente? —manifestó una voz todavía no del todo masculina—. Podía haberse dado cuenta de que no queríamos que nos molestase nadie.

—Qué egoísta es la gente —afirmó una voz femenina—. Solo piensan en ellos.

—No tienen la menor consideración con los demás —confirmó la voz del chico.

Capítulo 2

Los preparativos de cualquier fiesta infantil suelen provocar muchas más preocupaciones a los organizadores que los de las fiestas de los adultos. Comida de calidad y una adecuada provisión de alcohol y limonada para los que la prefieran suelen ser suficiente para que funcione una fiesta de adultos. Puede costar un poco más, pero da menos problemas. Ariadne Oliver y su amiga Judith Butler se mostraron absolutamente de acuerdo en este punto.

—¿Qué me dices de las fiestas juveniles? —preguntó Judith.

—No sé gran cosa de esas fiestas.

—Creo que hasta cierto punto —manifestó Judith— son las más fáciles de preparar. Me refiero a que no quieren ni ver a los adultos y dicen que ellos se encargarán de todo.

—¿Lo hacen?

—No en el sentido que nosotros damos a esa palabra. Se olvidan de pedir algunas cosas y encargan muchas otras que a nadie le gustan especialmente. Primero nos echan y después dicen que había cosas que tendríamos que haber previsto. Rompen montones de vasos y otros objetos, y siempre hay algún indeseable o alguien que trae a un golfo. Ya sabes, drogas raras y, ¿cómo lo llaman?, cannabis rojo, marihuana o LSD, que yo siempre había creído que solo se refería a dinero, pero aparentemente no es así.

—Supongo que debe de ser muy cara —señaló Mrs. Oliver.

—Es muy desagradable, y el cannabis tiene un olor apestoso.

—Todo eso me resulta muy deprimente —comentó la escritora.

—Sea como sea, esta fiesta será un éxito. Puedes confiar en Rowena Drake. Es una organizadora de primera.

—No me apetece quedarme a la fiesta —afirmó Ariadne.

—Sube y échate un rato. Ya verás: en cuanto lleguemos, te lo pasarás en grande. Es una lástima que Miranda tenga fiebre. Pobre niña, le hacía tanta ilusión...

La fiesta comenzó a las siete y media. Ariadne Oliver reconoció que su amiga tenía razón. Los invitados llegaron puntuales. Todo iba a las mil maravillas. La fiesta estaba bien planeada, mejor dirigida y todo funcionaba como un reloj. Había luces azules y rojas en las escaleras y calabazas por todas partes. Los chicos y las chicas se presentaron con escobas decoradas para una competición. Después de los saludos, Rowena Drake anunció el programa de la fiesta.

—En primer lugar, celebraremos el concurso de las escobas. Habrá premios para el primero, segundo y tercero. Luego, en la sala de música, jugaremos al pastel de harina. A continuación, haremos el juego de las manzanas con los que os apuntéis en la lista y, seguidamente, comenzará el baile. Cada vez que se apaguen las luces cambiaréis de pareja. Acabado el baile, las chicas irán al estudio, donde se les entregarán los espejos. Por último, se servirá la cena, jugaremos al Dragón Hambriento y se entregarán los premios.

Como en todas las fiestas, al principio reinó cierta confusión. Se admiraron las escobas: eran unas escobas en miniatura y la verdad es que los concursantes no se habían esforzado demasiado en la decoración artística.

—Mejor que sea así —comentó Mrs. Drake a una de sus amigas—. Va muy bien, porque siempre hay un par de chicos que una sabe que no ganarán premio en otro juego, así que puedes hacer trampa.

—No tienes escrúpulos, Rowena.

—No es eso, solo es un pequeño arreglo para que las cosas sean más justas y equilibradas. La cuestión es que todos quieren ganar algo y hay que procurar complacerlos.

—¿Cuál es el juego del pastel de harina? —preguntó Mrs. Oliver.

—Ah, claro, usted no estaba aquí cuando lo preparábamos. Coges un molde para tarta, lo llenas de harina, la aprietas bien, lo vuelcas en una fuente y colocas una moneda encima. Después todos tienen que cortar un trozo con mucho cuidado para que la moneda no se caiga. El participante al que se le cae la moneda queda eliminado. El último se lleva la moneda. Bueno, vamos allá.

Y fueron para allí. Se oían los gritos de entusiasmo provenientes de la biblioteca, donde se jugaba a las manzanas, y los participantes iban apareciendo uno tras otro con la cabeza y la ropa empapadas.

Una de las actividades que más les gustó a las chicas fue la llegada de la bruja de Halloween, interpretada por Mrs. Goodbody, una doncella que, además de tener la nariz ganchuda y la barbilla sobresaliente y curvada hacia arriba, sabía componer unas poesías mágicas la mar de divertidas que recitaba con una voz aterciopelada, aunque claramente siniestra.

—Muy bien, acércate. Tú eres Beatrice, ¿no? Ah, Beatrice. Un nombre muy interesante. ¿Quieres saber cuál es el aspecto de tu futuro marido? De acuerdo, querida, siéntate aquí. Sí, sí, bajo esta luz. Siéntate aquí y sujeta el espejo. Espera a que la luz se apague y lo verás aparecer. Coge fuerte el espejo y no lo muevas. Lo verás mirando por encima de tu hombro. «Abracadabra, ¿qué vemos? El rostro del hombre que se casará contigo. Beatrice, Beatrice, en el espejo verás el rostro del hombre con el que te casarás.»

Un súbito rayo de luz atravesó la habitación desde una escalera de mano oculta detrás de un biombo y se reflejó en el espejo que Beatrice sostenía anhelante.

—¡Oh! —gritó la niña—. ¡Lo he visto, lo he visto! ¡Lo veo en el espejo!

El rayo se extinguió, se encendieron las luces y una foto en color pegada en un trozo de cartón cayó desde el techo. Beatrice la recogió loca de alegría.

—¡Es él! ¡Es él! ¡Lo he visto! ¡Tiene un pelo rubio precioso!

Corrió a mostrarle la foto a Mrs. Oliver, que era la que estaba más cerca.

—Mire, mire. ¿No cree que es guapísimo? ¿Verdad que se parece a Eddie Presweight, el cantante pop?

A Mrs. Oliver le pareció que tenía el mismo aspecto que cualquiera de los rostros que deploraba ver en la primera página de su periódico favorito. El añadido de la barba era un detalle que agradecer.

—¿De dónde sacan estas fotos? —preguntó.

—Rowena se las pide a Nicky y a su amigo Desmond. Hacen muchos experimentos fotográficos. Se disfrazan con pelucas, patillas y barbas. Proyectan las fotos sobre los espejos y las chicas se vuelven locas.

—Me parece que las chicas de hoy en día son cada vez más tontas —opinó la escritora.

—¿No cree que siempre lo han sido? —preguntó Rowena.

Mrs. Oliver consideró la pregunta.

—Supongo que tienes razón —admitió.

—¡Atención! —gritó Mrs. Drake—. Es hora de cenar.

La cena fue muy alegre. Sirvieron tarta helada, queso, cangrejo, canapés y frutos secos. Todos comieron hasta hartarse.

—Ahora, el juego final —anunció Rowena—. El Dragón Hambriento. Por aquí, por favor, pasad por la despensa. Muy bien. Primero los premios.

Se entregaron los premios y, entonces, se oyó un aullido endemoniado. Los niños volvieron rápidamente al comedor.

Se habían retirado los platos y bandejas de la cena. En la mesa, protegida por un gran mantel verde, había una cazuela llena de licor flambeado en el que flotaban pasas. Todos se acercaron a la mesa y comenzaron a coger las pasas ardientes. No hubo nadie que no gritara: «¡Ay, me he quemado! ¿No es fantástico?». Poco a poco se apagaron las llamas. Encendieron las luces. La fiesta había concluido.

—Ha sido todo un éxito —afirmó Rowena.

—No podía ser de otro modo, después de todo el trabajo que se ha tomado.

—Ha sido encantadora —manifestó Judith—. Realmente maravillosa. Ahora tendremos que recoger todo esto —añadió con tono de resignación—. No podemos dejarlo para que se lo encuentren las pobres asistentas mañana por la mañana.

Capítulo 3

En un piso de Londres sonó el teléfono. Hércules Poirot, propietario del inmueble, se levantó del sillón. De pronto, le dominó el pesar. Adivinó el significado de la llamada antes de coger el teléfono. Su amigo Solly, con quien iba a pasar la velada para continuar con la interminable controversia sobre el verdadero culpable en el asesinato de los baños públicos de Canning Road, llamaba para decirle que no podría ir. Poirot, que había reunido algunas pruebas en favor de su teoría, un tanto rebuscada, se sintió profundamente desilusionado. No creía que su amigo Solly hubiera aceptado sus sugerencias, pero no tenía la menor duda de que, llegado el momento en que este expusiera sus inconcebibles propuestas, él podría rebatirlas fácilmente en nombre de la cordura, la lógica, el orden y el método. Era un fastidio que Solly no pudiera ir aquella noche, pero también era cierto que, cuando se habían encontrado por la mañana, su amigo había presentado todos los síntomas de un catarro realmente espantoso.

«Tenía un constipado tremendo —pensó Poirot— y, sin duda, a pesar de los muchos remedios que tengo a mano, probablemente me lo habría contagiado. Es mejor así. *Tout de même*, me espera otra velada aburrida.»

Poirot reconoció que, en aquellos días, la mayoría de las veladas eran aburridas. Su mente, magnífica (algo que no había puesto nunca en duda), requería el estímulo exterior.

Nunca había sido bueno con los planteamientos filosóficos. En ocasiones, casi lamentaba no haberse dedicado a los estudios teológicos en vez de entrar en la policía. El sexo de los ángeles, un tema muy interesante y sobre el cual se podía discutir apasionadamente con los colegas.

George, el mayordomo, entró en la habitación.

—Era Mr. Salomon Levy, señor.

—Ah.

—Lamenta mucho no poder venir esta noche. Está en cama con gripe.

—No tiene la gripe —replicó Poirot—, solo es un catarro muy fuerte. Todos dicen que tienen la gripe, suena más importante y despierta la compasión ajena. El problema con los resfriados y los catarros es que los amigos no te hacen caso ni se preocupan por tu salud.

—La verdad, señor, es que hace bien en no venir —opinó George—. Los resfriados son muy contagiosos. No sería bueno que usted cayera en cama por culpa de un resfriado.

—Sería terrible y poco práctico —afirmó Poirot.

El teléfono volvió a sonar.

—¿Quién estará resfriado ahora? —preguntó Poirot—. No he invitado a nadie más.

George se dispuso a atender la llamada.

—No se moleste. Lo cojo yo —dijo el detective—. Estoy seguro de que no es nada grave. Pero, de todos modos... —se encogió de hombros— quizá me ayude a pasar el rato. ¿Quién sabe?

—Muy bien, señor —replicó George, saliendo de la habitación.

Poirot atendió la llamada, silenciando el estruendo del timbre.

—Habla Hércules Poirot —dijo con un tono pomposo destinado a impresionar al desconocido interlocutor.

—Eso es fantástico —respondió una voz ansiosa, una

voz femenina que jadeaba un poco—. Estaba segura de que no le encontraría en casa, que habría salido.

—¿Por qué?

—Porque tengo la desagradable sensación de que todo lo que me ocurre acaba siendo frustrante, especialmente cuando necesitas hablar con alguien con urgencia y sientes que no puedes esperar ni un segundo y tienes que hacerlo. Necesitaba hablar con usted con urgencia, con verdadera urgencia.

—¿Quién es usted?

—¿No lo sabe? —replicó la mujer sorprendida.

—Sí, lo sé —reconoció Poirot—. Es mi amiga Ariadne.

—Estoy muy nerviosa.

—Sí, sí, ya me he dado cuenta. ¿Ha estado corriendo? Le falta el aliento, ¿verdad?

—No he estado corriendo. Es la emoción. ¿Puedo ir a su casa? Necesito verle ahora mismo.

Poirot dejó pasar unos momentos antes de responder. Su amiga, Mrs. Oliver, parecía estar a punto de padecer un ataque de nervios. Independientemente de lo que le estuviera pasando, seguro que iba a dedicar horas a exponer sus quejas, sus pesares, sus frustraciones o lo que fuese. Una vez metida en el santuario de Poirot, podría ser difícil convencerla de que se fuera a su casa sin mostrarse un tanto descortés. Las cosas que excitaban a Mrs. Oliver eran tantas y solían ser tan inesperadas que había que evitar a toda costa discutirlas.

—¿Le ha pasado algo?

—Sí, por supuesto. No sé qué hacer. No sé... Bueno, la verdad es que no sé nada. Solo siento que debo contárselo, explicarle lo que ha pasado, porque usted es la única persona que puede saber qué debe hacerse, que puede decirme qué tengo que hacer. ¿Puedo ir a su casa?

—Desde luego, faltaría más. Estaré encantado de recibirla.

Mrs. Oliver colgó el teléfono.

Poirot llamó a George, pensó unos instantes y después le pidió que preparara agua de cebada con limón y sin azúcar, y una copa de brandi.

—Mrs. Oliver llegará dentro de unos diez minutos.

George salió de la sala. Regresó con una copa de brandi que Poirot aceptó complacido y luego se encargó de preparar la bebida sin alcohol que seguramente sería lo único que le apeteciera beber a Mrs. Oliver.

Poirot bebió un trago, preparándose para la dura prueba que se le avecinaba.

«Es una pena —murmuró para sí— que sea tan dispersa. Sin embargo, tiene una mente original. Quizá acabaré disfrutando con lo que viene a contarme. Claro que también existe la posibilidad de que me ocupe gran parte de la velada y que sea una solemne tontería. *Eh bien*, hay que asumir los riesgos que nos plantea la vida.»

Sonó una llamada. Esta vez era el timbre de la puerta. No se limitaron a apretar el botón. Duró mucho, en una acción muy eficaz para conseguir su objetivo: hacer ruido.

«Es evidente que está nerviosísima», se dijo Poirot.

Oyó cómo George iba hasta la puerta, la abría y, antes de que se pudiera hacer un anuncio decoroso, se abrió la puerta del salón y Ariadne Oliver entró en tromba, perseguida por George, que se aferraba a algo parecido a un capote de hule.

—¿Qué diablos es eso? —exclamó Poirot—. Permita que George se lo quite. Está empapada.

—Claro que estoy empapada —replicó la escritora—. Llueve a cántaros. Nunca se me había ocurrido hasta ahora odiar el agua. Es terrible.

Poirot la miró con interés.

—¿Quiere tomar un agua de cebada con limón o puedo convencerla para que acepte una copita de *eau de vie*?

—Detesto el agua.

28

La declaración sorprendió al detective.

—La detesto —insistió la mujer—. Nunca antes lo había pensado. Lo que puede hacer y todo lo demás.

—Mi querida amiga —dijo Poirot mientras George la ayudaba a quitarse la voluminosa y chorreante prenda—, venga, siéntese aquí. Permita que George la libere de... ¿qué es eso que lleva?

—Lo conseguí en Cornualles. Es un chubasquero. Un chubasquero de verdad, como los que usan los pescadores.

—No dudo que sean muy útiles para ellos —replicó Poirot—, pero no creo que sea adecuado para usted. Es una prenda muy pesada. Pero venga, siéntese y cuéntemelo todo.

—No sé cómo contárselo —señaló Mrs. Oliver, sentándose en una butaca—. Hay momentos en los que me parece increíble, pero sucedió. Ocurrió de verdad.

—Cuéntemelo.

—Para eso he venido. Pero ahora que estoy aquí, me resulta difícil porque no sé por dónde empezar.

—Por el principio, si no le parece demasiado convencional.

—No sé cuál es el principio. La verdad es que no lo sé. Es posible que esto comenzara hace mucho tiempo.

—Tranquilícese. Ponga en orden todos los cabos de este asunto y cuéntemelo. ¿Qué es lo que la ha trastornado tanto?

—A usted también le habría trastornado. Al menos, eso creo. —La escritora miró a Poirot con una expresión de duda—. La verdad es que una nunca sabe qué cosas pueden trastornarle a usted, porque casi siempre se muestra muy calmado...

—Normalmente es lo mejor que se puede hacer.

—De acuerdo. Empezó por una fiesta.

—Ah, perfecto —exclamó Poirot complacido por tener

un punto de partida tan sensato y común—. Una fiesta. Asistió usted a una fiesta y ocurrió algo en ella.

—¿Sabe lo que es una fiesta de Halloween?

—Sé lo que es una fiesta de Halloween. El 31 de octubre. —Guiñó un ojo—. Es el día en que las brujas montan en sus escobas.

—Había escobas —afirmó Mrs. Oliver—. Repartieron premios por ellas.

—¿Premios?

—Sí, para los que presentaron las escobas mejor decoradas.

Poirot la miró extrañado. Después de la tranquilizadora mención de una fiesta, una vez más lo asaltaban las dudas. Como Mrs. Oliver no era aficionada a las bebidas alcohólicas, no podía dar por hecho una suposición que sería válida para cualquier otra persona.

—Una fiesta infantil o, mejor dicho, una fiesta para mayores de once años.

—¿Mayores de once años?

—Así los llaman en las escuelas. Me refiero a que, cuando ven lo inteligente que eres y, si eres lo bastante listo y mayor de once años, te mandan al instituto o algo así. Pero si no eres inteligente, te envían a algo llamado secundaria moderna. Un nombre ridículo. No parece tener significado.

—Debo confesar que no entiendo ni una palabra de lo que me está contando —manifestó Poirot.

Aparentemente, se había alejado del tema de las fiestas para entrar en el reino de la educación.

Mrs. Oliver inspiró con fuerza y empezó de nuevo.

—La verdad es que todo comenzó con las manzanas.

—Ah, sí, es lógico. Es algo muy lógico tratándose de usted, ¿no le parece?

Recordó un coche pequeño en la ladera de una colina, una mujer alta y fornida que se apeaba del vehículo, un saco de manzanas que se abría y las manzanas rodando cuesta abajo.

—Sí —añadió animándola—, manzanas.

—El juego de las manzanas —explicó Mrs. Oliver—. Es una de las cosas que haces en las fiestas de Halloween.

—Creo haber oído hablar del juego.

—Verá, hay muchos juegos. El de las manzanas, el de cortar un pastel de harina sin que se caiga la moneda, mirar en el espejo...

—¿Para ver el rostro de su futuro marido? —sugirió Poirot con el tono de un experto.

—Ah, veo que por fin comienza a entenderme.

—De hecho, son típicos del folclore inglés —comentó el detective—. ¿Todo esto tuvo lugar en esa fiesta?

—Sí, fue un gran éxito. Acabó con el juego del Dragón Hambriento. Ya sabe, sacar pasas de una fuente con licor flambeado. Supongo que... —le falló la voz— supongo que fue entonces cuando lo hicieron.

—¿Cuándo hicieron qué?

—El asesinato. Después de jugar al Dragón Hambriento, todo el mundo se fue a su casa —contestó Mrs. Oliver—. Entonces no pudieron encontrarla.

—¿Encontrar a quién?

—A una de las niñas. Una niña llamada Joyce. Todos comenzaron a llamarla, a preguntar si se habría marchado a casa con alguno de los chicos o chicas. Su madre se enfadó un poco y dijo que Joyce quizá estuviera cansada o se hubiese encontrado mal y hubiera vuelto a casa por su cuenta, y que era muy desconsiderado por su parte haberse ido sin avisar. Es lo que dicen las madres cuando ocurren estas cosas. La cuestión es que no pudimos encontrarla.

—¿Se había marchado a casa?

—No, no se había marchado a casa. —Mrs. Oliver se interrumpió—. Al final la encontramos en la biblioteca. Alguien lo hizo. Con el juego de las manzanas. El barreño es-

31

taba allí. Un barreño de metal. Quizá si hubieran utilizado uno de plástico no habría ocurrido. No hubiera sido lo bastante pesado y se habría volcado.

—¿Qué pasó? —preguntó Poirot tajante.

—Allí donde la encontraron. Alguien le metió la cabeza bajo el agua con las manzanas. Le hundió la cabeza y la mantuvo allí hasta que murió ahogada. ¡Ahogada en un vulgar barreño lleno de agua! Arrodillada, con la cabeza metida en el agua como si fuera a coger una manzana. Odio las manzanas —afirmó Mrs. Oliver—. No quiero volver a ver una manzana en toda mi vida.

Poirot miró a la escritora. Cogió una copa pequeña y la llenó de brandi.

—Bébaselo, le sentará bien.

Capítulo 4

Mrs. Oliver dejó la copa sobre la mesa y se secó los labios.

—Tenía usted razón, me ha sentado muy bien. Me estaba poniendo histérica.

—Ha sufrido un shock muy fuerte. ¿Cuándo ocurrió?

—Anoche. ¿Fue anoche? Sí, sí, por supuesto.

—Y ha venido a verme. —No era del todo una pregunta, pero reflejaba el interés de Poirot por conseguir más información—. ¿Por qué?

—Creí que podría ayudarme —respondió Mrs. Oliver—. Verá, no es sencillo.

—Podría serlo o no, eso depende. Debe contarme más cosas. Supongo que la policía se habrá hecho cargo de la investigación. También habrá tenido que participar el forense. ¿Qué dijo?

—Habrá un interrogatorio preliminar.

—Naturalmente.

—Mañana o pasado.

—¿Cuántos años tenía la niña?

—No lo sé. Yo diría que unos doce o trece.

—¿Era infantil para su edad?

—No, no, se la veía bastante madura.

—¿Desarrollada?

—¿Se refiere a si tenía un aspecto sexi?

—Sí, a eso me refiero. Pero no creo que sea un asesinato

33

de tipo sexual. Me refiero a que en ese caso no sería tan complicado.

—Es la clase de crimen que leemos todos los días en los periódicos —manifestó Poirot—. Una chica atacada, una escolar asaltada, sí, ocurre todos los días. Parece diferente porque se produjo en un domicilio particular, pero quizá no sea tan distinto. La cuestión es que no estoy muy seguro de que me lo haya explicado todo.

—No, supongo que no. No le he dicho el motivo. Me refiero al motivo de venir a verle.

—¿Conocía usted a la tal Joyce? ¿La conocía bien?

—No la conocía. Será mejor que le explique por qué estaba yo allí.

—¿Dónde es allí?

—Un pueblo llamado Woodleigh Common.

—Woodleigh Common —repitió Poirot pensativo—. ¿Dónde lo he oído antes...? —Se interrumpió.

—No está muy lejos de Londres. Cincuenta o sesenta kilómetros. Se encuentra cerca de Medchester. Es uno de esos lugares donde hay unas cuantas casas bonitas, pero donde después han ido llegando las urbanizaciones. Hay una buena escuela cerca, y la gente utiliza los trenes de cercanías para ir y venir de Londres y Medchester. Es un lugar sin nada digno de destacar, donde vive gente de renta media.

—Woodleigh Common —repitió Poirot con la misma expresión pensativa.

—Yo estaba de visita en casa de una amiga, Judith Butler. Es viuda. Nos conocimos este año en un viaje a Grecia y nos hicimos amigas. Tiene una hija, una niña que se llama Miranda, de unos doce o trece años. Me invitó a pasar unos días en su casa y me comentó que unos amigos daban una fiesta de Halloween para los niños. Dijo que a lo mejor podía sacar alguna idea para escribir un libro.

—¡Ah! ¿No le sugeriría que preparara una caza del asesino o algo por el estilo?

—Dios me libre —afirmó Mrs. Oliver—. ¿Cree que volvería a aceptar algo así?

—Me parece poco probable.

—Pues eso es lo que ocurrió. Eso fue lo más terrible. Me refiero a que no ocurriría precisamente porque yo estuviera allí, ¿verdad?

—No lo creo. A menos que... ¿Alguno de los presentes sabía quién era usted?

—Sí, una de las niñas dijo que había leído uno de mis libros y otros mencionaron que les gustaban los asesinatos. Eso fue lo que me llevó a pensar en eso. Me refiero a lo que me decidió a venir a verle.

—Todavía no me ha dicho qué es.

—Verá, al principio ni se me pasó por la cabeza, al menos no inmediatamente. Los chicos a veces hacen cosas extrañas. Me refiero a que hay chicos extraños, chicos a los que, en otros tiempos, hubieran ingresado en sanatorios psiquiátricos, pero a los que ahora sus padres tienen en casa y de los que dicen que llevan una vida normal. Son los que, cuando menos te lo esperas, hacen cosas como estas.

—¿Había adolescentes en la fiesta?

—Había dos chicos, dos adolescentes, como los llaman en los informes de la policía. Entre dieciséis y dieciocho años.

—Supongo que alguno de los dos pudo hacerlo. ¿Es lo que cree la policía?

—No dicen nada —manifestó Mrs. Oliver—, pero es la impresión que dan.

—¿Joyce era atractiva?

—No lo creo. Se refiere a que si era atractiva para los chicos, ¿verdad?

—No, me refería al significado no tan habitual de la palabra.

—No creo que fuese una chica muy agradable. No era de esas personas con las que te gustaría mantener una conversación. Era de esas a las que les gusta alardear, con una edad en que todas suelen ser bastante pesadas. Sé que no está bien hablar así de la pobre chica, pero...

—No tiene nada de malo decir cómo era la víctima en un caso de asesinato —replicó Poirot—. Es muy necesario, imprescindible. La personalidad de la víctima es la causa de muchos asesinatos. ¿Cuántas personas estaban en la casa cuando se cometió el crimen?

—¿Se refiere a la fiesta? Creo que había cinco o seis mujeres, algunas madres, una maestra, la esposa o la hermana de un médico, un matrimonio de mediana edad, los dos adolescentes, una niña de quince, dos o tres de once o doce. En total, unas veinticinco o treinta.

—¿Algún extraño?

—Creo que todos se conocían, unos mejor que otros. Me parece que todas las chicas iban a la misma escuela. Había un par de mujeres que ayudaron a preparar la comida y a servir la cena. Cuando acabó la fiesta, la mayoría de las madres se fueron a casa con sus hijos. Yo me quedé con Judith y un par de personas más para ayudar a Rowena Drake, la mujer que organizó la fiesta, y evitar que las asistentas tuvieran demasiado trabajo por la mañana. Había harina por todas partes, gorros de papel y lo típico de las fiestas. Así que barrimos y ordenamos un poco, y dejamos la biblioteca para el final. Entonces la encontramos. En aquel momento recordé lo que había dicho.

—¿Lo que había dicho quién?

—Joyce.

—¿Qué dijo Joyce? Por fin estamos llegando a la cuestión. ¿Me contará la razón por la que ha venido?

—Así es. Me pareció que no tendría significado alguno para el forense ni para la policía, pero pensé que podría significar algo para usted.

—*Eh bien*, dígamelo. ¿Fue algo que Joyce dijo en la fiesta?

—No, lo dijo antes. Fue esa misma tarde, mientras estábamos preparándolo todo para la fiesta, tras hablar de lo de escribir novelas policíacas. Joyce dijo: «Una vez vi cometer un crimen», y su madre o alguien le replicó: «No seas tonta, Joyce. No digas esas cosas». Después, una de las chicas mayores la acusó de estar inventándoselo, y Joyce afirmó: «Te digo que lo vi, de verdad. Vi cometer un asesinato», pero nadie la creyó. Se echaron a reír y ella se puso muy furiosa.

—¿Usted la creyó?

—No, por supuesto que no.

—Comprendo —dijo Poirot. Permaneció en silencio durante unos segundos, repiqueteando con un dedo en la mesa—. ¿Dio algún detalle, mencionó algún nombre?

—No, se enfadó mucho y se encaró a gritos con las demás porque se reían de su historia. Las madres y las personas mayores estaban un tanto molestas, pero las amigas y los chicos más pequeños solo se rieron. Le preguntaron cosas como: «Venga, Joyce, dinos cuándo ocurrió. ¿Por qué nunca nos dijiste nada de esto?». Y Joyce les respondió: «Lo había olvidado. Ocurrió hace tanto tiempo...».

—¡Ajá! ¿Dijo cuánto tiempo?

—«Hace años», dijo con el tono de una persona mayor. Creo que fue una chica llamada Ann o Beatrice, una niña muy altiva, la que le preguntó: «¿Por qué no fuiste a contárselo a la policía?».

—¿Qué respondió ella?

—Contestó que no había ido «porque en aquel momento no sabía que se trataba de un asesinato».

—Un comentario muy interesante... —manifestó Poirot, enderezándose en la silla.

—La chica estaba un poco confusa. Ya sabe cómo es eso. Intentaba explicarse y, al mismo tiempo, se sentía cada vez más furiosa por las burlas de los demás. Insistieron en preguntarle por qué no había acudido a la policía y ella no hacía más que repetir: «Porque entonces no sabía que se trataba de un asesinato. Hasta un tiempo después no comprendí que eso era lo que había visto».

—Sin embargo, nadie pareció creerla —señaló Poirot—, ni siquiera usted, pero cuando se la encontró muerta cayó en la cuenta de que quizá había dicho la verdad.

—Sí, eso es. No sabía qué debía o podía hacer. Y después me acordé de usted.

Poirot asintió con gesto grave. Permaneció en silencio unos instantes.

—Ahora debo plantearle una pregunta muy importante y quiero que reflexione antes de responderme. ¿Cree que la chica fue realmente testigo de un asesinato? ¿O cree que ella simplemente creía haber visto un asesinato?

—Creo lo primero —respondió Mrs. Oliver—, aunque en aquel momento no fue así. Pensé que quizá hubiera recordado que había visto una vez y que exageraba para hacerse notar. Se mostró muy vehemente cuando dijo: «Lo vi, os digo que lo vi. Vi cómo ocurría».

—¿Y entonces?

—Decidí acudir a usted, porque la única manera de que su muerte tenga algún sentido es pensar que ocurrió un asesinato y que ella fue testigo presencial.

—Eso implica ciertas cosas. En primer lugar, implica que uno de los presentes en la fiesta cometió el asesinato, y que esa misma persona tuvo que estar allí cuando Joyce dijo haber presenciado un crimen.

—No pensará que me lo estoy imaginando, ¿verdad? ¿Cree que es producto de mi imaginación de escritora?

—Una niña fue asesinada —afirmó Poirot—, asesinada por alguien con la fuerza necesaria para mantenerle la cabeza metida en un barreño lleno de agua. Un crimen espantoso y que se cometió sin perder ni un segundo. Alguien se sintió amenazado, y esa persona decidió actuar lo antes posible.

—Joyce no debía de saber quién cometió el crimen que vio —opinó Mrs. Oliver—. Me refiero a que no habría dicho nada si el criminal hubiera estado en la habitación.

—Creo que tiene razón. Presenció un asesinato, pero no llegó a ver la cara del asesino. Tenemos que ir más allá.

—No entiendo lo que quiere decir.

—Pudo ser alguien que hubiera estado en la casa antes y oyera lo que dijo Joyce sobre el crimen. Alguien que supiera quién era el criminal, e incluso que tuviese cierta relación con esa persona. Tal vez alguien que creyera ser la única persona que sabía lo que su esposa, su madre, su hija o su hijo había hecho. Pudo tratarse de una mujer que supiera lo que su marido, su madre, su hija o su hijo habían hecho. Alguien que creyera que nadie más estaba al corriente. Entonces Joyce se fue de la lengua y...

—¿Y...?

—Joyce tendría que morir.

—Eso. ¿Y qué va a hacer usted?

—Acabo de recordar —respondió Poirot— por qué el nombre de Woodleigh Common me resultaba familiar.

Capítulo 5

Hércules Poirot miró por encima de la pequeña verja que daba acceso a Pine Crest. Era una casa moderna, bien diseñada y mejor construida. El detective jadeaba un poco. La casa se encontraba en lo alto de una colina donde había unos pinos. El jardín se veía muy bien cuidado y un corpulento hombre mayor se movía por el sendero con una regadera.

El jefe de policía Spence tenía ahora el pelo gris, pero no había rebajado su considerable barriga. Se detuvo y miró al visitante que se recostaba junto a la verja. Poirot se mantuvo inmóvil.

—¡Que me aspen! —exclamó el jefe de policía—. Es él. No puede ser, pero lo es. Sí, tiene que serlo, Hércules Poirot en persona.

—Ajá, me ha reconocido. Eso me halaga.

—Y sus bigotes nunca dejan de crecer. —Spence dejó la regadera y se acercó a la verja—. Malditos hierbajos. ¿Qué le trae por aquí?

—Lo mismo que me llevó a muchos lugares en mis tiempos, y lo que también una vez, hace años, le llevó a usted a verme a mí. Un asesinato.

—He acabado con los asesinatos —afirmó Spence—, excepto cuando se trata de los hierbajos. Eso es lo que estoy haciendo ahora, rociar el jardín con un herbicida. No es tan fácil como parece, siempre hay algo que va mal, especialmente el tiempo, que no debe ser demasiado húmedo ni demasiado seco, ni tampoco un término medio. ¿Cómo sabía dónde encontrarme? —preguntó mientras abría la verja para que entrara Poirot.

—Me envió usted una felicitación navideña en la que aparecía su nueva dirección.

—Así es. Soy un anticuado. En Navidad me gusta enviar felicitaciones a mis viejos amigos.

—Se lo agradezco.

—Ahora ya soy viejo.

—Los dos lo somos.

—No veo muchas canas en su pelo.

—De eso me ocupo con una botella. No hay necesidad de aparecer en público con el pelo gris a menos que uno quiera.

—No creo que el negro azabache me siente bien.

—Estoy de acuerdo. El pelo gris le da un aspecto muy distinguido.

—Nunca me he considerado un hombre distinguido.

—Pues yo siempre he pensado que lo es. Y, dígame, ¿por qué ha venido a vivir a Woodleigh Common?

—En realidad, vine aquí para ayudar a una de mis hermanas. Su marido falleció y sus hijos están casados y viven en el extranjero, uno en Australia y el otro en Sudáfrica. Así que me mudé aquí. Hoy en día las jubilaciones no dan para mucho, pero entre los dos nos apañamos bastante bien. Pase y siéntese.

Spence llevó a su visitante hasta una terraza de invierno donde había una mesa y algunas sillas. En el interior se disfrutaba de una temperatura muy agradable porque recibía de lleno el sol otoñal.

—¿Qué le sirvo? —preguntó el anfitrión—. Mucho me temo que aquí mi oferta es muy limitada... No tengo zumo de grosellas negras ni confitura de escaramujo. ¿Una cerveza? ¿Le pido a Elspeth que prepare una taza de té o prefiere una cerveza, una coca-cola o cacao? Mi hermana solo toma cacao.

—Es usted muy amable. Creo que tomaré una cerveza con gaseosa. *Shandy* lo llaman ustedes, ¿no?

—Así es. —Spence entró en la casa y volvió al cabo de unos minutos con dos jarras—. Le acompañaré. —Dejó las jarras sobre la mesa, acercó una silla y se sentó—. ¿Y qué le trae por aquí? —añadió, levantando la jarra—. No brindaremos por el crimen. He acabado con los crímenes, y si quiere hablarme del asesinato en el que estoy pensando, y creo que no me equivoco —ya que no recuerdo otro crimen reciente—, le diré que no me da buena espina.

—Sí, ya me lo imaginaba.

—Estamos hablando de la chica a la que asesinaron metiéndole la cabeza en un barreño, ¿verdad?

—Así es, ese el crimen del que quería hablarle.

—No sé por qué ha venido. Ahora ya no tengo nada que ver con la policía. Llevo años retirado.

—Quien fue policía una vez, siempre lo será —replicó Poirot—. Me refiero a que detrás de la visión que pueda tener el ciudadano de a pie siempre está el punto de vista del policía. Sé de lo que hablo. Yo también comencé mi carrera como policía en mi país.

—Sí, lo sé. Recuerdo que me lo dijo. Supongo que no dejamos de ver las cosas desde ese punto de vista, aunque no mantengo una relación activa desde hace años.

—Pero usted escucha los comentarios. Tiene amigos en el Cuerpo. Sin duda le contarán lo que ellos conocen, sospechan o saben.

El jefe de policía exhaló un suspiro.

—Hoy en día el problema es que sabemos demasiado. Se ha cometido un crimen, un asesinato que sigue un patrón conocido y, como usted sabe, eso equivale a decir que probablemente la policía ya sepa quién es el autor. No se lo dicen a los periódicos, pero investigan y lo saben. Sin embargo, saber si conseguirán llegar más allá es otra cuestión. Todo esto tiene sus dificultades.

—¿Se refiere a las esposas, a las novias y a todo eso?

—En parte. Al final, quizá al cabo de uno o dos años acabas deteniendo al tipo. Hoy en día las muchachas se casan con granujas mucho más de lo que lo hacían en nuestros tiempos.

Hércules Poirot se atusó el mostacho mientras reflexionaba sobre el comentario del expolicía.

—Sí —admitió—, es probable que tenga razón. Sospecho que, como usted dice, las chicas siempre han preferido a los chicos malos, pero en el pasado podían contar con la familia para que las ayudara.

—Efectivamente, los demás cuidaban de ellas. Las madres las protegían. Las tías y las hermanas mayores las vigilaban. Los hermanos y hermanas menores sabían lo que pasaba. Los padres no ponían reparos en poner de patitas en la calle a los jóvenes poco recomendables. A veces, por supuesto, las chicas se fugaban con algún indeseable. Hoy en día, ni siquiera necesitan llegar a tanto. La madre no sabe con quién sale, al padre no le dicen con quién va, los hermanos lo saben, pero piensan «allá ella». Si los padres no acceden, la pareja se presenta ante un juez y se las apaña para casarse. Después, cuando el joven que todo el mundo sabe que es un mal chico les demuestra a todos, incluso a su esposa, que lo es, llegan el llanto y el rechinar de dientes. Pero el amor es el amor; la chica no quiere creer que su Henry tiene esos hábitos repugnantes, las tendencias criminales y todo lo demás. Miente por él, jura sobre la Biblia que es un buen chico y lo que haga falta. Eso entorpece nuestro trabajo. Bueno, no sirve de nada decir que antes era mejor. Quizá nos engañábamos a nosotros mismos. En cualquier caso, Poirot, ¿por qué se ha mezclado en todo esto? Usted no es de por aquí. Creía que vivía en Londres.

—Sigo viviendo allí. Me he visto involucrado en esto a petición de una amiga, Mrs. Oliver. ¿La recuerda?

Spence cerró los ojos mientras intentaba recordar.

—¿Mrs. Oliver? Me parece que no.

—Escribe libros. Novelas policíacas. Si hace memoria, recordará que se la presenté cuando vino a verme para que investigara el asesinato de Mrs. McGinty. Supongo que no se habrá olvidado de Mrs. McGinty, ¿verdad?

—Por supuesto que no. Pero eso fue hace mucho. Usted me hizo un gran favor, Poirot. Le pedí ayuda y me la ofreció.

—Me sentí muy honrado, muy complacido de que usted viniera a consultarme. Reconozco que en un par de ocasiones perdí toda esperanza. Resultaba muy difícil ayudar a un hombre tan poco dispuesto a colaborar, parecía no querer hacer nada en su favor.

—Acabó casándose con la muchacha, ¿no? Ella fue tonta. No era la más lista, con aquel pelo teñido. Me pregunto cómo les habrá ido. ¿Ha vuelto a tener noticias de ellos?

—No, supongo que todo les irá bien.

—Todavía no entiendo qué le vio a aquella chica.

—Es difícil comprenderlo, pero uno de los grandes consuelos de este mundo es que un hombre, por poco agraciado que sea, descubra que es atractivo, incluso locamente atractivo, para algunas mujeres. Uno solo puede confiar en que se casarán y vivirán felices para siempre.

—No me animaría a decir tanto si ellos debieran tener a su madre viviendo con ellos.

—No, desde luego —asintió Poirot—. O al padrastro.

—Bueno, ya estamos hablando otra vez de los viejos tiempos. Aquello es agua pasada. Siempre creí que aquel hombre —ahora no recuerdo cómo se llamaba— tendría que haber dirigido una funeraria. Tenía el rostro y los modales adecuados para el negocio. Quizá lo hizo. La chica tenía dinero, si mal no recuerdo. Sí, habría sido un magní-

45

epulturero. Me lo imagino todo vestido de negro, ‚do las órdenes en el funeral. Seguro que era capaz de ‚tusiasmarse a la hora de elegir la madera adecuada para el féretro. En cambio, no lo veo como vendedor de seguros o agente inmobiliario. Bah, dejemos este tema. —Spence hizo una pausa y después manifestó bruscamente—: Mrs. Oliver. Ariadne Oliver. Manzanas. ¿Así se metió en este asunto? A la pobre niña la mataron durante una fiesta, metiéndole la cabeza en un barreño lleno de agua donde flotaban las manzanas. ¿Fue eso lo que despertó el interés de Mrs. Oliver?

—No creo que las manzanas fueran su principal interés, pero estaba en la fiesta.

—¿Vive por aquí?

—No. Estaba pasando unos días con una amiga, una tal Mrs. Butler.

—¿Butler? Sí, la conozco. Vive cerca de la iglesia. Viuda. Su marido era piloto de aviones comerciales. Tiene una hija, una niña guapa y muy bien educada. Mrs. Butler es bastante atractiva, ¿no?

—Apenas la conozco, pero sí, creo que es muy atractiva.

—¿Puedo preguntar por qué quiere mezclarse en este asunto, Poirot? ¿Estaba usted aquí cuando ocurrió?

—No. Mrs. Oliver vino a verme a Londres. Estaba nerviosa, muy alterada. Quería que yo hiciera algo al respecto.

Una leve sonrisa apareció en el rostro del jefe de policía.

—Comprendo. La vieja historia de siempre. Yo también fui a verle porque deseaba que usted hiciera algo.

—Y yo he ido un poco más allá —replicó el detective—. He acudido a usted.

—¿Por qué quiere que le ayude? Se lo diré con franqueza: no puedo hacer absolutamente nada.

—Claro que puede. Usted puede hablarme de la gente,

de las personas que viven aquí. Las personas que asistieron a aquella fiesta. Los padres y las madres de los niños que participaron en ella. La escuela, las maestras, los abogados, los médicos. Alguien, durante la fiesta, convenció a una niña para que se arrodillara y, quizá riendo, le dijera: «Te enseñaré la mejor manera de coger una manzana con los dientes. ¡Conozco un truco infalible!». Entonces, él o ella apoyó una mano en la cabeza de la niña. No pudo ofrecer mucha resistencia, ni hacer ruido ni nada por el estilo.

—Un asunto repugnante —manifestó Spence—. Eso fue lo que pensé en cuanto supe la noticia. ¿Qué quiere saber? Llevo aquí un año. Mi hermana algo más: dos o tres. No es una comunidad grande. Tampoco está muy asentada. La gente va y viene. Los maridos trabajan en Medchester, Great Canning o en cualquier ciudad cercana. Los niños van a la escuela local. En algunos casos, el marido cambia de trabajo y la familia se muda. No es una comunidad fija. Sí que hay algunos que llevan aquí mucho tiempo. Miss Emlyn, la maestra, y el doctor Ferguson. Pero, en general, la población fluctúa.

—Supongo que, tras darme la razón en que es un hecho muy desagradable, pueda decirme qué personas desagradables hay por aquí.

—Sí, eso es lo primero que se busca, ¿verdad? Después, en un asunto como este, hay que encontrar al chico malo. ¿Quién quiere estrangular, ahogar o deshacerse de una chiquilla de trece años? No parece haber pruebas de un ataque sexual o algo por el estilo, que es lo primero que buscamos. En la actualidad, hay mucho de eso en todos los pueblos y ciudades pequeñas. Una vez más, me parece que ahora es mucho más frecuente que en nuestros tiempos. Teníamos perturbados mentales, pero no tantos como ahora. Supongo que los dejan salir de los lugares donde tendrían que estar recluidos. Todas las clínicas y hospitales psiquiátricos están llenos; no cabe ni un enfermo, así que los médicos dicen: «Dejad que lleve una vida normal. Que se vaya y viva con su familia», y luego pasa lo que pasa. El criminal o el pobre trastornado, según como se mire, siente una vez más el impulso, y otra pobre muchacha que había salido a dar un paseo acaba tirada en una cantera o violada, después de haber sido tan tonta de aceptar que alguien la llevara en coche. Los niños no vuelven de la escuela porque permiten que un desconocido los lleve, aunque los padres les han repetido hasta la saciedad que no deben hacerlo. Sí, ocurre muchas veces.

—¿Encaja eso en el esquema que tenemos aquí?

—Es lo primero en lo que se piensa —señaló el jefe de policía—. Digamos que alguno de los que estaban en la fiesta sintió el impulso. Quizá lo había hecho antes o solo quería probarlo. Yo diría *grosso modo* que en alguna parte puede haber un historial de ataques a niños. Por lo que sé, ninguno de los asistentes tenía antecedentes; al menos, oficialmente. Había dos de esa edad en la fiesta. Nicholas Ransom, un chico guapo, de diecisiete o dieciocho años. Es de la costa este o de algún lugar así. Parece buena persona. Tiene un aspecto normal, pero ¿quién sabe? También estaba Desmond. En una ocasión le hicieron pruebas psiquiátricas, aunque diría que no fue nada importante. Tuvo que ser alguno de los que asistieron a la fiesta, si bien no descarto que pudiera ser alguien que se colara. Por lo general, no suelen cerrar las puertas durante las fiestas. Siempre hay alguna puerta o ventana abierta. Cualquier chalado pudo pasar por allí, ver que había una fiesta y entrar. Claro que sería bastante arriesgado. ¿Una niña, una invitada a la fiesta, aceptaría jugar a las manzanas con un desconocido? En cualquier caso, Poirot, todavía no me ha explicado cómo se ha mezclado en este asunto. Dice que fue por Mrs. Oliver. ¿Alguna de sus descabelladas ideas?

—No es una idea descabellada. Es cierto que los escritores son dados a ese tipo de ideas que están lejos de ser probables, pero en este caso fue por algo que dijo la chica.

—¿Qué chica? ¿Joyce?

—Sí.

Spence se echó hacia delante y miró a Poirot con expresión interrogativa.

El detective le hizo un rápido resumen de la historia tal como se la había contado Mrs. Oliver.

—Comprendo —dijo Spence. Se acarició el bigote—. Eso es lo que dijo la chica. Dijo que había visto cómo se cometía un asesinato. ¿Mencionó cuándo o dónde?

—No —replicó Poirot.

—¿Cómo surgió el tema?

—Creo que alguien hizo un comentario sobre los asesinatos de los libros de Mrs. Oliver. Alguien habló del tema con ella. Una de las chicas le comentó que no había bastante sangre en sus novelas ni suficientes cadáveres. Entonces intervino Joyce para decir que ella había presenciado un asesinato.

—¿Se pavoneó? Se lo pregunto porque me da esa impresión.

—Eso fue lo que pensó Mrs. Oliver. Sí, alardeó de ello.

—Quizá mentía.

—Efectivamente, quizá fuera una mentira —asintió Poirot—. Los chicos suelen hacer estos comentarios extravagantes cuando quieren llamar la atención o impresionar a los demás. Por otro lado, siempre existe la posibilidad de que fuera verdad.

—¿Es lo que usted cree?

—No lo sé. Una chica se pavonea de haber presenciado un asesinato. Al cabo de unas horas, la chica aparece muerta. Debe admitir que existen razones para pensar, aunque parezca un tanto forzado, en una relación de causa y efecto. Si fue así, es evidente que alguien no perdió el tiempo.

—Eso está claro —manifestó el jefe de policía—. ¿Sabe

cuántas personas estaban presentes cuando la niña habló sobre el asesinato?

—La cifra aproximada que me facilitó Mrs. Oliver fue entre catorce y quince personas, quizá más. Ocho o nueve chicos, y cinco o seis adultos que se ocupaban de organizar la fiesta. Dependo de usted para saber el número exacto.

—Bueno, no será difícil de averiguar. No puedo decírselo ahora, pero se lo preguntaré a la policía local. En cuanto a los asistentes a la fiesta, ya lo sé. Había sobre todo mujeres. Los padres no suelen aparecer en las fiestas infantiles, aunque se presentan para echar una ojeada o para llevarse a sus hijos a casa. Estaban el doctor Ferguson y el vicario. Las demás eran madres, tías, asistentas sociales y dos maestras de la escuela. Le daré una lista. Y unos catorce niños, el más joven de unos diez años y los otros, adolescentes.

—Supongo que sabrá cuáles son los más probables, ¿no? —preguntó Poirot.

—No será fácil si se confirma lo que usted piensa.

—Quiere decir que ya no buscará a un perturbado sexual, sino a alguien que cometió un asesinato y se salió con la suya, alguien que no creía que lo descubrieran y que de pronto se llevó una sorpresa harto desagradable.

—En cualquier caso, que me aspen si puedo adivinar quién fue. Nunca habría dicho que tuviéramos un asesino por aquí y, mucho menos, que se tratara de un asesinato espectacular.

—Hay asesinos en potencia por todas partes —replicó Poirot—, o mejor dicho, asesinos poco probables, pero asesinos de todas formas, y eso porque no se sospecha de los asesinos poco probables. No suele haber muchas pruebas en su contra, y sería un golpe terrible para uno de esos asesinos descubrir la existencia de un testigo presencial del asesinato que cometieron.

—¿Por qué Joyce no dijo nada en ese momento? Eso es lo que me gustaría saber. ¿Cree que alguien la sobornó para que guardara silencio? Sin duda, hubiera sido muy arriesgado.

—No, por lo que deduje de las explicaciones de Mrs. Oliver, la chica no se dio cuenta de que había presenciado un crimen.

—Eso sí que es poco probable.

—En absoluto. Recuerde que hablaba una niña de trece años. Estaba recordando algo que había visto en el pasado, y no sabemos exactamente cuándo. Quizá ocurrió tres o cuatro años antes. Vio algo, pero no se dio cuenta de lo que implicaba. Eso se puede aplicar a muchísimas cosas, *mon cher*. Un accidente de coche un tanto peculiar, en el que el conductor atropelló a una persona que resultó herida o quizá muerta. Puede que la niña, en ese momento, no se diera cuenta de que había sido a propósito, pero algo que dijo alguien, o algo que vio o escuchó un año o dos más tarde, tal vez despertó sus recuerdos y quizá pensó: «Aquello que vi fue un asesinato, no un accidente». Hay muchas posibilidades. Admito que algunas me las sugirió mi amiga, Mrs. Oliver, quien es capaz de proponer una docena de soluciones a cualquier caso, la mayoría de ellas poco probables, pero todas vagamente posibles. Por ejemplo, un empujón en un lugar peligroso, aunque aquí no hay acantilados ni barrancos, lo que es una pena desde el punto de vista de las teorías posibles. Sí, creo que puede haber muchas posibilidades. Quizá algún relato detectivesco que le recordó el incidente. Pudo ser un incidente que la intrigó en aquel momento y que, cuando leyó el relato, la llevó a pensar: «Bueno, aquello pudo ser esto o aquello. Me pregunto si él o ella lo haría a propósito». Sí, hay muchas posibilidades.

—¿Ha venido para investigarlas?

—Creo que sería de interés público, ¿no le parece?

—Nosotros siempre anteponemos el interés público, ¿verdad?

—Al menos puede darme información —replicó Poirot—. Usted conoce a los que viven por aquí.

—Haré todo lo que esté en mi mano —dijo Spence—. Le pediré a Elspeth que me ayude. Hay muy pocas cosas que ella no sepa de la gente que vive por aquí.

Capítulo 6

Poirot se despidió de su amigo, satisfecho con lo conseguido.

No tenía duda alguna de que obtendría la información que necesitaba. Había conseguido despertar el interés de Spence. El jefe de policía era de aquellos hombres que, cuando seguían un rastro, lo hacían hasta el final. Su buena reputación como uno de los jefes del Departamento de Investigación Criminal le había proporcionado muchos amigos en la policía local.

Poirot miró el reloj. Faltaban diez minutos para encontrarse con Mrs. Oliver delante de una casa llamada Los Manzanos. El nombre no podía ser más apropiado.

La verdad, pensó Poirot, uno no podía alejarse mucho de las manzanas. No había nada más gustoso que una jugosa manzana inglesa. Sin embargo, aquí había manzanas mezcladas con escobas, brujas, folclore y una niña asesinada.

Poirot siguió la ruta indicada y a la hora exacta se presentó delante de una casa de estilo georgiano con un seto de matas y un bonito jardín. Tendió la mano, levantó el pasador y abrió la puerta de hierro forjado, donde había un cartel con el nombre de la finca. Un sendero conducía hasta la puerta principal. Como uno de aquellos relojes suizos donde una figura asoma por una portezuela cuando da la hora, se abrió la puerta principal y apareció Mrs. Oliver.

—Es usted muy puntual —exclamó jadeante—. Le estaba observando desde la ventana.

Poirot cerró meticulosamente la puerta de la verja. Casi todas las veces en las que se había encontrado con Mrs. Oliver, ya fuera en una cita o en un encuentro casual, el tema de las manzanas parecía surgir de manera espontánea. Comía una manzana o había estado comiendo una manzana —los restos en su pechera lo confirmaban— o llevaba una bolsa de manzanas. Pero hoy no había manzanas a la vista. Algo muy correcto, pensó Poirot, complacido. Habría sido de muy mal gusto aparecer comiendo una manzana en ese lugar, el escenario de lo que había sido no solo un crimen, sino una tragedia. «Porque ¿qué otra cosa podía ser?», se preguntó. La repentina muerte de una niña de trece años. No le gustaba pensarlo y, precisamente por eso, decidió centrarse en el caso, hasta que, de una manera u otra, la luz disipara las tinieblas y viera con claridad lo que había venido a averiguar.

—No entiendo por qué no ha querido venir aquí y quedarse en casa de Judith Butler —protestó Mrs. Oliver— en vez de hospedarse en una pensión de mala muerte.

—Porque es mejor contemplar las cosas con un cierto grado de distanciamiento —replicó Poirot—. Uno no debe involucrarse emocionalmente.

—No entiendo cómo evitará verse involucrado —afirmó la escritora—. Tendrá que ver a todo el mundo y hablar con ellos, ¿no es así?

—Eso está claro.

—¿A quién ha visto hasta ahora?

—A mi amigo, el jefe de policía Spence.

—¿Cómo se encuentra?

—Se le ve mucho más viejo que antes.

—Naturalmente, ¿qué esperaba? ¿Está más sordo, más ciego, más gordo o más delgado?

Poirot tardó unos segundos en responder.

—Ha perdido peso. Usa gafas para leer el diario. No creo que esté sordo, al menos no se le nota.

—¿Qué opina de todo este asunto?

—Va usted demasiado deprisa.

—¿Qué se proponen hacer ustedes dos?

—Tengo organizado mi programa —respondió Poirot—. Primero he ido a ver a mi viejo amigo para consultarle. Le pedí que me consiguiera cierta información que no sería fácil de obtener por otros medios.

—¿Se refiere a que los polis de por aquí son sus amiguetes y le pasarán información reservada?

—Yo no lo diría de esa manera, pero sí. Más o menos, eso espero.

—¿Qué ha hecho después?

—He venido a verla, señora. Necesito ir al escenario del crimen.

Mrs. Oliver se volvió para contemplar el edificio.

—No tiene el aspecto de una casa donde se haya cometido un asesinato, ¿verdad?

«¡Pero qué instinto tan infalible tiene esta mujer!», pensó Poirot.

—No —dijo en voz alta—, no tiene el aspecto de ser una de esas casas. Después de haber visto el lugar, la acompañaré a visitar a la madre de la niña asesinada. Escucharé lo que tenga que decirme. Mi amigo Spence concertará una cita con el inspector local para que me reciba. También me gustaría hablar con el médico, y quizá con la directora de la escuela. A las seis he quedado con mi amigo Spence y su hermana en su casa para tomar el té y comer salchichas mientras discutimos el caso.

—¿Cree que podrá contarle algo más?

—Quiero conocer a la hermana. Lleva varios años viviendo aquí. Spence vino cuando su hermana se quedó viuda. Seguramente ella conoce bastante bien a la gente de por aquí.

—¿Sabe qué impresión me da cuando habla así? —dijo Mrs. Oliver—. Que es usted como un ordenador. Se está programando a sí mismo. Es así como se dice, ¿no? Me refiero a que está introduciendo datos durante todo el día y después esperará a ver lo que sale.

—Es una idea muy ingeniosa —replicó Poirot divertido—. Sí, sí, soy como un ordenador. Uno introduce la información...

—¿Qué pasaría si el resultado fuera una respuesta errónea?

—Imposible —afirmó el detective—. Los ordenadores no se equivocan.

—Eso es lo que se supone, pero le sorprendería ver las cosas que ocurren a veces, como, por ejemplo, la última factura de la luz que me enviaron. Dice el proverbio que errar es humano, pero un error humano no es nada si lo compara con lo que puede hacer un ordenador si lo intenta. Pase. Le presentaré a Mrs. Drake.

Poirot se dijo que Mrs. Drake era todo un personaje. Alta, apuesta, de unos cuarenta y tantos años, con algunas canas en su pelo dorado y unos ojos de color azul brillante. Rezumaba eficacia por todos los poros. Cualquier fiesta organizada por esta mujer tenía que ser un éxito. En el salón les esperaba el café acompañado de galletas azucaradas.

Comprobó que Los Manzanos era una casa admirablemente atendida. Los muebles eran de primera, las alfombras, de una calidad excelente, todo estaba escrupulosamente limpio y brillante, y el hecho de que prácticamente no hubiera ningún objeto interesante pasaba inadvertido a primera vista. Nadie lo esperaba. Los colores de las cortinas y los tapizados eran agradables pero convencionales. Podían alquilarla amueblada en cualquier momento por un precio muy elevado, sin tener la necesidad de retirar objetos valiosos o hacer cambios en la disposición del mobiliario.

Mrs. Drake saludó a Mrs. Oliver y a Poirot, ocultando casi completamente lo que este sospechaba: un enfado vigorosamente reprimido ante la posición en la que se había encontrado como anfitriona de una reunión social en la que había ocurrido algo tan antisocial como un asesinato. Llegó a la conclusión de que la mujer, como un miembro destacado de la comunidad de Woodleigh Common, albergaba la triste sensación de que había demostrado no estar a la altura de las circunstancias. Había ocurrido algo que nunca debió pasar. A cualquier otra persona en una casa ajena, pase, pero en una fiesta para niños, organizada y ofrecida por ella, era inaudito. Ella tendría que haber tomado las medidas necesarias para que no ocurriera. Poirot también sospechaba que no dejaba de buscar en el fondo de su mente una razón que lo explicara. No tanto una razón para el asesinato, sino para descubrir y señalar un error por parte de alguno de sus ayudantes, quien, por pura ineficacia o por falta de sentido común, no había sabido ver que podía pasar algo así.

—Señor Poirot —dijo Mrs. Drake con una voz que el detective consideró que se escucharía claramente en cualquier sala de conferencias o en la sala consistorial—. Me alegra muchísimo comprobar que ha podido venir. Mrs. Oliver me ha comentado cuán valiosa será su ayuda en esta terrible crisis que nos afecta a todos.

—Puede estar segura, señora, de que haré todo cuanto pueda, pero como usted puede suponer, no será fácil.

—¿Que no será fácil? —repitió Mrs. Drake—. Está claro. Parece increíble que sucediera algo tan espantoso. Supongo que la policía averiguará algo. El inspector Raglan goza de una excelente reputación en el pueblo, pero no sé si tendrían que llamar a Scotland Yard. Al parecer, la idea es que la muerte de la pobre chica ha sido un asunto local. No necesito decirle, señor Poirot, porque después de todo usted lee los periódicos igual que yo, que se han producido numerosas y muy tristes fatalidades con niños por todo el país. Es obvio que cada vez son más frecuentes. La inestabilidad mental va en aumento, aunque debo decir que, en general, las madres y las familias no cuidan a sus hijos correctamente, como solía hacerse. Los niños vuelven del colegio solos, cuando anochece, o van a la escuela solos a primera hora de la mañana. Además, los niños, por mucho que se les advierta, son unos ilusos cuando alguien se ofrece a llevarlos en algún coche bonito. Se creen lo que les dicen. Supongo que es inevitable.

—Pero lo que ocurrió aquí, señora, fue de una naturaleza totalmente distinta.

—Lo sé, lo sé, por eso he utilizado la palabra increíble. Todavía no me lo puedo creer —afirmó Mrs. Drake—. Todo estaba bajo control. Se habían hecho todos los preparativos. Todo iba a la perfección, según el programa. Parece increíble. Personalmente, creo que hay lo que yo llamo un elemento exterior en todo esto. Alguien entró en la casa, algo que no era difícil dadas las circunstancias, alguien que sufre un grave trastorno mental, la clase de persona que dejan salir de las instituciones psiquiátricas porque no tienen lugar donde alojarlos. En la actualidad, necesitan crear espacio continuamente para los nuevos ingresos. Cualquiera que espiara por la ventana podía ver que se trataba de una fiesta infantil y el pobre desgraciado, si es que se puede sentir pena por esas personas, algo que a mí me cuesta bastante, se las apañó para engatusar a la pobre chica y la mató. Una no puede creer que ocurriera, pero ocurrió.

—Si pudiera usted mostrarme dónde...

—Por supuesto. ¿No quiere más café?

—No, muchas gracias.

—La policía cree que ocurrió mientras jugaban al Dragón Hambriento. Ese juego se hizo en el comedor.

Mrs. Drake cruzó el vestíbulo, abrió una puerta y, con

los modales de alguien que hace los honores a un grupo de turistas en una mansión regia, señaló la gran mesa de comedor y las gruesas cortinas de terciopelo.

—Aquí dentro estaba oscuro, por supuesto, excepto por la luz de las llamas del licor ardiendo.

Una vez más, cruzó el vestíbulo para abrir la puerta de una habitación más pequeña, con sillones, estanterías de libros y grabados de temas deportivos.

—La biblioteca —dijo Mrs. Drake con un estremecimiento—. El barreño estaba aquí, sobre un trozo de hule.

Mrs. Oliver no entró en la habitación, se quedó en el vestíbulo.

—No me veo con ánimos para entrar —le explicó a Poirot—. Me hace pensar demasiado.

—Ahora no hay nada que ver —señaló Mrs. Drake—. Solo le muestro dónde ocurrió.

—Supongo que habría agua —manifestó Poirot—, muchísima agua.

—Había agua en el barreño, obviamente.

La mujer miró a Poirot, como si dudara de que el detective estuviera capacitado para sacar alguna conclusión lógica.

—También habría agua en el hule —añadió Poirot—. Me refiero a que si sumergieron la cabeza de la niña en el barreño, tuvo que salpicar.

—Sí, desde luego. Incluso mientras jugaban a las manzanas tuvimos que llenar el barreño en un par de ocasiones.

—¿Y la persona que lo hizo? Acabaría empapada, ¿no?

—Sí, sí, supongo que sí.

—¿Nadie prestó atención a ese detalle?

—No. El inspector también me lo preguntó. Verá, cuando acabó la fiesta, todo el mundo estaba mojado o manchado de harina. No parece haber una pista útil por ese lado. Quiero decir que la policía no le prestó demasiada atención.

—Supongo que la única pista era la chica en sí. Confío en que usted me dirá todo lo que sabe.

—¿De Joyce?

Mrs. Drake pareció un tanto sorprendida. Era como si Joyce se hubiera esfumado de su mente y le hubiera desconcertado que se la recordaran.

—La víctima siempre es importante —explicó Poirot—. A menudo la víctima es la causa del crimen.

—Sí, comprendo lo que quiere decir —señaló Mrs. Drake, quien estaba claro que no había entendido nada—. ¿Quiere que volvamos al salón?

—Muy bien, allí me contará todo lo que sepa sobre Joyce.

Volvieron a sentarse en el salón. Mrs. Drake parecía incómoda.

—No entiendo muy bien qué quiere que le diga, señor Poirot. Toda la información que necesita la puede obtener de la policía, o de la madre de Joyce. Pobre mujer. Sin duda, será muy doloroso para ella, pero...

—No quiero escuchar las palabras cariñosas de una madre sobre su hija muerta. Lo que quiero es una opinión clara y sin prejuicios de alguien con un buen conocimiento de la naturaleza humana. Yo diría, señora, que usted ha sido y es una activa colaboradora en muchas de las tareas sociales y de beneficencia que se realizan aquí. Estoy seguro de que nadie mejor que usted puede juzgar el carácter y la disposición de una persona a la que haya tratado.

—Verá, es difícil. Me refiero a que los niños de esa edad, creo que ella tenía trece, doce o trece, se comportan todos igual.

—Ah, no, seguro que no —la contradijo Poirot—. Hay grandes diferencias en carácter, en comportamiento. ¿Le caía bien?

Mrs. Drake pareció considerar esta pregunta como un tema espinoso.

—Por supuesto que me caía bien. Quiero decir que me gustan todos los niños, como a la mayoría de la gente.

—En eso no estoy de acuerdo. Creo que hay niños muy poco agradables.

—Bueno, admito que actualmente no se les educa de la mejor manera. Al parecer, se deja ese tema en manos de la escuela y, por supuesto, llevan una vida muy permisiva. Pueden escoger sus amigos y todas esas cosas.

—¿Era o no era una chica agradable? —insistió Poirot.

Mrs. Drake miró al detective con una expresión de censura.

—Debe comprender, señor Poirot, que la chica está muerta.

—Muerta o viva, es importante. Quizá si hubiese sido una chica agradable nadie habría querido asesinarla. Pero, si no lo era, entonces tal vez alguien decidiera acabar con ella y, en ese caso...

—Es posible, pero no creo que la mataran porque fuera o no una chica agradable.

—No lo niego. Tengo entendido que dijo que había sido testigo presencial de un asesinato.

—¡Ah, eso! —exclamó Mrs. Drake sin darle importancia.

—¿Usted no se tomó en serio esa afirmación?

—Por supuesto que no. Fue un comentario ridículo y estúpido.

—¿Cómo surgió el tema?

—Creo que todos estaban muy nerviosos por la presencia de Mrs. Oliver en la fiesta. No olvides que eres una persona muy famosa, querida —dijo Mrs. Drake, mirando a la escritora.

Incluyó en la frase la palabra *querida*, pero sin entusiasmo alguno que la reforzara.

—Supongo que el tema no se hubiera planteado —prosiguió Mrs. Drake—, pero a los chicos les apasiona conocer a una autora famosa.

—Por eso Joyce dijo que había presenciado un crimen —opinó Poirot con expresión pensativa.

—Sí, comentó algo por el estilo. En realidad, yo no prestaba demasiada atención.

—Sin embargo, ¿recuerda que lo dijo?

—Sí, por supuesto que lo dijo, pero no la creí —afirmó Mrs. Drake—. Su hermana la hizo callar en el acto, como era su deber.

—La niña se enfadó porque nadie la creyó, ¿verdad?

—Sí, insistió en que era cierto.

—Digamos que alardeó de ello.

—Sí, si quiere verlo así.

—Cabe la posibilidad de que no mintiera —señaló Poirot.

—¡Tonterías! No creí ni media palabra. Era la clase de estupidez que diría alguien como Joyce.

—¿Era una niña estúpida?

—Creo que pertenecía al grupo de las que se sienten a gusto si son el centro de atención —respondió Mrs. Drake—. Era de esas que siempre dicen que han visto o han hecho más que las demás.

—Digamos que era una de esas chiquillas antipáticas.

—Efectivamente, era de esas a las que tienes que decirles continuamente que se callen.

—¿Qué opinaron los otros chicos que estaban allí? ¿Se mostraron impresionados?

—Se rieron de ella. Eso, desde luego, hizo que se enfureciera.

—Bien —dijo Poirot mientras se levantaba—. Me alegro de disponer de una opinión tan categórica sobre el tema. —Se inclinó cortésmente sobre la mano de la mujer—. Adiós, señora, muchas gracias por permitirme ver el escenario de este episodio tan desagradable. Espero no haber despertado recuerdos dolorosos.

—Claro que es doloroso recordar algo así. ¡Confiaba

tanto en que nuestra fiesta fuera un éxito! De hecho, todo iba a la perfección y todo el mundo parecía estar pasándoselo en grande hasta que ocurrió ese terrible suceso. Sin embargo, lo único que se puede hacer es intentar olvidarlo. Por supuesto, fue muy desafortunado que Joyce hiciera el ridículo comentario de que había presenciado un asesinato.

—¿Alguna vez ha habido asesinatos en Woodleigh Common?

—No que yo recuerde —manifestó Mrs. Drake con tono firme.

—En estos tiempos en que cada día se cometen más asesinatos, eso no deja de ser extraño, ¿no?

—Creo que en una ocasión un camionero mató a un amigo o algo parecido, y también hubo un caso en el que encontraron a una niña pequeña enterrada en una cantera a unos veinticuatro kilómetros de aquí, pero eso fue hace muchos años. Ambos crímenes fueron bastante sórdidos y poco interesantes. Las consecuencias de un exceso de bebida...

—De hecho, son asesinatos que es poco probable que haya presenciado una niña de trece años.

—Efectivamente. Le aseguró, monsieur Poirot, que la afirmación hecha por la niña solo pretendía impresionar a sus amigos y, quizá, interesar a un personaje famoso.

Miró con frialdad a Mrs. Oliver.

—Supongo que, al final, la culpa será mía por haber asistido a la fiesta —comentó la escritora.

—No, por supuesto que no, querida. No lo decía en ese sentido —se apresuró a decir Mrs. Drake.

Poirot exhaló un suspiro mientras salía de la casa en compañía de Mrs. Oliver.

—Un lugar muy poco apropiado para un asesinato —opinó mientras caminaban por el sendero hacia la verja—. Carece de ambiente, no se respira la sensación de tragedia ni hay nadie al que valga la pena asesinar, aunque tengo la impresión de que en más de una ocasión alguien habrá pensado seriamente en acabar con Mrs. Drake...

—Le comprendo perfectamente. Hay momentos en los que resulta insoportable. Tan soberbia y orgullosa...

—¿Cómo es su marido?

—Es viuda. El marido murió hace un par de años. Tenía la polio y llevaba años inválido. Creo que era banquero. Un hombre muy aficionado a los deportes. Lo pasó muy mal cuando tuvo que renunciar a todo aquello por culpa de la invalidez.

—Sí, desde luego. —Poirot volvió al tema de la niña asesinada—. Dígame una cosa: ¿hubo alguien entre los presentes que se tomara en serio la afirmación de Joyce sobre el asesinato?

—No lo sé, pero no creo que nadie se lo tomara en serio.

—¿Ninguno de los otros niños?

—En ellos estaba pensando. No creo que ninguno de ellos aceptara la historia de Joyce. Todos daban por hecho que se la estaba inventando.

—¿Usted también?

—Sí, yo también. Claro que a Mrs. Drake le encantaría creer que el asesinato nunca se cometió, pero no creo que pueda llegar a tanto, ¿no le parece?

—Comprendo que esto le pueda resultar doloroso.

—Supongo que lo es hasta cierto punto —replicó Mrs. Oliver—, pero creo que a estas alturas disfruta hablando sobre el tema. No creo que le resultara fácil seguir callada.

—¿Le cae bien? —preguntó Poirot—. ¿Cree que es una mujer agradable?

—Hace preguntas muy difíciles. Embarazosas. Al parecer, lo único que le interesa es saber si las personas son agradables o no. Rowena Drake es una de esas mujeres mandonas, le gusta disponerlo todo y mandar a la gente. Yo diría que es quien lleva la voz cantante en este lugar, aunque reconozco que es un ejemplo de eficacia. Todo depende de que a uno le gusten las mujeres mandonas. A mí no.

—¿Qué me puede decir de la madre de Joyce?

—Es una mujer agradable, aunque algo tonta. Lo siento mucho por ella. Debe de ser terrible que te asesinen a una hija. Todo el mundo cree que se trató de un crimen sexual, lo que agrava la situación.

—Sin embargo, no encontraron pruebas de ataque sexual. Al menos, eso tengo entendido.

—No, pero a la gente le gusta creer que esas cosas pasan. Le da más morbo. Ya sabe cómo es la gente.

—Eso es lo que uno cree, aunque a veces nos damos cuenta de que no sabemos nada.

—¿No cree que sería mucho mejor para todos que mi amiga Judith Butler lo acompañara a ver a Mrs. Reynolds? Ella la conoce bastante bien y yo, en cambio, soy una desconocida.

—Lo haremos tal y como lo habíamos programado.

—El ordenador sigue encendido —protestó Mrs. Oliver con un tono de rebeldía.

Capítulo 7

Mrs. Reynolds no se parecía en nada a Mrs. Drake. No tenía el aspecto de ser una persona competente, ni nunca lo tendría.

Vestía de luto y apretaba entre las manos un pañuelo empapado. Era obvio que, en cualquier momento, volvería a echarse a llorar desconsoladamente.

—Es muy amable por su parte, se lo aseguro —le dijo a Mrs. Oliver—, que haya traído a su amigo para que nos ayude. —Estrechó la mano de Poirot mientras lo miraba con expresión dubitativa—. Si puede ayudarnos en lo que sea, le aseguro que le estaré eternamente agradecida, aunque no veo qué se puede hacer. Nada de lo que se haga podrá devolver la vida a mi pobre niña. Es terrible pensar que alguien pueda ser capaz de matar a una niña inocente. Si hubiera gritado... Pero supongo que le hundió la cabeza en el agua y se la mantuvo sumergida hasta ahogarla. Es horrible. No puedo recordarlo...

—Señora, no quiero alterarla. Por favor, no lo piense. Solo quiero hacerle unas preguntas que puedan ayudarnos, me refiero a encontrar al asesino de su hija. Supongo que usted no tiene ni la más mínima idea de su identidad.

—¿Cómo podría tenerla? Ni en sueños me ha pasado por la mente que pudiera ser alguien de por aquí. Es un lugar muy agradable y todos los que viven aquí son encantadores. Yo creo que fue alguien que estaba de paso, algún hombre terrible que se coló por alguna de las ventanas, alguien que habría tomado drogas o algo parecido. Vio las luces y, al comprobar que se trataba de una fiesta, decidió entrar.

—¿Está completamente segura de que el asesino fue un hombre?

—Tuvo que serlo —replicó Mrs. Reynolds sorprendida—. Estoy segura. No es posible que fuera una mujer, ¿o sí?

—Una mujer podría tener la fuerza necesaria.

—Sí, ya entiendo lo que quiere decir. Se refiere a que las mujeres de hoy en día son más atléticas. Pero ninguna mujer haría una cosa como esta, se lo aseguro. Joyce solo era una niña. Tenía trece años.

—No quiero angustiarla más alargando esta visita, señora, ni pretendo plantearle preguntas difíciles. Estoy seguro de que la policía lo está haciendo por su parte. Tampoco pretendo mortificarla insistiendo en hechos tan dolorosos. Solo me interesa un comentario que hizo su hija durante la fiesta. Usted no estuvo, ¿verdad?

—No, no asistí. Últimamente no me he encontrado muy bien de salud y las fiestas infantiles pueden llegar a ser agotadoras. Los llevé en coche y después fui a recogerlos. Los tres hermanos fueron juntos. Ann, la mayor, tiene dieciséis, y Leopold, casi once. ¿Cuál fue el comentario de Joyce que le interesa tanto?

—Mrs. Oliver, que estuvo presente en la fiesta, le dirá exactamente cuáles fueron las palabras de su hija. Creo que su hija comentó que, en cierta ocasión, había sido testigo de un asesinato.

—¿Joyce? Es imposible que dijera algo así. ¿Qué asesinato podría haber visto?

—Todo el mundo lo consideró poco probable —replicó el detective—. Pero me preguntaba si a usted le parecía probable. ¿Alguna vez le hizo algún comentario al respecto?

—¿Comentar que había presenciado un asesinato? ¿Joyce?

—Debe usted tener en cuenta que la palabra asesinato puede usarla alguien de la edad de Joyce en un sentido muy amplio. Quizá se tratara de un accidente de coche, de unos niños que se estuvieran peleando y que uno de ellos empujara al otro a un arroyo o por encima de la barandilla de un puente, una acción que no tuviera una intención criminal, pero que acabara en tragedia.

—No se me ocurre nada de ese tipo que sucediera aquí en presencia de Joyce y, desde luego, nunca me dijo ni media palabra. Quizá fue una broma.

—Se mostró muy segura —intervino Mrs. Oliver—. No se cansaba de repetir que era verdad y que lo había visto.

—¿Alguien la creyó? —preguntó la madre.

—No lo creo, o quizá no quisieron alentarla diciendo que la creían.

—Los demás se burlaron de ella y dijeron que se lo había inventado —señaló Poirot, poco dispuesto a ocultar la verdad.

—No se puede decir que fuera muy amable por su parte —comentó Mrs. Reynolds—. También es cierto que Joyce era muy dada a contar mentiras —añadió la mujer con el rostro enrojecido y una expresión indignada.

—Lo sé. Parece poco probable —declaró Poirot—. En cambio, puede que cometiera un error. Quizá vio algo que, a su juicio, pudiera tomarse por un asesinato. Tal vez un accidente...

—En ese caso me lo habría comentado, ¿no le parece? —protestó Mrs. Reynolds todavía indignada.

—Eso sería lo normal. ¿Jamás le dijo algo de este estilo? Quizá lo haya olvidado, sobre todo si se trataba de una cosa poco importante.

—¿Más o menos por qué fecha?

—No lo sabemos. Es una de las incógnitas. Pudo haber

sido hace tres semanas o tres años. Mencionó que, en aquel momento, era muy pequeña. ¿Qué puede considerar una niña de trece años como muy pequeña? ¿No recuerda usted algún acontecimiento excepcional?

—En absoluto. Oyes contar cosas o las lees en los periódicos. Ya sabe, me refiero a ataques a mujeres, peleas entre una chica y su novio o asuntos por el estilo. Pero nada importante que yo recuerde, ni nada que pudiera interesar a Joyce.

—Pero, dada la insistencia de Joyce en que había presenciado un asesinato, ¿no cree posible que fuera verdad?

—No lo habría dicho a menos que lo creyera, ¿verdad? —replicó Mrs. Reynolds—. Yo creo que se confundió con algo que leyó u oyó por ahí.

—Sí, es posible —asintió Poirot—. ¿Puedo hablar con sus otros dos hijos, que también estuvieron en la fiesta?

—Por supuesto, aunque no creo que puedan decirle gran cosa. Ann está arriba, preparando sus exámenes, y Leopold está en el jardín montando la maqueta de un avión.

Leopold era un chiquillo robusto y de cara redonda, que parecía muy concentrado en las labores mecánicas. Tardó unos minutos en hacer caso de las preguntas que le formulaban.

—Tú estuviste presente, ¿no es así, Leopold? Oíste lo que dijo tu hermana. ¿Qué dijo?

—¿Se refiere a aquello del asesinato? —preguntó Leopold, con tono aburrido.

—Sí, a eso me refiero. Mencionó que había presenciado un asesinato. ¿Es verdad que lo vio?

—No, por supuesto que no. ¿A quién iba a ver asesinado? Aquello fue algo muy propio de Joyce.

—¿Qué quieres decir con que fue muy propio de Joyce?

—Pavonearse —contestó Leopold, retorciendo un trozo de alambre mientras resoplaba sonoramente—. Era una chica bastante tonta. Era capaz de decir cualquier cosa para que la gente le prestara atención.

—¿O sea que, según tú, se inventó la historia?

Leopold miró a Mrs. Oliver.

—Supongo que pretendía impresionarla —opinó—. Usted escribe novelas policíacas, ¿no? Creo que se inventó la historia para que usted le dedicara más atención que a los demás.

—¿Eso es lo que crees?

—Era capaz de decir lo que fuera, pero estoy seguro de que nadie la creyó.

—Tú la oíste. ¿Crees que alguien dio crédito a su historia?

—Se lo oí decir, pero no le presté mucha atención. Beatrice se rio de ella, como Cathie. Comentaron que era una mentira como una casa o algo así.

No consiguieron sacarle nada más a Leopold. Subieron a la planta de arriba, donde Ann, que aparentaba tener más de dieciséis años, se dedicaba a preparar sus exámenes, rodeada de un montón de libros.

—Sí, estuve en la fiesta.

—¿Oíste a tu hermana comentar algo sobre que había sido testigo de un asesinato?

—Claro que sí, aunque no le hice mucho caso.

—¿No creíste que fuera verdad?

—Por supuesto que no era verdad. Por aquí no se ha producido un asesinato en siglos.

—Entonces, ¿por qué crees que lo dijo?

—Le gustaba darse importancia. En una ocasión, se montó una historia interesantísima de un viaje a la India. Mi tío había ido allí y ella hizo ver que lo había acompañado. Muchas chicas de la escuela la creyeron.

—¿O sea que tú no recuerdas que se haya cometido un crimen por aquí en los últimos tres o cuatro años?

—No, solo las cosas de siempre —respondió Ann—. Me

refiero a lo que lees todos los días en los periódicos. Además, ninguno ha ocurrido en Woodleigh Common. La mayoría de los delitos ocurren en Medchester.

—¿Quién crees que mató a tu hermana, Ann? Sin duda, conoces a sus amigos y a las personas a las que no les caía bien.

—No sé quién podía querer matarla. Supongo que fue obra de algún loco. Nadie más haría algo así.

—¿No hay nadie que discutiera con ella, o que no se llevara bien con Joyce?

—¿Quiere saber si tenía algún enemigo? Creo que eso es ridículo. Las personas no tienen enemigos. Solo hay personas que no te caen bien. —En el momento en que salían de la habitación, la muchacha añadió—: No quiero hablar mal de Joyce porque está muerta y no estaría bien, pero era una mentirosa de cuidado. Lamento decir estas cosas de mi hermana, pero es verdad.

—¿Hemos hecho algún progreso? —preguntó Mrs. Oliver en cuanto salieron de la casa.

—Ninguno —contestó Poirot—. Eso es muy interesante —añadió con expresión pensativa.

Mrs. Oliver lo miró como si no estuviera de acuerdo.

Capítulo 8

Eran las seis de la tarde en Pine Crest. Hércules Poirot engulló un trozo de salchicha y después bebió un trago de té que encontró demasiado fuerte. En cambio, la salchicha estaba deliciosa, en su punto. Dirigió una mirada de aprecio a Mrs. McKay, que presidía la mesa.

Elspeth McKay no se parecía en nada a su hermano, el jefe de policía Spence. Mientras que él era robusto, ella era menuda. Su afilado rostro contemplaba el mundo con una expresión astuta. Era delgada como una caña, pero cualquier observador podía encontrar dos rasgos comunes: uno en los ojos y el otro en la fuerza de la línea de las mandíbulas. Poirot se dijo que se podía confiar plenamente en el juicio y el sentido común de ambos. Se expresaban de modo diferente, aunque eso era todo. El jefe de policía hablaba lenta y cuidadosamente como resultado de la correcta valoración de cada una de sus palabras. Mrs. McKay, por su parte, era rápida y concisa.

—En gran parte, todo depende del carácter de la niña: Joyce Reynolds —manifestó Poirot—. Eso es lo que más me intriga.

Miró a Spence con una expresión interrogativa.

—En eso no le puedo ayudar —señaló Spence—. Vivo aquí desde hace poco. Será mejor que se lo pregunte a Elspeth.

Poirot volvió a mirar a Mrs. McKay arqueando las cejas. La mujer respondió de inmediato.

—Yo diría que era una mentirosa de tomo y lomo.

—¿No era una niña a la que se pudiera creer?

Elspeth meneó la cabeza enfáticamente.

—Por supuesto que no. Era capaz de contar las historias más fantásticas, y las contaba muy bien, aunque nunca te creías ni media palabra.

—¿Cree que lo hacía para darse importancia?

—Eso es. Supongo que ya le habrán hablado del cuento del viaje a la India, ¿no? Hubo muchos que se lo creyeron. La familia había ido de vacaciones a algún país extranjero. No sé si los padres, o los tíos, pero la cuestión es que fueron a la India y ella regresó de esas vacaciones contando unas historias increíbles. Era digno de escuchar. Un rajá, cacerías de tigres y elefantes. Las contaba muy bien, y muchos de por aquí se las creyeron. Sin embargo, yo dije inmediatamente que estaba fantaseando más de la cuenta. Quizá estuviera exagerando, pero la historia cada vez tenía nuevos elementos. Había más tigres y más elefantes cada vez. Yo ya sabía que era aficionada a inventarse historias.

—¿Siempre para llamar la atención?

—Sí, sabía llamar la atención.

—Solo porque una niña cuente la historia de un viaje que nunca hizo —intervino Spence— no quiere decir que todo lo que contara fuese mentira.

—Quizá no —replicó su hermana—, pero lo más probable es que así fuera.

—Por lo tanto, usted cree que si Joyce Reynolds dijo que había visto cometer un crimen, lo más probable es que mintiera.

—Eso creo.

—Podrías estar equivocada —insistió el jefe de policía.

—Sí, cualquiera puede equivocarse. Es como la historia

del niño que gritaba: «¡El lobo! ¡El lobo!», y el día en que apareció el lobo de verdad, nadie lo creyó y entonces el lobo se lo comió.

—O sea...

—Yo digo que lo más probable es que no dijera la verdad, pero soy una mujer justa. Quizá vio algo, no tanto como dijo, aunque sí alguna cosa.

—Con la consecuencia de que la mataron —afirmó Spence—. Debes tenerlo en cuenta, Elspeth. La asesinaron.

—Eso es cierto, y por eso digo que quizá la haya juzgado mal. Si es así, lo lamento. Pero pregúntale a cualquiera que la conociese y todos te dirán que la mentira era natural para ella. Piensa que estaba en una fiesta. Lo más probable es que quisiera impresionar a los demás.

—Si fue así, no lo consiguió. Nadie la creyó —señaló Poirot.

Mrs. McKay miró al detective con una expresión de duda.

—¿Quién sería la persona a la que vio asesinar? —preguntó Poirot, mirando a los hermanos.

—A nadie —respondió Elspeth sin vacilar.

—Alguna muerte se habrá producido por aquí durante los últimos tres años —manifestó Poirot.

—Por supuesto —contestó el jefe de policía—, pero nada fuera de lo normal. Personas mayores, gente que estaba enferma desde hacía tiempo, quizá algún accidente mortal en la carretera en el que el conductor se dio a la fuga.

—¿Ninguna muerte anormal o inesperada?

—Bueno... —comenzó Elspeth—. Verá...

Spence respondió a la pregunta de Poirot.

—Le he preparado una lista con unos cuantos nombres. —Le entregó el papel a Poirot—. Le ahorrará tiempo. No tendrá que hacer tantas preguntas.

—¿Son las presuntas víctimas?

—Yo no diría tanto. Entran dentro de las posibilidades.

Poirot leyó la lista en voz alta.

—Mrs. Llewellyn-Smythe, Charlotte Benfield, Janet White, Lesley Ferrier. —Se interrumpió para mirar a Mrs. McKay y repitió el primer nombre.

—Podría ser —opinó Elspeth—. Sí, ahí podría haber algo. —Añadió una palabra que a Poirot le sonó como «ópera».

—¿Ópera? —El detective se mostró intrigado.

Nadie había hablado de algo relacionado con la ópera.

—Se marchó una noche —añadió Mrs. McKay— y nunca más supimos de ella.

—¿De Mrs. Llewellyn-Smythe?

—No, no. La chica *ópera*. Quizá le puso algo en la medicación sin que nadie se diera cuenta. Se quedó con todo el dinero o, mejor dicho, creyó que se lo quedaría.

Poirot miró a su amigo en busca de una explicación.

—Nunca tuvimos noticias de ella —repitió Elspeth—. Todas las extranjeras son iguales.

De repente Poirot lo vio claro. Acababa de descubrir el significado de la palabra *ópera*.

—Una *au pair* —exclamó.

—Eso es. Vivía con la anciana y desapareció una o dos semanas después de la muerte de su señora. Desapareció sin dar explicaciones.

—Yo creo que se fue con un hombre —intervino Spence.

—Nadie de por aquí sabía de su existencia, si hubiese sido el caso —replicó la hermana—, y a la gente le gusta hablar de esos temas. Todo el mundo sabe quién sale con quién.

—¿Alguien de por aquí creyó que había algo anormal en la muerte de Mrs. Llewellyn-Smythe? —preguntó Poirot.

—No. Padecía del corazón. El médico la visitaba regularmente.

—Sin embargo, amigo mío, la ha puesto en primer lugar en la lista de presuntas víctimas.

—Era una mujer rica, mejor dicho, muy rica. Su fallecimiento no fue inesperado, pero sí repentino. Yo diría que el doctor Ferguson se llevó una sorpresa, aunque no demasiado. Supongo que esperaba que viviera más tiempo. Sin embargo, los médicos también se encuentran con estas sorpresas. Ella no era de las que hacen demasiado caso a los galenos. Le habían dicho que no se fatigara en exceso, pero ella hacía su santa voluntad. Para empezar, era una fanática de la jardinería, y eso es algo que no viene muy bien a los que padecen del corazón.

Elspeth recuperó el relato, aprovechando la pausa que hizo su hermano.

—Vino aquí cuando empeoró su salud. Antes vivía en el extranjero. Vino para estar cerca de su sobrino y de su esposa, Mr. y Mrs. Drake, y compró la casa de la cantera, un enorme caserón victoriano que incluía una cantera abandonada que le atrajo mucho, lo consideraba un sitio con muchas posibilidades. Se gastó miles de libras para convertir la cantera en un jardín. Hizo venir a un jardinero paisajista de Wisley para que lo diseñara. Le aseguro que es algo digno de ver.

—Iré a verlo. Quién sabe, a lo mejor me da alguna idea.

—Sí, yo en su lugar iría. No se arrepentirá.

—¿Dice usted que era rica?

—La viuda de un constructor naval. Estaba forrada.

—Su muerte no fue inesperada porque padecía del corazón, pero sí repentina —insistió el jefe de policía—. Nadie se planteó que el fallecimiento se debiera a otras causas que las naturales. Un fallo cardíaco o algo así. El médico mencionó algo coronario.

—¿Se planteó la posibilidad de instruir una causa judicial?

Spence negó con la cabeza.

—Ha ocurrido otras veces antes —señaló Poirot—. Le dicen a una mujer mayor que tenga cuidado, que no suba y baje escaleras, que no realice tareas de jardinería y otras cosas. Pero si se trata de una mujer activa, que toda su vida ha sido una entusiasta de la jardinería y que casi siempre ha hecho su voluntad, es posible que no haga mucho caso de las recomendaciones.

—Eso es muy cierto. Mrs. Llewellyn-Smythe transformó la cantera en un lugar bellísimo, o mejor dicho lo hizo el paisajista. Él y la viuda le dedicaron tres o cuatro años de trabajo. Creo que la anciana había visto un jardín parecido en Irlanda durante un viaje turístico que hizo por los jardines del patrimonio nacional. Tomándolo como modelo, transformaron el lugar. Hay que verlo para creer lo que hicieron.

—O sea que tenemos una muerte por causas naturales, certificada por el médico del pueblo. ¿Se trata del mismo médico que hay ahora y al que iré a visitar dentro de un rato?

—Sí, el doctor Ferguson. Es un hombre de unos sesenta años, muy bueno en su trabajo y que cuenta con el aprecio de la población.

—No obstante, usted sospecha que la muerte de la viuda pudo ser un asesinato. ¿Por alguna otra razón, aparte de las que ya me ha explicado?

—Para empezar, la *ópera* —señaló Elspeth.

—¿Por qué?

—Seguro que fue ella quien falsificó el testamento. ¿Quién lo haría, si no?

—Tendrá usted que explicarme un poco más. ¿Qué es todo eso de un testamento falsificado?

—Verá, se produjo un escándalo cuando hubo que legalizar el testamento de la anciana.

—¿Era un testamento nuevo?

—Era lo que llaman un codi... no sé cuántos... Ah, sí, codicilo.

Elspeth miró a Poirot para saber si lo había dicho bien. El detective asintió.

—Ya había redactado otros testamentos anteriores —señaló el jefe de policía—. Todos muy parecidos. Donaciones a entidades benéficas, legados a los viejos criados, aunque el grueso de su fortuna siempre era para el sobrino y su esposa, sus parientes más cercanos.

—¿Cuáles eran las disposiciones del codicilo?

—Se lo dejaba todo a la *ópera* —respondió Mrs. McKay—, en agradecimiento por sus devotos cuidados y su bondad. Algo así.

—Hábleme más de la *au pair*.

—Era de algún país de Europa central, uno con nombre muy largo.

—¿Cuánto tiempo estuvo con la anciana?

—Poco más de un año.

—Siempre la llama anciana. ¿Qué edad tenía?

—Tenía sesenta y tantos. Sesenta y cinco o sesenta y seis.

—Eso no es ser anciano —protestó Poirot vivamente.

—Redactó muchos testamentos —continuó Elspeth—. Tal como dice Bert, todos eran muy parecidos. Dejaba dinero a un par de instituciones y obsequios para los antiguos criados y cosas por el estilo, pero siempre el grueso de la fortuna era para el sobrino y su esposa, y creo que también había una parte para un primo que ya estaba muerto cuando ella falleció. Además, dejaba un bungaló para el paisajista, junto con una pequeña asignación para que se ocupara del jardín y lo mantuviera abierto al público, o algo así.

—Supongo que la familia impugnó las disposiciones alegando trastorno mental o que se habían ejercido influencias indebidas.

—Seguro que hubieran llegado a ese extremo —comentó Spence—, pero los abogados descubrieron el truco casi en el acto. Al parecer, no era una falsificación muy convincente.

—Por lo visto, había pruebas para demostrar que la muchacha podía haberlo hecho sin problemas —añadió Elspeth—. Verá, ella escribía muchas de las cartas de su señora y, al parecer, a Mrs. Llewellyn-Smythe le desagradaba enviar cartas mecanografiadas a sus amigos. Si no era por algún asunto de negocios, siempre decía: «Escríbela a mano con una letra lo más parecida a la mía que puedas y después firma con mi nombre». Mrs. Minden, la asistenta, se lo oyó decir un día y supongo que la muchacha se acostumbró a escribir imitando la letra de su patrona, hasta que se le ocurrió que podía falsificar el testamento y salirse con la suya. Así empezó todo. Pero, como le dije, los abogados se dieron cuenta de que era una falsificación.

—¿Los abogados de la difunta?

—Así es. Fullerton, Harrison y Leadbetter. Una firma muy respetable de Medchester. Se ocupaban de todos sus asuntos legales. La cuestión es que llamaron a unos expertos, comenzaron a hacer preguntas y también interrogaron a la muchacha, quien, en cuanto vio por dónde iban los tiros, se marchó sin más. Ni siquiera se llevó la mitad de sus pertenencias. Estaban a punto de iniciar acciones legales en su contra, pero ella no esperó a que las cosas llegaran a ese punto. Sencillamente se largó. La verdad es que no es difícil salir de este país, si lo preparas con tiempo. Incluso puedes viajar al continente sin pasaporte, y, si estás de acuerdo con alguien del otro lado, se pueden organizar las cosas antes de que nadie dé la voz de alarma. Es probable que haya vuelto a su país, que se haya cambiado el nombre o que esté con unos amigos.

—Pero todo el mundo creyó que Mrs. Llewellyn-Smythe falleció de muerte natural —objetó Poirot.

—Sí, no creo que se plantearan dudas al respecto. Solo digo que es posible, porque estas cosas han ocurrido antes sin que el médico sospechara nada. Supongamos que la niña oyó que, mientras la *au pair* le daba la medicina a su señora, esta dijera algo así como «Hoy no tiene el mismo gusto» o «Esto tiene un regusto amargo».

—Cualquiera creería que estabas allí escuchando, Elspeth —dijo el jefe de policía—. Todo eso te lo estás imaginando.

—¿Cuándo y dónde murió? —preguntó Poirot—. ¿Por la mañana, por la tarde o por la noche, dentro o fuera, en su casa o en otro lugar?

—Falleció en su casa. Un día, cuando volvió de trabajar en el jardín, le costaba respirar. Dijo que se sentía muy cansada y que se echaría un rato en la cama. Para resumirlo en una frase: no volvió a despertar. Algo que parece de lo más natural, desde el punto de vista médico.

Poirot sacó su libreta. En una página ya había escrito la palabra: «Víctima». Abajo, anotó: «N.° 1. Presunta: Mrs. Llewellyn-Smythe». En otras páginas escribió los demás nombres que le había facilitado Spence.

—¿Qué hay de Charlotte Benfield?

—Una vendedora de dieciséis años —respondió Spence inmediatamente—. Heridas múltiples en la cabeza. La encontraron en un sendero cercano al jardín de la cantera. Se sospechó de dos jóvenes. Ambos habían salido con la muchacha. Ninguna prueba.

—¿Colaboraron con la policía en sus investigaciones?

—Así es, aunque se trata de la frase habitual. No ayudaron gran cosa. Estaban asustados. Contaron algunas mentiras, se contradijeron. No daban la impresión de ser los asesinos, pero cualquiera de los dos pudo haberlo hecho.

—¿Puede decirme algo más de esos muchachos?

—Peter Gordon, veintiún años, en paro. Tuvo un par de trabajos, pero lo despidieron. Haragán. Guapo. Estuvo en libertad vigilada en un par de ocasiones por delitos menores. No tenía antecedentes violentos. A veces se le veía en compañía de un grupo de gamberros, aunque nunca se metió en problemas serios.

—¿Qué hay del otro?

—Thomas Hudd. Veinte años. Tartamudo. Tímido. Neurótico. Quería ser maestro, pero no consiguió aprobar el examen de ingreso. Su madre es viuda. Es una de esas mujeres posesivas. No animaba a su hijo para que se relacionara con chicas; al contrario, lo mantenía pegado a sus faldas todo lo que podía. Trabajó en una papelería. No tiene antecedentes delictivos, pero sí el perfil psicológico adecuado. La muchacha abusaba de él y los celos podrían ser un motivo, aunque no se encontraron indicios. Ambos tenían coartadas. La de Hudd se la proporcionó su madre. Juró que su hijo había estado en su casa todo el día, y no se encontró a nadie que pudiera dar fe de haberlo visto en otra parte o cerca de la escena del crimen. En cuanto a Gordon, la coartada se la proporcionó uno de sus amigotes. No era demasiado sólida, pero tampoco se encontró nada que la desmintiera.

—¿Cuándo ocurrió todo esto?

—Hace dieciocho meses.

—¿Dónde?

—En un sendero que atraviesa unos campos no muy lejos de Woodleigh Common.

—A medio kilómetro —puntualizó, meticulosa, Elspeth.

—¿Cerca de casa de Joyce, la casa de los Reynolds?

—No, al otro lado del pueblo.

—Parece poco probable que se trate del asesinato del que hablaba Joyce —opinó Poirot pensativo—. Si ves que un muchacho le está golpeando en la cabeza a una chica, no dudas de que se trate de un asesinato. No hay que esperar un año para saberlo. —Miró la lista y preguntó—: ¿Lesley Ferrier?

—Pasante en un despacho de abogados. Veintiocho años, empleado de Fullerton, Harrison y Leadbetter de Market Street, Medchester.

—Eran los abogados de Mrs. Llewellyn-Smythe, ¿no?

—Sí, los mismos.

—¿Qué le pasó a Lesley Ferrier?

—Lo apuñalaron por la espalda. No muy lejos del Cisne Verde. Se comentaba que tenía una aventura con la esposa del dueño del bar, Harry Griffin. Era una mujer muy guapa, todavía lo es. Cinco o seis años mayor que él, pero le gustaban jóvenes.

—¿Qué hay del arma?

—No la encontraron. Decían que Lesley había roto con ella y que salía con otra chica, pero nunca se averiguó quién podría ser ella.

—¡Ah! ¿De quién se sospechó? ¿Del dueño del bar o de su esposa?

—De ambos. Cualquiera de los dos tenía motivos. La esposa era la candidata más probable. Era medio gitana y tenía un temperamento muy fogoso. Pero había más posibilidades. El tal Lesley no llevaba una vida irreprochable. Se había metido en problemas cuando aún no había cumplido los veinte. Falsificó las cuentas en la empresa donde trabajaba. Se dijo que venía de un hogar destrozado y las historias de siempre. Sus jefes hablaron en su favor. Le condenaron a un par de años de cárcel y, cuando salió, lo contrataron en Fullerton, Harrison y Leadbetter.

—¿Llevó una vida decente tras cumplir la condena?

—No se encontró nada en su contra. Al parecer, se comportó honestamente en el despacho, pero se vio mezclado en algunas transacciones dudosas con sus amigos. Era un pillastre muy listo.

—¿Cuál es la alternativa?

—Quizá le apuñaló alguno de sus compinches. Cuando

te mezclas con gente de mal vivir, lo más probable es que acabes con un navajazo si les haces una mala jugada.

—¿Algo más?

—Tenía mucho dinero en su cuenta de ahorros. Ingresos en efectivo. No se encontró justificación alguna para esos ingresos extraordinarios. Eso ya era sospechoso de por sí.

—¿Es posible que lo sustrajera del despacho donde trabajaba?

—Dijeron que no. Llamaron a un contable para que hiciera una auditoría, pero todo estaba en orden.

—¿La policía no consiguió averiguar de dónde procedía aquel dinero?

—No —respondió Spence.

—Una vez más, yo diría que no es el asesinato que presenció Joyce —manifestó Poirot. Leyó el último nombre—: Janet White.

—La encontraron estrangulada en un sendero que utilizaba como atajo para ir de la escuela a su casa. Compartía un apartamento con otra maestra. Nora Ambrose. Según declaró miss Ambrose, su compañera había manifestado en varias ocasiones que se sentía acosada por el hombre con quien había salido hasta hacía un año. Se ve que el hombre le enviaba cartas amenazadoras. Nunca se averiguó quién era. Miss Ambrose no conocía su nombre, ni tenía la menor idea de dónde vivía.

—¡Ajá! —exclamó Poirot—. Este ya me gusta más.

Marcó un asterisco junto al nombre.

—¿Por qué? —le preguntó el jefe de policía.

—Está dentro de los asesinatos que una niña de la edad de Joyce podría presenciar. Podría reconocer a la víctima, una maestra a la que conociera, que quizá le diera clase. Es posible que no conociera al atacante. Tal vez presenció la lucha, oyó la pelea entre una joven conocida y un extraño, pero no pensó más en aquel momento. ¿Cuándo mataron a Janet White?

—Hace dos años y medio.

—Eso también cuadra con el momento. Lo más lógico es que no comprendiera que el hombre al que vio rodeando el cuello de Janet White con las manos no la estaba acariciando, sino que estaba cometiendo un asesinato. Fue después, al hacerse mayor, cuando se dio cuenta de que había presenciado un asesinato. —Miró a Elspeth—. ¿Está usted de acuerdo con mi razonamiento?

—Comprendo lo que quiere decir —replicó la mujer—, pero ¿no está invirtiendo los términos? Busca la víctima de un asesinato cometido hace años en lugar de buscar al hombre que mató a una niña en Woodleigh Common hace solo tres días.

—Vamos del pasado al futuro —manifestó el detective—. Hemos venido desde hace dos años y medio hasta tres días atrás. Por lo tanto, tenemos que considerar algo que sin duda usted ya ha considerado. ¿Quién, de entre los presentes a la fiesta celebrada en Woodleigh Common, podría estar relacionado con un crimen anterior?

—Ahora ya podemos limitar el número de candidatos —señaló Spence—, siempre que aceptemos el supuesto de que a Joyce la mataron porque horas antes había afirmado que había sido testigo de un asesinato. Lo manifestó mientras se hacían los preparativos de la fiesta. Quizá nos equivoquemos al creer que ese fue el motivo del asesinato, pero no creo que vayamos errados. Por lo tanto, aceptemos que ella dijo haber visto un asesinato y alguno de los presentes escuchó sus afirmaciones durante los preparativos y decidió actuar lo antes posible.

—¿Quiénes estaban presentes? Supongo que lo sabe.

—Sí, aquí tengo la lista.

—¿La ha verificado a fondo?

—Sí, la he repasado dos veces, aunque no ha sido fácil. Aquí hay dieciocho nombres.

Lista de las personas presentes durante los preparativos de la fiesta de Halloween:

Mrs. Drake (propietaria de la casa)
Mrs. Butler
Mrs. Oliver
Miss Whittaker (maestra de escuela)
Reverendo Charles Cotterell (vicario)
Simon Lampton (diácono)
Miss Lee (enfermera del doctor Ferguson)
Ann Reynolds
Joyce Reynolds
Leopold Reynolds
Nicholas Ransom
Desmond Holland
Beatrice Ardley
Cathie Grant
Diana Brent
Mrs. Garlton (asistenta)
Mrs. Minden (asistenta)
Mrs. Goodbody (vecina)

—¿Está seguro de que están todos?

—No, no lo estoy —contestó el jefe de policía—, ni creo que nadie pueda estarlo. Verá, varias personas entraron a traer cosas. Una trajo las bombillas de colores; otra, los espejos. También trajeron los platos necesarios. Alguien prestó un barreño de plástico. La gente traía algo, charlaba un rato y se marchaba. No se quedaron a ayudar. Por lo tanto, es posible que no se fijaran en alguien determinado y, de este modo, no lo contaran como presente. Pero esa persona, incluso aunque solo entrase para dejar un barreño en el vestíbulo, pudo haber oído lo que Joyce decía en la sala. Recuerde que gritaba. No podemos limitarnos a esta lista, aunque es lo mejor que tenemos. Aquí está. Échele un vistazo. He incluido una breve descripción junto a cada nombre.

—Muchas gracias. Solo una pregunta más. Supongo que usted habrá interrogado a algunas de estas personas que también estuvieron en la fiesta. ¿Alguna mencionó lo que había dicho Joyce?

—Creo que no. No hay constancia oficial. La primera noticia que tuve me la facilitó usted.

—Es interesante —opinó Poirot—. Incluso diría que resulta notable.

—Es obvio que nadie se lo tomó en serio —señaló el jefe de policía.

Poirot asintió con expresión pensativa.

—Debo marcharme si quiero llegar puntual a mi cita con el doctor Ferguson —dijo mientras doblaba la lista y se la guardaba en el bolsillo.

Capítulo 9

El doctor Ferguson era un hombre de unos sesenta años, de ascendencia escocesa y modales bruscos. Miró a Poirot de pies a cabeza con unos ojos astutos, ensombrecidos por unas cejas muy pobladas.

—¿A qué viene todo esto? —preguntó—. Siéntese, pero tenga cuidado con la silla, tiene una pata floja.

—Tal vez tendría que explicarle... —comenzó Poirot.

—No tiene que explicarme nada —le interrumpió el doctor Ferguson—. En un lugar como este, todo el mundo se entera de todo. Aquella escritora lo ha traído aquí como el supremo detective que viene a asombrar a nuestros policías. Es más o menos así, ¿no?

—En parte. He venido para visitar a un amigo, el jefe de policía Spence, que vive con su hermana.

—¿Spence? Un buen hombre. Un sabueso, un policía honesto de la vieja escuela, inteligente y honrado. Nada de sobornos ni violencia.

—Lo ha juzgado usted correctamente.

—¿Qué le ha dicho él y qué le ha dicho usted?

—Tanto él como el inspector Raglan han sido muy amables conmigo. Espero que usted también lo sea.

—No hay razón para serlo, ya que no sé nada de lo que ocurrió. Durante una fiesta, a una niña le meten la cabeza en un barreño lleno de agua hasta que se ahoga. Un asunto repugnante. Claro que en estos tiempos no tiene nada de particular que se carguen a un niño. Me han llamado multitud de veces a lo largo de los últimos diez años para reconocer los cadáveres de niños y niñas asesinados, demasiadas. Muchas personas que tendrían que estar ingresadas en alguna institución psiquiátrica no lo están. No tienen plazas en los sanatorios. Esas personas circulan libremente, son bien habladas, visten bien y tienen el aspecto de cualquier otra persona, pero al mismo tiempo siempre están buscando a una nueva víctima y disfrutan matando. Claro que, por lo general, no suelen hacerlo durante una fiesta. El riesgo de que las pillen es demasiado alto, aunque supongo que la novedad puede atraer a un perturbado mental...

—¿Tiene alguna idea de quién pudo asesinarla?

—¿Cree que puedo responder a esa pregunta como si nada? Necesitaría tener pruebas, ¿no le parece? Tendría que estar seguro.

—Podría hacer una hipótesis.

—Cualquiera puede adivinarlo. Si me llaman para una visita, tengo que averiguar si el chico pillará el sarampión o si se trata de una alergia al marisco o a la almohada de plumas. Debo preguntar para descubrir qué ha comido o bebido, dónde ha dormido o con qué chicos ha estado. Si ha viajado en autobús con los hijos de Mrs. Smith o de Mrs. Robinson, que han tenido el sarampión, y cosas de ese estilo. Después aventuro una opinión sobre las posibilidades, y eso es lo que llamamos diagnóstico. No se puede hacer en un santiamén y tienes que estar seguro.

—¿Conocía a la niña?

—Por supuesto. Era una de mis pacientes. Aquí solo vivimos dos médicos, Worrall y yo. Da la casualidad de que yo soy el médico de la familia Reynolds. Joyce era una niña saludable. Tuvo las enfermedades típicas de la infancia. Nada de particular o anormal. Comía y hablaba demasiado. Hablar demasiado nunca le hizo el menor daño. Comer demasiado le producía de vez en cuando lo que se llamaba antiguamente un ataque de bilis. Tuvo paperas y varicela, nada más.

—Quizá en esa ocasión habló demasiado, como usted dice que tenía por costumbre.

—¿Esa es la pista que sigue? Oí algunos comentarios. Algo parecido a «lo que vio la criada», solo que no fue divertido, sino una tragedia. ¿Es eso?

—Podría ser el motivo.

—No se lo niego, pero hay otras razones. Los trastornos mentales parecen ser la respuesta común actualmente, o por lo menos es la habitual en los juicios. Nadie se benefició económicamente con su muerte, nadie la odiaba, aunque me parece que en la actualidad no hay que buscar una razón cuando se trata de niños. El motivo está en otra parte, en la mente del asesino. En su mente perturbada, en su mente malvada, en su mente retorcida, o como quiera llamarla. No soy psiquiatra. Hay veces en las que acabo hasta el gorro de escuchar las mismas palabras: «Se ordena un reconocimiento psiquiátrico», cuando se trata de un gamberro que ha entrado en una casa, ha destrozado los espejos, se ha hecho con unas cuantas botellas de whisky, ha robado la plata y le ha partido la cabeza a alguna pobre anciana. Ahora, sin importar lo que hagan, se les hace pasar un examen psiquiátrico.

—En el caso que nos ocupa, ¿a quién enviaría usted a que le hicieran un examen psiquiátrico?

—¿Se refiere de los que estaban allí la otra noche?

—Efectivamente.

—El asesino era uno de los que estaban allí, ¿no? De lo contrario no hubiera habido un asesinato, ¿correcto? Estaba entre los invitados, era uno de los que ayudaron a preparar la fiesta o fue alguien que entró por una ventana con la intención de matar a alguien. Probablemente, conocía las cerraduras de la casa. Quizá había estado antes para echar una ojeada. Quería matar a alguien. No tiene nada de extraño. En Medchester tuvimos un caso así. Se descubrió al cabo de seis o siete años. Un chico de trece años. Quería matar a alguien, así que asesinó a una niña de nueve, robó un coche, condujo once o doce kilómetros hasta un bosquecillo, la enterró allí, se marchó y llevó una vida intachable, que sepamos, hasta que cumplió los veintiuno. Claro que solo tenemos su palabra de que no mató a nadie más. Probablemente lo hizo. Descubrió que le gustaba matar. Supongo que no mató a muchos, porque en ese caso la policía lo hubiera pillado antes, pero de vez en cuando sentía el impulso. Informe psiquiátrico: cometió el asesinato mientras padecía enajenación mental. Intento convencerme de que eso fue lo que ocurrió. Me alegro de no ser psiquiatra, aunque tengo amigos que lo son. Algunos son sensatos, pero hay otros a los que habría que encerrar en algún sanatorio. La persona que mató a Joyce seguramente tenía unos padres normales, buenos modales, un aspecto agradable. Nadie sospecharía que padeciera trastornos mentales. ¿Alguna vez ha mordido una manzana jugosa y se ha encontrado con un gusano repugnante que asoma la cabeza en el corazón? Hay muchos seres humanos que son así. Ahora hay más que antes.

—¿No tiene ninguna sospecha?

—No puedo jugarme el cuello y decir que este o aquel es un asesino sin tener pruebas.

—Sin embargo, admite que tuvo que ser alguno de los invitados a la fiesta. No se puede tener un crimen sin asesino.

—Es algo frecuente en algunas de las novelas que se escriben. Probablemente esa autora que tanto le aprecia lo haga. Pero en este caso estoy de acuerdo. El asesino tuvo que estar allí, un invitado, una criada, alguien que entró por una ventana. Pudo hacerlo sin problemas si había comprobado las cerraduras de antemano. Si se tratara de un loco, quizá le atrajo la novedad y le pareció divertido asesinar a alguien en una fiesta de Halloween. Es el único punto de partida que tiene, ¿no? Alguno de los que estuvieron en la fiesta.

El médico miró a Poirot y la burla brilló en sus ojos.

—Yo también estuve. Llegué tarde, para ver cómo iban las cosas. —Asintió vigorosamente—. Sí, ese es el problema. Como una crónica social: entre los presentes se encontraba el asesino.

Capítulo 10

Poirot contempló el edificio de Los Olmos y le gustó. Entró y alguien que debía de ser una secretaria lo condujo de inmediato hasta el despacho de la directora. Miss Emlyn se levantó para darle la bienvenida.

—Estoy encantada de conocerle, monsieur Poirot. He oído hablar mucho de usted.

—Es muy amable.

—A una vieja amiga mía, miss Bulstrode, la antigua directora de Meadowbank. ¿Recuerda a miss Bulstrode?

—Es difícil de olvidar. Una persona admirable.

—Sí —afirmó miss Emlyn—. Ella hizo que Meadowbank se convirtiese en la escuela que es hoy. —Exhaló un suspiro y añadió—: Ahora ha cambiado un poco. Otros objetivos, diferentes métodos, aunque todavía se sostiene como una escuela distinguida, progresista, pero también tradicional. Sin embargo, no debemos vivir tanto en el pasado. Supongo que ha venido a verme por la muerte de Joyce Reynolds. No sé si tiene usted algún interés particular en el caso. ¿No se aleja de lo que hace habitualmente? ¿La conocía en persona, o quizá a la familia?

—No. He venido porque me lo ha pedido una vieja amiga. Mrs. Ariadne Oliver se alojaba aquí y asistió a la fiesta.

—Escribe unos libros maravillosos —opinó la directora—. Tuve la oportunidad de hablar con ella en un par de ocasiones. Bueno, supongo que eso facilitará las cosas. Cuando no se trata de algo personal, uno puede hablar sin tapujos. Fue un episodio horrible y, si se me permite decirlo, algo muy poco probable. Los niños involucrados no son lo bastante mayores ni tan pequeños como para entrar dentro de una categoría especial. Aquí lo más probable es un crimen psicológico. ¿Coincide conmigo?

—No —replicó Poirot—. Creo que fue un asesinato que, como la mayoría de ellos, se cometió por un motivo, posiblemente por un motivo sórdido.

—¿Cuál cree que es la razón?

—La razón fue un comentario que hizo Joyce, no en el momento de la fiesta, según tengo entendido, sino horas antes, mientras algunos chicos mayores y otras personas se ocupaban de los preparativos. Dijo que, en una ocasión, había sido testigo de un asesinato.

—¿La creyeron?

—Creo que la mayoría no la creyó.

—Esa parece la respuesta más probable. Y se lo diré con toda claridad, monsieur Poirot, porque no queremos que una emoción innecesaria ofusque nuestras facultades mentales: Joyce era una niña mediocre. No era estúpida ni muy inteligente. Francamente, era una mentirosa compulsiva, aunque con eso no quiero decir que tuviera mala intención. No intentaba librarse de castigos o que no la descubrieran haciendo algo malo. Le gustaba alardear de cosas que no habían sucedido pero que impresionaban a las amigas que la estaban escuchando. Por supuesto, ellas no se creían las fantásticas historias que contaba.

—¿Cree usted que afirmó haber sido testigo de un asesinato para darse importancia, para despertar el interés de alguien?

—Sí, yo diría que Ariadne Oliver era la persona a la que quería impresionar.

—¿O sea que usted no cree que Joyce presenciara un asesinato?

—Lo dudo mucho.

—¿Cree que se lo inventó?

—No diría tanto. Quizá presenció un accidente de coche o vio que alguien resultaba herido cuando una pelota de golf le golpeaba en la cabeza mientras jugaba en el campo, algo que ella pudiera convertir en un acontecimiento impresionante que podía pasar como un intento de asesinato.

—Por lo tanto, la única suposición que podemos hacer es que había un asesino en aquella fiesta de Halloween.

—Efectivamente —respondió miss Emlyn, imperturbable—. Por supuesto, es la conclusión lógica.

—¿Tiene alguna idea de quién podría ser el presunto asesino?

—Una pregunta muy sensata. Después de todo, la mayoría de los niños de la fiesta tenían entre nueve y quince años, y prácticamente todos han sido o son alumnos de mi escuela. Los conozco bastante bien, tanto a ellos como a sus familias y su situación familiar.

—Si no me equivoco, hace un par de años una de las maestras de esta escuela fue estrangulada por un asesino desconocido.

—¿Se refiere usted a Janet White? Una chica apasionada de unos veinticuatro años. Por lo que sé, salió a dar un paseo sola... Claro que tal vez tenía una cita con algún joven. Era una muchacha que a los hombres les parecía muy atractiva, aunque sin llegar a ser nada espectacular. Nunca encontraron al asesino. La policía interrogó a varios jóvenes, o les pidió que colaboraran en la investigación, como se suele decir, pero no encontraron indicios para acusar a nadie. Un asunto poco satisfactorio desde su punto de vista, y yo diría que también desde el mío.

—Usted y yo tenemos un principio en común. No aprobamos el asesinato.

Miss Emlyn le miró sin expresar nada, pero a Poirot le pareció que lo estaba valorando con mucho cuidado.

—Me gusta cómo lo ha dicho —manifestó la directora—. Por lo que leemos y oímos estos días, parece como si un asesinato cometido en determinadas circunstancias empezara a ser cada vez más aceptable para un amplio sector de la comunidad.

La mujer se quedó callada unos instantes y Poirot esperó. Estaba seguro de que la directora estaba considerando algún plan de acción. Por fin, miss Emlyn se levantó y tocó un timbre.

—Creo que lo mejor será que hable con miss Whittaker.

Miss Emlyn abandonó el despacho y transcurrieron unos cinco minutos antes de que se abriera la puerta, por la que entró una mujer de unos cuarenta años con el pelo rojizo cortado muy corto. Entró con paso enérgico.

—¿Monsieur Poirot? ¿En qué puedo ayudarle? Miss Emlyn cree que puedo serle útil.

—Si eso es lo que cree miss Emlyn, entonces no hay duda de que me será útil.

—¿La conoce usted?

—Nos acabamos de conocer esta tarde.

—No ha tardado mucho en formarse una opinión sobre ella.

—Confío en que usted me diga que he acertado.

Elizabeth Whittaker exhaló un rápido suspiro.

—Sí, por supuesto, ha acertado. Supongo que todo esto tiene relación con la muerte de Joyce Reynolds. No sé exactamente por qué interviene en el caso. ¿Le ha pedido ayuda la policía?

Negó con la cabeza como si la explicación le pareciera poco satisfactoria.

—No, no ha sido la policía, es una cuestión personal. Me ha llamado una amiga.

La maestra acercó una silla y se sentó.

—Muy bien. ¿Qué quiere saber?

—No creo que tenga que decírselo. No nos detendremos en preguntas que quizá no tengan importancia. Algo ocurrió aquella tarde en la fiesta que yo tendría que saber. ¿Está de acuerdo?

—Sí.

—¿Estuvo en la fiesta?

—Estuve en la fiesta. —Reflexionó durante unos segundos—. Fue una fiesta espléndida y muy bien organizada. Había unas treinta y tantas personas, contando a las que ayudaban. Niños, adolescentes, mayores, más las asistentas y criadas.

—¿Participó en los preparativos que se hicieron, si no me equivoco, a primera hora de la tarde o por la mañana?

—Había muy poco que hacer. Mrs. Drake es una persona muy competente y se ocupó de todos los preparativos con la ayuda de algunas personas. Solo eran preparativos de tipo doméstico.

—Comprendo. Pero usted también asistió a la fiesta como invitada.

—Así es.

—¿Qué ocurrió?

—Sin duda, ya le habrán puesto en antecedentes de lo que pasó en la fiesta. Lo que quiere usted saber es si puedo hablarle sobre si advertí algo especial o si creí ver algo que pudiera tener algún sentido, ¿es así? Compréndame, no quiero hacerle perder el tiempo innecesariamente.

—Le aseguro que no me lo hará perder. Por favor, miss Whittaker, cuéntemelo.

—Los diversos juegos se desarrollaron tal y como estaban previstos. El último fue un juego más propio de Navidad, o asociado con la Navidad, que de Halloween. Me refiero al Dragón Hambriento, que consiste en sacar uvas pasas de una fuente con brandi flambeado. Todos se lo pasaron en grande. Sin embargo, el calor en la habitación era sofocante debido a las llamas, así que salí al vestíbulo, donde se estaba más fresco. Entonces vi a Mrs. Drake saliendo del lavabo que está en el primer piso. Iba cargada con un jarrón enorme con un ramo de flores frescas y hojas secas. Se detuvo en el descansillo para mirar por el hueco de la escalera. No miraba hacia mí, sino hacia el otro extremo del vestíbulo, donde está la puerta de la biblioteca, justo enfrente de la puerta del comedor. Como le digo, ella miraba en aquella dirección. Movía el jarrón como si fuera incómodo de llevar y le pesara mucho, como si estuviera lleno de agua. Lo movía con cuidado y lo sostenía con un brazo mientras tendía la otra mano para sujetarse a la barandilla y pasarla por el ángulo más cerrado de la escalera. Entonces dirigió la mirada hacia el vestíbulo y, con un movimiento repentino, que yo describiría como un sobresalto (no hay duda de que algo la asustó), soltó el jarrón con tan mala fortuna que el agua se le cayó encima y el recipiente se rompió contra el suelo del vestíbulo.

—Comprendo —dijo Poirot. Después permaneció en silencio durante unos instantes observando a la maestra. Advirtió una mirada inteligente que parecía estar pidiéndole su opinión sobre lo que acababa de relatarle—. ¿Qué cree usted que pudo asustarla?

—Lo estuve pensando y creo que ella vio algo.

—Usted cree que ella vio algo —repitió Poirot pensativo—. ¿Qué pudo ser?

—Su mirada, tal como le dije, apuntaba hacia la puerta de la biblioteca. Pensé que quizá hubiera visto que se abría la puerta, se movía el tirador o alguna otra cosa. Tal vez vio a la persona que abría la puerta justo antes de salir. Quizá vio a alguien que no esperaba.

—¿Usted también miraba hacia la puerta de la biblioteca?

—No, miraba en la dirección opuesta, a Mrs. Drake, que estaba en el descansillo.

—¿O sea que está usted segura de que se sobresaltó al ver algo inesperado?

—Sí, pero nada más. Una puerta que se abría, la aparición de una persona, de alguien que quizá no debería estar allí. Lo suficiente para hacerle soltar el jarrón lleno de agua y flores, y acabar empapada.

—¿Vio usted salir a alguien por la puerta de la biblioteca?

—No, no miraba hacia allí. No creo que nadie saliera al vestíbulo. Probablemente, quien quiera que fuese decidió no salir.

—¿Qué hizo entonces Mrs. Drake?

—Soltó una exclamación de enfado, bajó las escaleras y, mientras recogía los trozos del jarrón, me dijo: «¡Mire lo que acabo de hacer! ¡Qué desastre!». La ayudé a barrerlos hasta un rincón. No tenía sentido recogerlos en aquel momento. Los niños comenzaban a salir del comedor donde habían estado jugando al Dragón Hambriento. Cogí una servilleta y la ayudé a secarse. La fiesta acabó unos minutos más tarde.

—¿Mrs. Drake no le comentó nada sobre lo que la había asustado?

—No, no dijo absolutamente nada.

—Pero usted cree que se sobresaltó.

—Supongo, monsieur Poirot, que cree que estoy haciendo una montaña de algo que en realidad no tiene importancia.

—No, en absoluto, no es eso lo que creo. Solo he tenido la ocasión de hablar una vez con Mrs. Drake, cuando fui a su casa en compañía de mi amiga, Mrs. Oliver, para ver lo que melodramáticamente podríamos denominar la escena del crimen. Durante los breves instantes de la visita, no me pareció que Mrs. Drake fuese del tipo de mujeres que se asustan fácilmente. ¿Coincide usted con mi opinión?

—Totalmente. Eso es lo que más me llamó la atención.

—¿En aquel momento no le preguntó usted nada?

—No tenía motivos para hacerlo. Si la anfitriona ha tenido la desgracia de dejar caer uno de sus mejores jarrones y hacerlo añicos y, para colmo, empaparse el vestido, no le corresponde al huésped decir: «¿Por qué demonios lo ha hecho?» y acusarla de una torpeza que le aseguro que no es una de las características de Mrs. Drake.

—Después del incidente, como usted ha dicho, concluyó la fiesta. Los niños y las madres se marcharon, pero nadie sabía dónde estaba Joyce. Ahora sabemos que el cadáver de Joyce se encontraba en la biblioteca. ¿Quién pudo ser el que estuvo a punto de salir de la biblioteca unos instantes antes y que, al oír voces en el vestíbulo, volvió a cerrar la puerta para salir después, aprovechando la confusión que reinaba en el vestíbulo, mientras los invitados se ponían los abrigos y se despedían? Supongo que usted no le dio importancia a lo que había visto hasta que se encontró a la niña asesinada...

—Así es. —Miss Whittaker se levantó—. Me temo que no puedo decirle nada más. Incluso esto puede ser una tontería sin importancia.

—Pero digna de tener en cuenta. Vale la pena recordar todo lo ocurrido. Por cierto, hay una pregunta que quiero hacerle, mejor dicho, dos.

La maestra volvió a sentarse.

—Adelante, pregunte lo que quiera.

—¿Recuerda el orden preciso en que se hicieron los diversos juegos?

—Creo que sí. —Miss Whittaker pensó durante unos segundos—. Comenzaron con el concurso de las escobas. Las habían adornado y se repartieron tres o cuatro premios a las más bonitas. A continuación, hubo una competición con globos, a los que había que llevar hasta un lugar dándoles palmadas, un juego un poco más activo para que los niños se animaran. Después hicieron aquello de los espejos. Las niñas entraban en una habitación y miraban un espejo donde aparecía el rostro del joven que sería su futuro marido.

—¿Cómo lo hicieron?

—Es muy sencillo. Apagaron la luz de la puerta, de forma que asomaban las diferentes caras y se reflejaban en el espejo que sostenían las niñas.

—¿Las niñas sabían quiénes eran las personas que veían reflejadas en el espejo?

—Supongo que algunas lo sabían y otras no. Los muchachos que participaron en el juego iban maquillados. Ya sabe, una máscara, una peluca, patillas, barba. A la mayoría las niñas los conocían y quizá incluyeron a un par de chicos nuevos. La verdad es que las niñas se lo pasaron muy bien —añadió la maestra con un leve desprecio académico por una diversión tan ingenua—. Luego fue la carrera de obstáculos y el juego de la tarta de harina, en el que se pone una moneda sobre la tarta y todos tienen que cortar un trozo. Si la harina se derrumba, el jugador queda eliminado, y el último que queda se lleva la moneda. A esto le siguió el baile y, a continuación, se sirvió la cena. La traca final fue el juego del Dragón Hambriento.

—¿Cuándo vio a Joyce por última vez?

—No lo recuerdo. No la conocía muy bien. No estaba en mi clase. No era una niña que llamase mucho la atención, así que no me fijé. Recuerdo que la vi cuando cortaba la tarta de harina, porque fue tan torpe que su trozo se cayó en cuanto apoyó el cuchillo. Por lo tanto, aún vivía, aunque eso fue mucho antes de que muriera.

—¿No la vio entrar en la biblioteca?

—Por supuesto que no, lo hubiera dicho de inmediato. Eso habría sido importante y significativo.

—Muy bien. Pasemos ahora a mi segunda pregunta, o preguntas. ¿Cuánto hace que trabaja en esta escuela?

—El próximo otoño hará seis años.

—¿Qué enseña?

—Matemáticas y latín.

—¿Recuerda a una maestra que trabajaba aquí hace dos años? Una joven llamada Janet White.

Elizabeth Whittaker se puso rígida. Intentó levantarse, pero se contuvo.

—Sin duda, eso no tiene nada que ver con el caso que nos ocupa —protestó.

—Podría tenerlo.

—¿Cómo? ¿De qué manera?

Poirot se dijo que los círculos académicos estaban mucho menos informados que las cotillas del pueblo.

—Joyce afirmó haber sido testigo de un asesinato cometido hace unos años. ¿Cree posible que se trate del asesinato de Janet White? ¿Cómo murió aquella joven?

—La estrangularon una noche cuando regresaba a su casa desde la escuela.

—¿Sola?

—No lo creo.

—Pero no la acompañaba Nora Ambrose, ¿verdad?

—¿Qué sabe usted de Nora Ambrose?

—Todavía nada, pero me gustaría saber más. ¿Cómo eran esas dos mujeres?

—Unas obsesas del sexo —respondió miss Whittaker—, pero de diferente manera. ¿Cómo es posible que Joyce viera algo así o supiese algo al respecto? Ocurrió en un sendero cerca del jardín de la cantera. Por aquel entonces, debía de tener unos diez u once años.

—¿Cuál de las dos tenía novio? ¿Nora o Janet?

—Todo eso es agua pasada.

—Los viejos pecados tienen sombras muy alargadas —citó Poirot—. A medida que avanzamos por la vida, aprendemos lo cierto que es este dicho. ¿Dónde está ahora Nora Ambrose?

—Se fue de la escuela y encontró trabajo en el norte de Inglaterra. Como es natural, se sentía muy afectada. Eran grandes amigas.

—¿La policía nunca resolvió el caso?

Miss Whittaker meneó la cabeza. Echó una mirada a su reloj y se levantó.

—Debo irme.

—Muchas gracias por todo lo que me ha dicho.

Capítulo 11

Hércules Poirot contempló la fachada de Quarry House, un magnífico y bien construido ejemplo de la arquitectura victoriana. Se imaginó el interior: mobiliario de caoba, una sala de billar, una enorme cocina con despensa, losas de piedra en el suelo y una gigantesca caldera de carbón, que habría sido reemplazada por una de gas o eléctrica.

Observó que la mayoría de las ventanas de los pisos altos tenían las cortinas echadas. Tocó el timbre. Una mujer delgada y de pelo canoso abrió la puerta y, en respuesta a su pregunta, le informó de que el coronel y Mrs. Weston estaban en Londres y que no regresarían hasta la semana siguiente.

Preguntó por el jardín de la cantera. La criada le dijo que estaba abierto al público y que la entrada era gratis. Tenía que seguir la carretera hasta llegar a una verja donde había un cartel. No se tardaba más de cinco minutos en llegar.

No tuvo problemas para encontrar el sitio indicado. Cruzó la verja y comenzó a bajar por un sendero que discurría entre la abundante vegetación.

Tras caminar unos minutos, se detuvo ensimismado. Su atención no se centraba en lo que veía o lo que le rodeaba. En cambio, pensaba en un par de frases y analizaba uno o dos hechos que, en su momento, le habían dado mucho que pensar. Un testamento falsificado, eso y una muchacha, una joven que había desaparecido y que era la única beneficiaria del testamento falsificado. Un joven jardinero paisajista que había recibido el encargo de convertir la cantera abandonada en un jardín... Esta vez, Poirot miró a su alrededor y asintió satisfecho. El jardín de la cantera era un nombre poco acertado. Sugería el ruido de las detonaciones, el estrépito de los camiones cargados con grandes cantidades de piedras destinadas a la construcción de carreteras... Hacía pensar en actividad industrial. Pero un jardín de aquel tipo era otra cosa, despertaba otros recuerdos. Mrs. Llewellyn-Smythe había visitado los jardines del patrimonio nacional en Irlanda. Él también había estado en Irlanda hacía unos seis años. Fue a investigar el robo de la plata de una familia de alta cuna. Diversos detalles de interés habían despertado su curiosidad y, después de haber resuelto satisfactoriamente el caso (como no podía ser de otro modo cuando él se ocupaba de una investigación), se había tomado unos días de descanso para hacer turismo.

En aquel momento no recordaba cuál era el jardín que había visitado. Se encontraba en algún lugar cercano a Cork. ¿Killarney? No, no era Killarney. Era otro lugar más o menos cerca de Bantry Bay. Lo recordaba porque no tenía nada que ver con los jardines que hasta ese momento pensaba que eran los más bonitos que había visto jamás: los jardines de los castillos de Francia y el extraordinario ejemplo de Versalles. La visita había comenzado con un viaje en una barquita en compañía de un grupo de turistas, una barca a la que le hubiera costado mucho subir de no haber sido porque dos fuertes y avezados marineros lo cogieron en volandas y lo sentaron en la embarcación sin muchas contemplaciones. Se habían dirigido hacia una pequeña isla que no parecía muy interesante y él había comenzado a arrepentirse de haber ido. Tenía los pies mojados y fríos, y el viento se le colaba por el cuello del grueso abrigo. ¿Qué belleza, qué arreglo simétrico de magnífico encanto podría haber en una isla rocosa salpicada por un puñado de árboles? Tenía muy claro que el viaje había sido un error.

Atracaron en un muelle. Los marineros le ayudaron a salir con la misma habilidad de antes. Los demás miembros del grupo ya se habían adelantado, charlando animadamente. Poirot se ató los cordones de los zapatos y, tras abrigarse mejor, les siguió por un sendero flanqueado por unos arbustos marchitos y algún que otro árbol. Un parque sin atractivo, opinó.

Entonces, sin previo aviso, salieron a una terraza donde había unos escalones de bajada. Al mirar hacia abajo, vio algo que, inmediatamente, le pareció mágico. Tuvo la impresión de que seres fantásticos, que, según decían, abundaban en la poesía irlandesa, habían salido de sus cuevas en las colinas para crear un jardín, no con grandes esfuerzos, sino blandiendo una varita mágica. Al contemplarlo, su belleza, las flores, los arbustos y los árboles, las cascadas de agua y las fuentes, los senderos que lo rodeaban, todo resultaba encantador, bello y totalmente inesperado. Se preguntó cómo habría sido ese lugar antes de la creación de aquel jardín. Parecía demasiado simétrico para ser una cantera. Era un profundo socavón en la zona alta de la isla, pero más allá se divisaban las aguas de la bahía y las colinas que se alzaban al otro lado, que añadían más belleza, si era posible, con unas cumbres cubiertas por la niebla. Pensó que quizá fuera aquel jardín el que había despertado el deseo de Mrs. Llewellyn-Smythe de poseer uno parecido, disfrutar del placer de tener una cantera abandonada en este típico paraje de la campiña inglesa y transformarla en una obra de arte.

Para conseguir su objetivo, había buscado al hombre más apto para esa tarea, un joven paisajista llamado Michael Garfield. Lo había traído aquí, le había pagado un cuantioso salario e incluso le había construido una casa. El resultado de la confianza de la mujer saltaba a la vista. Michael Garfield no la había defraudado.

Poirot se sentó en un banco colocado estratégicamente. Se imaginó cómo sería el aspecto de la cantera en primavera, con las hayas y abedules jóvenes de corteza clara, los arbustos de rosas blancas y los enebros. Pero ahora era otoño y el artista lo había tenido en cuenta. El rojo y el dorado de los arces y arbustos de matas olorosas. Poirot no se distinguía por sus conocimientos botánicos, solo reconocía las rosas y los tulipanes.

Aquí todo lo que crecía daba el aspecto de haberlo hecho a su libre albedrío. No había nada aparentemente forzado. Pero, se dijo Poirot, no era verdad. Todo había sido planeado hasta el más mínimo detalle: desde la minúscula planta junto al banco hasta los grandes árboles de hojas amarillas. «Sí, todo responde a un plan muy meticuloso —pensó—. Pensándolo mejor, diría que las plantas han obedecido.»

Se preguntó a cuál de los dos habían obedecido. ¿A Mrs. Llewellyn-Smythe o a Michael Garfield? La diferencia era importante; sí, marcaba la diferencia. Estaba seguro de que Mrs. Llewellyn-Smythe tenía los conocimientos necesarios para crear toda esa belleza. Se había dedicado a la jardinería durante muchos años, sin duda era socia de la Real Sociedad de Horticultura, asistía a exposiciones, consultaba catálogos, visitaba jardines. Sabía lo que quería y lo habría explicado claramente. ¿Era suficiente? Poirot creía que no. Podría haber dado órdenes a los jardineros y asegurarse de que estas se cumplieran. Pero ¿sabía realmente el aspecto que tendría todo cuando sus órdenes se pusieran en práctica? No después del primer año de plantarlas, ni siquiera del segundo, sino cómo quedaría dos o quizá tres años más tarde, incluso al cabo de seis o siete años. Michael Garfield, pensó Poirot, sabía lo que ella deseaba porque la mujer se lo dijo, pero además era un experto en hacer que floreciera esa pelada cantera tal como florece un desierto. Había trazado su proyecto y lo había transformado en realidad; sin duda, había obtenido el inmenso placer del artista cuando recibe el encargo de un cliente acaudalado. Aquí estaba su concepción del país de las hadas escondido en un paisaje gris. Plantas y árboles carísimos, y curiosos ejemplares que solo podían conseguirse gracias a la buena voluntad de un amigo, así como plantas más humildes imprescindibles y que tenían un coste ínfimo. Durante la primavera, la bajada que discurría a su izquierda aparecería cubierto de prímulas, tal como indicaban los manojos de modestas hojas verdes.

«En Inglaterra —pensó—, la gente te muestra los setos, te llevan a ver los rosales y hablan hasta el cansancio de sus jardines de lirios y, para demostrarte que aprecian una de las grandes bellezas de Inglaterra, te acercan un día de sol a ver los abedules con todo su follaje y las campánulas que crecen a su sombra. Sí, es un espectáculo muy bello, pero ya lo he visto hasta la saciedad. Prefiero...» Interrumpió sus pensamientos mientras recordaba lo que prefería: un viaje por los caminos de Devon y una carretera sinuosa entre extensas llanuras cubiertas de hierba y prímulas de un pálido color amarillo, con el suave y dulce olor que desprenden cuando hay muchas y que huele a primavera más que a cualquier otra cosa. Allí no había ejemplares curiosos, sino la primavera y el otoño, pamporcinos y azafrán silvestre. Era un lugar hermoso.

Se preguntó cómo serían las personas que vivían ahora en la mansión. Sabía sus nombres, un anciano coronel retirado y su esposa, pero sin duda, se dijo, Spence podría haberle dicho más. Estaba seguro de que los actuales propietarios no sentían por el jardín el mismo amor que le había profesado la difunta Mrs. Llewellyn-Smythe. Se levantó para avanzar un poco más por el sendero, cuidadosamente nivelado para que una persona mayor pudiera caminar a sus anchas sin escalones innecesarios en los lugares más inesperados. A una distancia conveniente había un banco que parecía rústico, aunque no lo era. En realidad, el ángulo del respaldo y la altura del asiento lo convertían en algo muy cómodo. Poirot sintió un renovado interés por conocer a Michael Garfield. Había hecho un magnífico trabajo. Conocía su oficio, sabía proyectar, había contratado a personal experto para hacer el trabajo y se las había ingeniado para hacerlo todo, dando la impresión de que había sido obra de su patrona. «No creo —se dijo Poirot— que todo esto sea únicamente obra de ella. La mayor parte debe de ser gracias a ese joven. Sí, me gustaría conocerlo. Veré si está en la casa que le construyeron.»

Se olvidó de todas estas reflexiones y se quedó boquiabierto, mirando a través de una pequeña hondonada hacia la zona opuesta, donde seguía el sendero. Se quedó observando un arbusto de hojas doradas y rojas que enmarcaban algo que Poirot no sabía si era un juego de luz y sombras entre las hojas.

«¿Qué estoy viendo? —se preguntó—. ¿Es magia? Podría serlo, en este lugar parece lo más lógico. ¿Es un ser humano lo que veo o es...? ¿Qué puede ser? —Su mente revivió unas aventuras de muchos años atrás que había bautizado como *Los trabajos de Hércules*—. Sin saber cómo, estoy sentado en un jardín inglés. Aquí noto algo diferente. —Intentó precisarlo—. Parece magia, un encantamiento de una belleza increíble y, al mismo tiempo, salvaje. Aquí, si se montara una escena teatral, habría ninfas, faunos, la belleza griega, habría también... —aquí se dejó llevar por la fantasía— habría también miedo. Sí, en este jardín hundido hay miedo. ¿Qué dijo la hermana de Spence? ¿Algo sobre un asesinato cometido hacía años en la antigua cantera? La sangre había manchado estas piedras y, después, cuando la muerte se había olvidado, apareció Michael Garfield para proyectar y convertir en realidad un jardín de extraordinaria belleza, y una mujer anciana a quien le quedaban pocos años de vida había puesto el dinero necesario.»

Por fin comprendió que la figura que estaba al otro lado era un joven, enmarcado por las hojas doradas, y admitió que era extraordinariamente hermoso. Por aquellos días, nadie pensaba en un hombre joven de esa manera. Decías de un joven que era sexi o muy atractivo, y esas alabanzas a menudo estaban plenamente justificadas. Un hombre con el rostro ajado, el pelo largo, alborotado y sucio, y unas facciones que distaban mucho de ser regulares. Uno no decía que un joven era hermoso. Si lo decía, era con un tono de disculpa, como si estuviera alabando una cualidad extinguida hacía siglos. Las chicas sexis no querían a Orfeo con liras; se morían por un cantante pop de voz rota, ojos expresivos y una melena alborotada.

Poirot se levantó para seguir por el sendero y llegar al otro lado del valle, mientras el joven salía de entre los árboles para avanzar a su encuentro. La juventud parecía ser su característica principal, aunque el detective comprobó que en realidad no lo era tanto. Tendría unos treinta largos, si no había alcanzado ya los cuarenta. La sonrisa que se veía en su rostro solo era una insinuación. No se trataba de una sonrisa de bienvenida, sino de una sonrisa de tranquilo reconocimiento. Era alto, delgado, con las facciones de una increíble perfección, parecían talladas por un escultor clásico. Tenía los ojos oscuros y el pelo negro aplastado contra el cráneo como un casco de acero. Por un momento, Poirot se preguntó si él y el joven no se acababan de encontrar en el transcurso del ensayo de algún espectáculo medieval. «Si es así —se dijo, mirándose las sandalias—, tendré que pedirle a la encargada del vestuario que me dé una vestimenta más apropiada.»

—Quizá he invadido una propiedad privada. En ese caso, le pido perdón. Soy forastero en estas tierras. Llegué ayer.

—No creo que esté usted invadiendo nada —manifestó el joven en voz baja, con un tono cortés pero al mismo tiempo desinteresado, como si sus pensamientos estuvieran en un lugar muy distante—. No está oficialmente abierto al público, aunque la gente viene a pasear por aquí. Al coronel Weston y a su esposa no les importa, siempre y cuando no hagan estropicios, pero eso es poco probable.

—No hay vandalismo —comentó Poirot, mirando alrededor—. No se ven restos ni desperdicios. Ni siquiera una bolsa de basura. Algo muy poco habitual, ¿verdad? También parece desierto. Es extraño, porque cualquiera creería que es un lugar ideal para las parejas de enamorados.

—Los enamorados no vienen aquí —afirmó el joven—. Desconozco el motivo de la leyenda, pero creen que trae mala suerte.

—¿Es usted el jardinero o me equivoco?

—Me llamo Michael Garfield.

—Ya me lo parecía. ¿Es usted el creador de todo esto?

—Así es.

—Es muy hermoso. De alguna manera, tienes la sensación de que es algo poco común cuando se consigue algo hermoso en un lugar que, francamente, es un rincón del paisaje inglés un tanto deprimente. —Poirot hizo una pausa para añadir—: Le felicito. Debe de estar satisfecho con lo que ha conseguido hacer aquí.

—Me pregunto si alguna vez se está satisfecho del todo.

—Usted lo hizo, si no me equivoco, para Mrs. Llewellyn-Smythe, ya fallecida. El coronel y Mrs. Weston son los actuales propietarios de la casa. ¿También son los dueños del jardín?

—Sí, la compraron barata. Es una casa grande, difícil de mantener. No es lo que la gente quiere en la actualidad. Ella me la dejó en su testamento.

—O sea que usted la vendió.

—Sí, vendí la casa.

—Pero ¿no el jardín?

—Claro que sí. El jardín formaba parte de la propiedad, iba incluido en el precio.

—¿Por qué? Resulta interesante. ¿No le importa que sea un tanto curioso?

—Sus preguntas no son muy habituales.

—No me interesan los hechos, sino las razones. ¿Por qué A hizo esto o aquello? ¿Por qué B hizo otra cosa? ¿Por qué el comportamiento de C fue diametralmente opuesto al de A y B?

—Tendría usted que hablar con un científico —dijo Michael—. Es una cuestión, o por lo menos es lo que dicen ahora, de genes o cromosomas. Su disposición, su combinación y todo eso.

—Usted acaba de decir que no está del todo satisfecho porque nunca nadie lo está. ¿Mrs. Llewellyn-Smythe estaba satisfecha? ¿Quedó complacida con toda esta belleza?

—Hasta cierto punto. Me encargué de que fuera así. Era una mujer fácil de complacer.

—Eso es poco probable —señaló Poirot—. Según me han dicho, tenía más de sesenta años, por lo menos sesenta y cinco. ¿Cree que es fácil satisfacer a las personas de esa edad?

—Le aseguro que todo lo hecho en este lugar se correspondía exactamente con las órdenes que me había dado para realizar el proyecto.

—¿Eso hizo?

—¿Me lo pregunta en serio?

—No, la verdad es que no.

—Para tener éxito en la vida —manifestó Garfield—, hay que seguir nuestra vocación, hay que satisfacer nuestras inclinaciones artísticas, pero también hay que tener visión empresarial. Hay que vender el producto; de lo contrario, te obligas a realizar las ideas de otras personas de una manera que difiere de las tuyas. Aquí puse en práctica mis propios proyectos y después se los vendí a la clienta que me contrató, como si fuera la realización de sus planes. No es un arte difícil de aprender. Es lo mismo que venderle a un niño huevos rubios en vez de blancos. El cliente debe tener la seguridad de que está comprando los mejores. La esencia de la granja. Convencerle de que la gallina los recomienda. Huevos rubios de campo. No los venderás si dices: «No son más que huevos, y en los huevos solo hay una diferencia: saber si son frescos o no».

—Es usted un joven poco corriente —opinó Poirot con un tono pensativo—. Incluso arrogante.

—Quizá.

—Ha hecho usted aquí algo muy hermoso. Ha añadido visión y orden al áspero material de la piedra excavada para el beneficio de la industria, arrancada sin concepción alguna de la belleza. Ha añadido imaginación a un proyecto visto con los ojos de la mente y, además, ha conseguido el dinero para hacerlo realidad. Le felicito, reciba el tributo de un hombre viejo que se acerca cada vez más al final de su propio trabajo.

—Pero ahora mismo lo está usted haciendo, ¿no es así?

—Entonces, ¿sabe quién soy? —replicó Poirot complacido.

Le gustaba que las personas lo supieran. Sin embargo, mucho se temía que ese no era el caso.

—Sigue un rastro sangriento. Esto es algo que todo el mundo sabe por aquí. En un pueblo pequeño, las noticias vuelan. Otra celebridad pública lo trajo a usted aquí.

—Ah, se refiere a Mrs. Oliver.

—Ariadne Oliver. Sus libros son éxitos de ventas. Las personas quieren entrevistarla, saber lo que opina de temas como el movimiento universitario, el socialismo, la forma de vestir de las jóvenes, la permisividad sexual y muchos otros asuntos que no son de su incumbencia.

—Sí, sí, lo considero deplorable. Sin embargo, me he fijado en que no aprenden gran cosa de Mrs. Oliver, excepto que es aficionada a las manzanas, y yo diría que eso es algo que viene repitiendo a lo largo de los últimos veinte años, aunque lo hace con una sonrisa la mar de amable. Pero mucho me temo que ya no le gustan las manzanas.

—Fueron las manzanas las que le trajeron aquí, ¿o me equivoco?

—Las manzanas de una fiesta de Halloween. ¿Asistió usted a la fiesta?

—No.

—Tuvo suerte.

—¿Suerte? —Michael Garfield repitió la palabra con tono de sorpresa.

—Haber sido uno de los invitados a una fiesta donde se ha cometido un asesinato no es una experiencia agradable. Quizá no ha pasado usted por la experiencia, pero le digo que tuvo suerte porque... —Poirot acentuó su condición de extranjero— *il y a des ennuis, vous comprenez?* Se hacen preguntas sobre las horas, las fechas, preguntas impertinentes. ¿Conocía a la niña asesinada?

—Sí, por supuesto, los Reynolds son una familia muy conocida. Conozco a la mayoría de las personas que viven por aquí. En Woodleigh Common nos conocemos todos, aunque a diverso nivel. Hay amistades íntimas, amigos y personas que no pasan de ser simples conocidos.

—¿Cómo era la niña?

—¿Cómo se lo diría? No destacaba en nada especial. Tenía una voz desagradable, estridente. En realidad, eso es casi todo lo que recuerdo de Joyce. No me gustan demasiado los niños. La mayoría me aburren. Joyce me aburría. Cuando hablaba, ella era el único tema.

—¿No era interesante?

Michael miró al detective con una expresión de sorpresa.

—Diría que no. ¿Tenía que serlo?

—Considero que las personas carentes de interés no suelen ser asesinadas. A las personas se las mata para obtener alguna ganancia, o por miedo o amor. Cada uno elige sus opciones, aunque hay que tener un punto de partida. —Se interrumpió para mirar el reloj—. Debo irme. Tengo un compromiso. Una vez más, felicidades.

Poirot se marchó por el mismo sendero por donde había venido. Se alegró de no ir calzado con sus elegantes botines de charol. Michael Garfield no era la única persona con la que se tropezó en el jardín. Al llegar al fondo, advirtió que había tres senderos que seguían direcciones opuestas. En la entrada del sendero central había una niña sentada en el tronco de un árbol caído. Era obvio que lo estaba esperando, porque en cuanto le vio aparecer dijo:

—Supongo que es usted monsieur Hércules Poirot, ¿verdad?

Su voz era clara, cantarina como la de una campana. Era una criatura frágil. Había algo en ella que hacía juego con el jardín. Una dríade o un ser parecido a una ninfa del bosque.

—Así me llamo.

—He venido a buscarle —dijo la niña—. Viene a tomar el té con nosotros, ¿no?

—¿Con Mrs. Butler y Mrs. Oliver? Sí.

—Eso es. Son mamá y tía Ariadne —dijo la niña, y agregó con un tono de censura—: Llega tarde.

—Lo lamento. Me he detenido a hablar con una persona.

—Sí, lo he visto. Estaba hablando con Michael.

—¿Le conoces?

—Por supuesto. Vivimos aquí desde hace mucho. Conozco a todo el mundo.

Poirot, interesado por saber su edad, se lo preguntó.

—Tengo doce años. El año que viene iré a un internado.

—¿Te apetece ir?

—No lo sabré hasta que esté allí. No creo que me guste

118

mucho ese lugar, al menos no como antes. Por favor, tenemos que irnos.

—Desde luego. Discúlpame por la demora.

—En realidad, no tiene importancia.

—¿Cómo te llamas?

—Miranda.

—Creo que es un nombre que te sienta bien.

—¿Está pensando en Shakespeare?

—Sí. ¿Lo estudias en la escuela?

—Sí, miss Emlyn nos leyó fragmentos de sus obras. Le pedí a mamá que me leyera más. Me gusta, tiene un sonido maravilloso. *Un mundo nuevo y silvestre.* No existe un lugar como ese, ¿verdad?

—¿No lo crees?

—¿Lo cree usted?

—Siempre hay un mundo nuevo y silvestre, pero solo para personas muy especiales: los afortunados, los que llevan la hechura de ese mundo en su interior.

—Ya lo entiendo —manifestó Miranda. Daba la impresión de haberlo comprendido con toda facilidad, aunque Poirot se preguntó qué habría entendido. La niña se volvió y echó a andar por el sendero—. Iremos por aquí. No está lejos. Podrá pasar por el seto de nuestro jardín. —Miró por encima del hombro y señaló mientras decía—: Allí en medio estaba la fuente.

—¿Una fuente?

—Sí, desde hace años. Supongo que todavía está allí, cubierta por los arbustos y las azaleas. Estaba rota. La gente se llevaba trozos, pero nunca nadie se preocupó por poner una nueva.

—Es una lástima.

—No lo sé. No estoy muy segura. ¿Le gustan las fuentes?

—*Ça dépend.*

—Sé algo de francés. Significa depende, ¿no?

119

—Así es. Pareces muy bien educada.

—Todos dicen que miss Emlyn es muy buena maestra. Es nuestra directora. Es muy estricta y algo severa, pero nos enseña cosas muy interesantes.

—Entonces no hay duda de que es una buena maestra —afirmó Poirot—. Conoces este lugar muy bien, todos los senderos y los rincones. ¿Vienes aquí a menudo?

—Sí, es uno de mis paseos favoritos. Nadie sabe dónde estoy cuando vengo aquí. Trepo a los árboles, me siento en una rama y observo. Me gusta, me encanta ver las cosas que suceden.

—¿Qué clase de cosas?

—Casi siempre observo a los pájaros y a las ardillas. Los pájaros son muy peleones, ¿no le parece? No se comportan como dice aquella poesía: «Los pájaros, en sus nidos, pían felices». La verdad es que no lo hacen. También observo a las ardillas.

—¿Observas a las personas?

—A veces, pero no son muchas las que vienen por aquí.

—¿Por qué no?

—Supongo que tienen miedo.

—¿Por qué iban a tener miedo?

—Porque asesinaron a alguien aquí hace mucho tiempo, antes de que fuera un jardín. Hace años era una cantera, y encontraron a alguien en una montaña de escombros o de arena de por allí. ¿Cree usted en el refrán que dice que unos nacen para ser ahorcados y otros para morir ahogados?

—En la actualidad, nadie nace para que lo ahorquen. Ya no ahorcan a las personas en este país.

—Las ahorcan en otros países. Las ahorcan en la calle. Lo he leído en los periódicos.

—Ah. ¿Crees que está bien o mal?

La respuesta de Miranda no fue una contestación directa a la pregunta, pero Poirot interpretó que pretendía serlo.

—A Joyce la ahogaron. Mamá no quería decírmelo, pero creo que es ridículo. Después de todo, tengo doce años.

—¿Joyce era amiga tuya?

—Sí. Era una gran amiga mía. A veces me contaba cosas muy interesantes. Muchas cosas sobre princesas elegantes y marajás. Había estado en la India. A mí me encantaría ir a la India. Joyce y yo nos contábamos nuestros secretos. No tengo tantas cosas que contar como mamá. Ella estuvo en Grecia. Allí conoció a la tía Ariadne, aunque a mí no me llevó.

—¿Quién te contó lo de Joyce?

—Mrs. Perring, nuestra cocinera. Estaba hablando con Mrs. Minden, que es la señora que nos ayuda en casa. Alguien le metió la cabeza dentro de un barreño de agua.

—¿Tienes alguna idea de quién pudo ser?

—No, y ellas tampoco parecían saberlo, aunque, claro, son bastante tontas.

—¿Tú lo sabes, Miranda?

—No estaba allí. Me dolía la garganta y tenía fiebre, así que mamá no quiso llevarme a la fiesta, pero creo que quizá sé por qué la ahogaron. Por eso le pregunté si usted creía que hay personas que nacen para ser ahogadas. Por aquí cruzaremos el seto. Tenga cuidado con la ropa.

Poirot siguió a la niña. La entrada a través del seto que separaba su casa del jardín era muy adecuada para alguien delgado como ella. Sin embargo, se preocupó de ayudar a Poirot, advirtiéndole que tuviera cuidado con los arbustos de espinas y apartando las ramas más molestas. Entraron en el jardín de la casa junto a una pila de abono y rodearon una espaldera de pepinos donde había dos cubos de basura. Luego cruzaron una pequeña rosaleda que permitía el acceso a la casa. Miranda lo hizo entrar por una de las vidrieras, anunciando con el modesto orgullo de un entomólogo que acaba de encontrar un curioso ejemplar de escarabajo:

—Aquí lo traigo.

—Miranda, no lo habrás traído por el camino del seto, ¿verdad? Tendrías que haber entrado por la puerta lateral.

—El del seto es mucho mejor. Más corto y más rápido.

—Pero mucho más incómodo.

—Perdone, pero no recuerdo si... —intervino Mrs. Oliver, dirigiéndose a Poirot— le presenté a mi amiga, Mrs. Butler.

—Por supuesto. En la estafeta de correos.

La presentación había sido rápida, mientras hacían cola delante del mostrador. Poirot tuvo ahora la ocasión de observar a la amiga de Mrs. Oliver con más calma. Antes solo se había fijado en que la mujer llevaba un pañuelo en la cabeza y que se abrigaba con una gabardina. Judith Butler era una mujer de unos treinta y cinco años, y si su hija parecía una dríade o una ninfa del bosque, ella se parecía más a una ondina. Podía pasar por una sirena. Tenía un pelo rubio y lacio que le llegaba hasta los hombros, un cuerpo estilizado, el rostro alargado con las mejillas levemente hundidas, ojos grandes de color verde mar y unas pestañas muy largas.

—Agradezco la oportunidad de darle las gracias como es debido, señor Poirot —dijo Mrs. Butler—. Ha sido muy amable de su parte por haber venido aquí cuando Ariadne se lo pidió.

—Cuando mi amiga, Mrs. Oliver, me pide que haga algo, lo hago.

—Qué tontería —exclamó la escritora.

—Ella está completamente segura de que usted descubrirá al autor de ese acto tan bestial. Miranda, cariño, ¿puedes ir a la cocina y traer las pastas que están encima del horno?

Miranda hizo lo que le ordenaban, aunque miró a su madre con una sonrisa que decía claramente: «Vaya excusa más tonta para que me ausente unos minutos».

—He intentado ocultarle todo lo referente a esta terrible desgracia —manifestó la madre de Miranda—, pero supongo que ha sido un intento inútil desde el principio.

—Sí, desde luego —afirmó Poirot—, no hay noticia que se divulgue en cualquier población con mayor rapidez que un desastre, y más todavía si se trata de un asesinato. En cualquier caso, no se puede ir por la vida sin saber lo que está pasando. Los niños parecen tener una habilidad especial para enterarse de todo lo que sucede a su alrededor.

—No sé si fue Burns o sir Walter Scott el que dijo: «Hay un niño entre vosotros que toma notas» —apuntó Mrs. Oliver—, pero desde luego sabía muy bien lo que decía.

—Es evidente que Joyce Reynolds presenció un asesinato —señaló Mrs. Butler—, aunque resulta difícil de creer.

—¿Cree que Joyce lo presenció?

—Me refiero a que es difícil creer que, si vio algo así, no dijera nada de ese tema hasta aquel momento. No parece muy propio de Joyce.

—Hasta ahora, lo primero que me dicen todos sobre esa niña —comentó Poirot con tono suave— es que Joyce Reynolds era una mentirosa.

—Supongo que es posible que una niña se inventara una historia y después diera la casualidad de que fuese cierta —opinó Mrs. Butler.

—Desde luego, ese ha sido nuestro punto de partida —admitió Poirot—. No hay duda de que Joyce Reynolds fue asesinada.

—Ese fue su punto de partida y ahora seguramente ya lo sabe todo sobre este caso —manifestó Mrs. Oliver.

—Señora, no me pida imposibles. Siempre tiene mucha prisa.

—¿Por qué no? —replicó la escritora—. En la actualidad no se consigue hacer absolutamente nada si uno no se da prisa.

Miranda entró en la sala con las pastas.

—¿Las dejo aquí? —preguntó—. Supongo que ya han terminado de hablar... ¿O prefieren que vaya a buscar alguna otra cosa a la cocina?

Su voz tenía un suave tono de malicia. Mrs. Butler cogió el hervidor y volcó el agua caliente en la tetera de plata. Esperó un par de minutos y sirvió el té. Miranda se encargó de servir las pastas y los sándwiches de pepino con unos modales impecables.

—Ariadne y yo nos conocimos en Grecia, durante un crucero —dijo Judith.

—Me caí al mar cuando volvíamos de una de las islas —explicó Mrs. Oliver—. El mar estaba un poco movido y los marineros siempre dicen «salte», y, desde luego, dicen salte cuando la orilla está en el punto más alejado y es el momento oportuno, pero no crees que sea verdad; vacilas, te entra miedo y saltas cuando te parece que está más cerca, y, por supuesto, es cuando la embarcación se aleja más. —Hizo una pausa para tomar aire—. Judith ayudó en el rescate y eso hizo que nos conociéramos.

—Así es —admitió la madre de Miranda—. Además, me gustaba tu nombre. Me parecía muy apropiado.

—Sí, creo que es un nombre griego —señaló la escritora—. Es mi nombre real. No me lo inventé con fines literarios, pero nunca me ha ocurrido nada parecido a lo de Ariadne. Nunca fui abandonada por mi amante en una isla griega desierta o algo parecido.

Poirot se atusó el bigote para disimular la sonrisa que apareció en su rostro mientras se imaginaba a Mrs. Oliver representando a una doncella griega abandonada.

—No todos podemos hacer honor a nuestros nombres —opinó Mrs. Butler.

—No, desde luego. No te imagino cortándole la cabeza a tu amante. Eso fue lo que ocurrió, ¿no? Me refiero a Judith y Holofernes.

—No estoy muy enterada de lo que pasó entre Judith y

Holofernes. Creo que es algo que aparece en la Biblia apócrifa, ¿no? Sin embargo, si nos paramos a pensarlo, vemos que la gente pone a otras personas, me refiero a sus hijos, nombres muy extraños. ¿Cuál era el nombre de alguien que clavó clavos en la cabeza a no sé quién? Jael o Sisera. Nunca recuerdo cuál es el hombre y cuál la mujer. Creo que es Jael. No recuerdo a ningún niño con el nombre de Jael.

—Ella le sirvió mantequilla en una bandeja —comentó Miranda inesperadamente cuando se disponía a retirar el servicio de té.

—A mí no me mires —le dijo Mrs. Butler a su amiga—. No fui yo quien dio a leer la Biblia apócrifa a Miranda. Forma parte de su educación escolar.

—Es algo poco habitual en las escuelas en estos tiempos —opinó Mrs. Oliver—. Creo que lo que se lleva ahora es enseñarles ética o algo así.

—No es el caso de miss Emlyn —afirmó Miranda—. Dice que ahora en las iglesias solo nos leen la versión moderna de la Biblia, sin el menor valor literario. Sostiene que debemos conocer la prosa y el verso blanco de la versión autorizada. Disfruté muchísimo con la historia de Jael y Sisera. No es algo que se me ocurriría hacer —añadió la niña con tono pensativo—. Me refiero a clavar clavos en la cabeza de alguien mientras está dormido.

—¡Espero que no! —exclamó su madre.

—¿Cómo acabarías tú con tus enemigos, Miranda? —preguntó Poirot.

—Sería muy amable —contestó Miranda con una voz dulce—. Sería más difícil, pero preferiría hacerlo así porque no me gusta hacer daño. Utilizaría alguna droga de esas que emplean en los casos de eutanasia. Se dormirían, tendrían sueños hermosos y no despertarían nunca más. —Levantó la bandeja con las tazas y el plato con pan y mantequilla—. Yo lo lavaré, mamá, así puedes llevar a monsieur Poirot a dar un paseo por el jardín. Todavía quedan algunas rosas reales en la parte de atrás de la rosaleda.

La niña salió de la sala, llevando la bandeja y el plato con mucho cuidado.

—Miranda es una niña asombrosa —afirmó Mrs. Oliver.

—Tiene usted una hija bellísima, señora —dijo Poirot.

—Sí, creo que ahora es muy hermosa. Sin embargo, nunca sabes el aspecto que tendrán cuando crezcan. Engordan y parecen cerdos bien alimentados, aunque ahora es como una ninfa de los bosques.

—No es de extrañar que le guste tanto el jardín de la cantera.

—A veces desearía que no le gustara tanto —replicó Mrs. Butler—. Me pone muy nerviosa ver que la gente se pasea por lugares aislados, incluso si están cerca de otras personas o de un pueblo. En esta época, vivimos con miedo la mayor parte del tiempo. Por eso tiene usted que descubrir por qué le pasó algo tan terrible a Joyce, monsieur Poirot. Hasta que sepamos quién fue, viviremos en un continuo sufrimiento por la seguridad de nuestros hijos. Ariadne, puedes acompañar a monsieur Poirot al jardín. Me reuniré con ustedes en un minuto.

La mujer recogió las dos tazas y un plato que quedaban en la mesa y se fue a la cocina. Poirot y Mrs. Oliver salieron por la vidriera. El pequeño jardín era como la mayoría de los jardines en otoño. Quedaban algunas flores en un lado y un puñado de rosas se mantenían erguidas. Mrs. Oliver se encaminó con paso rápido a un banco de piedra y se sentó, mientras invitaba a Poirot a hacer lo mismo.

—Ha dicho usted que Miranda era como una ninfa de los bosques. ¿Qué opina de Judith?

—Creo que Judith tendría que llamarse Ondina —contestó el detective.

—Sí, un espíritu del agua. Tiene todo el aspecto de acabar de salir del Rin, del mar o de un estanque del bosque. Su pelo parece estar permanentemente mojado. Sin embargo, en ningún momento se la ve desaliñada.

—Es una mujer encantadora.

—¿Qué opina usted de ella?

—Todavía no he tenido tiempo de formarme una opinión. Solo creo que es hermosa, atractiva y que algo la tiene muy preocupada.

—Es lógico, ¿no le parece?

—Lo que a mí me gustaría, señora, es que me dijera lo que sabe o piensa de ella.

—Llegué a conocerla muy bien durante el crucero. Ya sabe cómo son esas cosas: trabas una amistad bastante íntima con una o dos personas. Los demás te caen bien y todo eso, pero la verdad es que, si vuelves a verlos, tampoco te importa demasiado. Pero siempre hay una o dos personas que quieres volver a ver. Judith es una de esas personas.

—¿La conocía antes de hacer el crucero?

—No.

—Pero sabe algo de ella, ¿no es así?

—Las cosas habituales. Su marido murió hace años. Era piloto. Se mató en un accidente de coche. Creo que en uno de esos accidentes múltiples, a la salida de una autopista, cuando se disponía a entrar en la carretera. Al parecer, dejó a Judith en una mala situación económica. Ella lamentó mucho la muerte de su marido. No es algo de lo que le guste hablar.

—¿Miranda es hija única?

—Sí, Judith trabaja a veces como secretaria en algún despacho, pero no tiene un trabajo fijo.

—¿Conocía a las personas que vivían en Quarry House?

—¿Se refiere al viejo coronel y a Mrs. Weston?

—Me refiero a la propietaria original, a Mrs. Llewellyn-Smythe. Se llamaba así, ¿no?

—Creo que sí. Me parece haber oído ese nombre en alguna ocasión. Pero murió hace dos o tres años, y, por lo tanto, es lógico que no se hable mucho de ella. ¿No tiene bastante con los vivos? —protestó Mrs. Oliver un tanto enfadada.

—Por supuesto que no. También he preguntado por los que murieron o desaparecieron de escena.

—¿Quién desapareció?

—Una *au pair*.

—Bueno, las *au pairs* desaparecen continuamente, ¿no? Me refiero a que vienen aquí con el viaje pagado y después ingresan directamente en el hospital porque están embarazadas y tienen un bebé al que bautizan con el nombre de Auguste, Hans, Boris o algún otro nombre parecido. También las hay que vienen para casarse con alguien o detrás de algún joven del que están enamoradas. ¡No creería usted ni la mitad de las cosas que me cuentan mis amigos! Por lo que se refiere a las *au pairs* solo hay dos categorías: las que son un don del cielo para las madres que trabajan y no quieren que se vayan por todo el oro del mundo, o las que te roban las medias y las querrías asesinar... —Mrs. Oliver se detuvo y después exclamó—: ¡Uy!

—Tranquilícese, señora. No tenemos motivo alguno para pensar que asesinaron a una *au pair*, sino todo lo contrario.

—¿Qué quiere decir con todo lo contrario? No tiene sentido.

—Probablemente no. De todos modos...

Sacó la libreta y escribió un par de líneas.

—¿Qué está escribiendo?

—Cosas que ocurrieron en el pasado.

—Por lo visto, el pasado le preocupa muchísimo.

—El pasado es el padre del presente —señaló Poirot con aire de suficiencia. Le ofreció la libreta—. ¿Quiere ver lo que he escrito?

—Por supuesto, aunque me atrevería a decir que no le

encontraré significado. Todo lo que usted escribe, porque lo considera importante, para mí no lo es.

Poirot le entregó la libreta. Las anotaciones decían lo siguiente: «Muertes: Mrs. Llewellyn-Smythe (rica). Janet White (maestra). Pasante de abogado. Apuñalado. Convicto por un delito de falsificación». Un poco más abajo ponía: «Desaparece chica ópera».

—¿Qué es una chica ópera?

—Es la palabra que utiliza la hermana de mi amigo Spence para denominar lo que nosotros llamamos una *au pair*.

—¿Por qué desapareció?

—Porque probablemente estaba a punto de verse mezclada en un problema legal.

El dedo de Poirot señaló la siguiente entrada. Había escrito sencillamente «Falsificación» y varios signos de interrogación.

—¿Falsificación? —preguntó Mrs. Oliver—. ¿Por qué falsificación?

—Eso es lo que me pregunto. ¿Por qué falsificación?

—¿Qué clase de falsificación?

—Se falsificó un testamento o, mejor dicho, el codicilo de un testamento, un codicilo en favor de la *au pair*.

—¿Influencia indebida?

—La falsificación es mucho más grave que la influencia indebida —afirmó Poirot.

—No veo que eso tenga nada que ver con el asesinato de la pobre Joyce.

—Ni yo tampoco. Pero es interesante.

—¿Cuál es la siguiente palabra? No puedo leerla.

—Elefantes.

—No veo la relación.

—Puede tenerla. Créame, puede tenerla. —Se levantó—. Me marcho. Discúlpeme con la anfitriona por no haberme despedido. Me ha encantado conocerla a ella y también conocer a su hermosa hija. Dígale que cuide muy bien a esa niña.

—«Mi madre dice que nunca juegue con los niños en el bosque» —recitó Mrs. Oliver—. Adiós. Si quiere usted hacerse el misterioso, supongo que lo hará por mucho que yo le diga. Ni siquiera me ha dicho qué piensa hacer ahora.

—Tengo una cita mañana por la mañana en las oficinas de Fullerton, Harrison y Leadbetter, en Medchester.

—¿Para qué?

—Para hablar de falsificaciones y otros temas.

—¿Qué hará después?

—Iré a hablar con otras personas que también estaban presentes.

—¿En la fiesta?

—No, en los preparativos de la fiesta.

Capítulo 12

Las oficinas de Fullerton, Harrison y Leadbetter eran las típicas de una antigua firma de la máxima respetabilidad. El paso del tiempo había dejado su huella. Ya no quedaban ningún Harrison ni ningún Leadbetter. Había un señor Atkinson y un joven señor Cole, pero aún vivía Jeremy Fullerton, el socio principal.

Mr. Fullerton era un hombre mayor, delgado, con el rostro impasible, la voz seca y una mirada vivaz y desconfiada. Junto a su mano tenía la nota que acababa de leer. Volvió a leerla, valorando cada una de las palabras. Luego miró al hombre que le había entregado la carta de presentación.

—¿Monsieur Hércules Poirot?

El abogado hizo su propia valoración del visitante. Un hombre mayor, un extranjero, muy pulcro en su forma de vestir, evidentemente mal calzado con unos zapatos de charol que, según dedujo Mr. Fullerton con sagacidad, le apretaban. Se insinuaban unas leves arrugas de dolor en la comisura de los ojos. Un señoritingo, un extranjero que venía recomendado nada menos que por el inspector Henry Raglan, del Departamento de Investigación Criminal, y por el jefe de policía Spence, de Scotland Yard.

—El jefe de policía Spence, ¿eh? —añadió Mr. Fullerton.

Conocía a Spence. Un hombre que había hecho un buen trabajo durante su carrera y que merecía la más alta consideración y estima de sus superiores. Recordó vagamente algunos detalles. Un caso célebre, mucho más de lo que prometía al principio, un caso de coser y cantar. ¡Por supuesto! Recordó que su sobrino Robert había estado vinculado con el caso como ayudante de la acusación. Todo indicaba que se trataba de un psicópata, un hombre que apenas se había preocupado por defenderse, alguien que daba la impresión de que quería ser ahorcado (porque en aquel entonces la pena era la horca). Nada de quince años o cadena perpetua, no, tenía que pagar con la pena máxima, y era una lástima que ya no se aplicara, se dijo Mr. Fullerton. Ahora, los jóvenes delincuentes no arriesgaban si llegaban al extremo de matar a sus víctimas. En cuanto matabas a la víctima, no quedaba testigo alguno para identificar al asesino.

Spence había llevado la investigación, un hombre tenaz y obstinado que siempre había insistido en que se habían equivocado de hombre. Al final se había demostrado que así era, y la persona que había encontrado las pruebas había sido un investigador privado extranjero, un tipo jubilado de la policía belga. En aquella época ya era mayor y seguramente ahora estaba senil, pensó Mr. Fullerton, pero, aun así, decidió tomar el camino de la prudencia. Se le pedía que proporcionara información y no veía problemas en la solicitud porque no sabía nada que pudiera ser de utilidad en ese asunto: un caso de homicidio infantil.

Mr. Fullerton quizá creía tener una idea bastante aproximada sobre la identidad del asesino, pero no estaba firmemente convencido, ya que se hablaba de, al menos, tres candidatos. Cualquiera de aquellos tres granujas podía haberlo hecho. Unas palabras desfilaron por su mente. Discapacidad mental, informe psiquiátrico. Sin duda, ese sería el veredicto final en este asunto. En cualquier caso, ahogar a una niña durante una fiesta era algo muy distinto a los innumerables asesinatos de escolares, niños que no habían

vuelto a sus casas y que habían aceptado que alguien los llevara en coche —tras haber sido avisados hasta la saciedad para que no lo hicieran—, y que habían acabado en un bosquecillo o enterrados en una cantera. ¿Una cantera? ¿Cuándo había ocurrido? Hacía muchos años.

Mr. Fullerton tardó unos instantes en hacer toda esta reflexión. Después, se aclaró la garganta y se dirigió al visitante.

—Monsieur Poirot —repitió—, ¿qué puedo hacer por usted? Supongo que se trata del caso de esa chiquilla, Joyce Reynolds. Un asunto muy desagradable, repugnante. No veo cómo puedo ayudarle. Sé muy poco al respecto.

—Sin embargo, creo que es usted el asesor legal de la familia Drake.

—Sí, sí, Hugo Drake, pobre hombre. Una persona muy agradable. Conozco a la familia desde hace años, desde que compraron Los Manzanos y vinieron a vivir aquí. La poliomielitis es algo muy penoso, la contrajo cuando estaban de vacaciones en el extranjero. Su salud mental, desde luego, era inmejorable. Es muy triste cuando le ocurre algo así a un hombre que ha sido un buen atleta en su juventud y un gran deportista. Sí, es muy triste saber que serás un inválido para siempre.

—También estaba usted a cargo de los asuntos legales de Mrs. Llewellyn-Smythe.

—Su tía, sí. Una mujer extraordinaria. Vino a vivir aquí cuando enfermó para estar cerca de su sobrino. Compró aquella mansión, Quarry House, que es un elefante blanco. Pagó por ella mucho más de lo que valía, pero el dinero no era un problema. Era muy rica. Podría haber encontrado una casa más cómoda y elegante, aunque lo que más le interesaba era la cantera. Buscó a un paisajista, si no me equivoco, alguien muy conocido en la profesión. Uno de esos tipos apuestos y melenudos, pero muy competente. Es evidente, a la vista de lo que hizo en la cantera, que merecía el

reportaje ilustrado en *Home and Gardens*. Sí, Mrs. Llewellyn-Smythe sabía elegir a la gente. No era cuestión de elegir a un joven guapo como su *protégé*. Hay algunas mujeres mayores que en ese sentido se comportan como unas tontas, pero el tipo tenía cabeza y estaba entre los mejores de su profesión. Vaya, creo que me he apartado un poco del tema. Mrs. Llewellyn-Smythe murió hace unos dos años.

—De forma bastante repentina.

Fullerton miró a Poirot con viveza.

—Yo no diría tanto. Padecía del corazón y los médicos intentaron convencerla de que hiciera el mínimo esfuerzo posible, pero ella era de esas mujeres a las que no se puede mandar así como así. No era una hipocondríaca. —Hizo una pausa para carraspear—. Me parece que nos estamos apartando del motivo de su visita.

—En realidad no, y me gustaría, si está usted de acuerdo, hacerle unas cuantas preguntas sobre un asunto completamente diferente. Me interesa saber algo más sobre uno de sus empleados, alguien llamado Lesley Ferrier.

El abogado pareció sorprendido.

—¿Lesley Ferrier? Lesley Ferrier. Déjeme ver. ¿Sabe una cosa?, casi me había olvidado del nombre. Sí, sí, por supuesto. Le apuñalaron, ¿no?

—Sí, ese es el hombre.

—La verdad es que no puedo decirle gran cosa. Ocurrió hace tiempo. Lo apuñalaron una noche cerca del Green Swan y nunca detuvieron al asesino. Creo que la policía tenía una pista sobre la identidad del responsable, pero se toparon con la imposibilidad de encontrar pruebas.

—¿Fue un crimen pasional? —preguntó Poirot.

—Sí, eso creo. Un asunto de faldas. Ferrier mantenía relaciones con una mujer casada cuyo marido tenía un bar, el Green Swan, en Woodleigh Common. Un local sin pretensiones. Según dicen, el joven Lesley comenzó a salir con otra mujer o con varias. Era un joven que gustaba a las mu-

jeres. En alguna ocasión ya había tenido problemas por ese motivo.

—¿Estaba satisfecho con Lesley Ferrier como empleado?

—Yo diría que no estaba insatisfecho. Tenía aptitudes. Trataba bien a los clientes y estaba estudiando Derecho. Más le hubiera valido prestar atención a sus intereses y mantener una conducta intachable en vez de mezclarse con una chica tras otra, la mayoría de las cuales, desde mi anticuado punto de vista, estaban muy por debajo de su categoría. Una noche hubo una pelea en el Green Swan y apuñalaron a Lesley Ferrier cuando volvía a su casa.

—¿Cree que la responsable fue una de las chicas o la esposa del dueño del bar?

—No es que sepa nada en concreto. Creo que la policía lo consideró un crimen pasional, pero...

El abogado se encogió de hombros.

—¿Usted no está seguro?

—Suele suceder. «No hay furia en el infierno comparable a la de una mujer despechada.» Es algo que se cita continuamente en los juicios. A veces es verdad.

—Sin embargo, me da la sensación de que usted no está del todo de acuerdo con que ese dicho se aplique a este caso.

—Digamos que me hubiera gustado disponer de más pruebas, algo que sin duda también deseaba la policía. El fiscal tuvo que abandonar el caso.

—¿Pudo haber sido algo muy diferente?

—Sí, por supuesto. Se pueden proponer varias teorías. El joven Ferrier no tenía un carácter muy estable. Bien educado. Su madre era una buena mujer. Viuda. El padre era otra cosa. Se salvó por los pelos de algunos asuntos sucios, algo bastante desagradable para la esposa. Nuestro joven se parecía a su padre. En un par de ocasiones se vinculó a grupos poco decentes. Le otorgué el beneficio de la duda, ya que todavía era joven. Pero le advertí que se estaba relacionando con personas de poca confianza, gente que hacía transacciones fuera de la ley. Con toda franqueza, no le hubiera mantenido en el despacho de no haber sido por su madre. Pero era joven y capaz. En un par de ocasiones lo llamé al orden y confié en que sería suficiente para hacerle recapacitar. Sin embargo, hay mucha corrupción en estos tiempos, algo que va en aumento desde hace diez años.

—¿Cree que alguien se la tenía jurada?

—Es posible. No cuesta entrar en esos grupos, me niego a llamarlos bandas, porque me parece demasiado melodramático, pero es muy peligroso dejarlos. Si creen que puedes delatarlos, no es extraño acabar con una navaja clavada en la espalda.

—¿Alguien vio el asesinato?

—No, no se encontraron testigos. Nunca los hay. La persona que hizo el trabajo lo tenía todo preparado, incluida la coartada.

—No obstante, quizá alguien presenció el crimen. Un testigo inesperado; por ejemplo, un niño.

—¿A esas horas de la noche? ¿En la zona del Green Swan? No parece una idea muy plausible, monsieur Poirot.

—Una niña que recordara el episodio —insistió el detective—. Una niña que regresara a su casa después de visitar a una amiga, quizá muy cerca de su casa. Tal vez volviera por un atajo o viera algo oculta detrás de un seto.

—Vaya, monsieur Poirot, tiene usted una imaginación desbordante. Lo que dice me parece poco probable.

—A mí no —replicó Poirot—. Los niños ven cosas. A menudo están donde menos se espera.

—Puede ser, pero no me negará que, cuando llegan a sus casas, cuentan lo que han visto.

—No siempre. Quizá no están muy seguros de lo que han visto, sobre todo si el incidente que han presenciado les asusta. Los niños no siempre relatan un accidente callejero o un acto de violencia inesperado que han visto cuando regresaban a su casa. Los niños saben guardar sus secretos, los guardan y los analizan. A veces les gusta tener un secreto y no quieren compartirlo.

—Se lo dicen a sus madres —opinó Mr. Fullerton.

—No estoy muy seguro. En mi opinión, las cosas que los niños no cuentan a sus madres son muchas.

—¿Por qué le interesa tanto, si me permite la pregunta, la muerte del joven Lesley Ferrier en un acto de violencia, que lamentablemente son cada vez más frecuentes en estos tiempos?

—No sé nada sobre la víctima, pero quiero saber algo de Ferrier porque es un caso de muerte violenta que ocurrió no hace mucho. Podría ser importante.

—Verá, monsieur Poirot —dijo Mr. Fullerton con un tono ligeramente arisco—, no acabo de entender la razón por la que ha venido a verme ni cuál es el interés que persigue. No es posible que sospeche de la existencia de una relación entre la muerte de Joyce Reynolds y la de un joven prometedor, aunque autor de alguna fechoría, al que asesinaron hace años.

—Uno es libre de sospechar lo que quiera. Pero hay que averiguar más cosas.

—Usted perdone, pero lo único importante cuando se trata de un crimen es conseguir pruebas.

—Supongo que habrá oído decir que la niña asesinada manifestó ante varios testigos que había presenciado un asesinato.

—En un lugar como este —replicó el abogado— se oyen toda clase de rumores, pero, si me permite, de una forma tan exagerada que les resta credibilidad.

—Eso también es cierto. Si no recuerdo mal, Joyce acababa de cumplir los trece años. Una niña de nueve podría recordar algo que hubiera visto: un accidente de coche en que el conductor se diera a la fuga, una riña a navajazos, el estrangulamiento de una maestra. Cualquiera de estas cosas podría causar una impresión muy fuerte en la mente de una niña y, si no las mencionó nunca, sería porque no tendría muy claro lo que había visto. Es posible incluso que olvidara el episodio hasta que algo se lo recordara. ¿Está usted de acuerdo en que es posible?

—Sí, sí, aunque creo que es una suposición muy rebuscada.

—Si no me equivoco, también se dio aquí el caso de la desaparición de una muchacha extranjera. Su nombre creo que era Olga o Sonia. Desconozco el apellido.

—Seminoff. Se refiere usted a Olga Seminoff.

—Una persona poco digna de confianza, ¿no?

—Así es.

—Era la señorita de compañía o enfermera de Mrs. Llewellyn-Smythe, la tía de Mr. Drake.

—Sí, había tenido otras dos muchachas extranjeras trabajando para ella. Con la primera tuvieron un altercado casi de inmediato, y la otra era agradable pero tonta de remate. Mrs. Llewellyn-Smythe no soportaba a la gente estúpida. Olga, la última que contrató, resultó la elección más adecuada. Se llevaban bastante bien. Si mal no recuerdo, no era una joven muy agraciada, era bajita, regordeta y tenía unos modales un tanto bruscos. A la gente de por aquí no le caía muy bien.

—Pero a Mrs. Llewellyn-Smythe le gustaba.

—Le cogió un gran cariño, algo que en un momento dado pareció poco prudente.

—Interesante.

—Sé que no le estoy contando nada que no haya oído antes. Estas cosas se divulgan con la velocidad del rayo.

—Tengo entendido que Mrs. Llewellyn-Smythe le dejó una considerable suma de dinero a la muchacha.

—Algo muy sorprendente —opinó el abogado—. Mrs. Llewellyn-Smythe no había cambiado sus disposiciones testamentarias en muchos años, excepto para añadir nuevos legados a instituciones de beneficencia o cambiar algunos porque los beneficiarios habían fallecido. Quizá le estoy diciendo cosas que usted ya sabe si está interesado en el asunto. El dinero siempre había sido legado de forma conjunta a su sobrino, Hugo Drake, y a su esposa, que también era su prima hermana y, por tanto, también sobrina de Mrs. Llewellyn-Smythe. Si alguno de los dos moría antes que su tía, el dinero correspondería al superviviente. Había muchos otros pequeños legados para diversas entidades y antiguos criados, pero la que se dijo que era su última voluntad respecto al destino de su fortuna se redactó unas tres semanas antes de su fallecimiento y, a diferencia de las otras ocasiones, nuestra firma no participó en su redacción. Se trataba de un codicilo de puño y letra de la interesada. Incluía un par de legados a casas de caridad, no tantas como antes, los antiguos criados no recibían ni una guinea, y el resto de su considerable fortuna era para Olga Seminoff en reconocimiento por el devoto servicio y el afecto que le había demostrado. Una disposición muy sorprendente y que no se parecía en nada a los testamentos anteriores.

—¿Qué pasó después?

—Seguramente usted conoce los acontecimientos. Los informes aportados por los peritos calígrafos demostraron que el codicilo era una falsificación. La letra solo tenía un ligero parecido con la de Mrs. Llewellyn-Smythe, nada más. A la anciana le desagradaba escribir cartas personales a máquina y con frecuencia le encargaba a Olga que se las escribiera, imitando su letra en lo posible. A veces, incluso las firmaba en su nombre. Tenía mucha práctica. Por lo visto, cuando falleció Mrs. Llewellyn-Smythe, la muchacha decidió dar un paso más y creyó que tenía la habilidad suficiente para imitar a la perfección la letra de su patrona. Pero eso es algo que no sirve cuando intervienen los expertos. No, no se lo tragan.

—¿Se habían iniciado los trámites para invalidar el documento?

—Por supuesto. Como siempre, se produjo la típica demora antes de que se planteara el caso ante los tribunales. Durante ese período la joven perdió el valor y... bueno, como usted mismo acaba de decir, desapareció.

Capítulo 13

Jeremy Fullerton se despidió de Hércules Poirot y volvió a sentarse tras su escritorio con la mirada perdida en el vacío. Cogió un documento y le echó una ojeada sin prestarle atención. Sonó el teléfono y atendió la llamada.

—¿Sí, miss Miles?

—Mr. Holden está aquí, señor.

—Sí, sí, pero si no me equivoco estaba citado hace tres cuartos de hora. ¿Le ha dado alguna explicación sobre la demora? Sí, comprendo. Es la misma excusa que dio la última vez. Por favor, dígale que he tenido otra visita y que ahora no puedo atenderle. Dele hora para la semana que viene. No podemos tolerar que se comporte de esa manera.

—Sí, Mr. Fullerton.

Colgó el teléfono y volvió a mirar pensativamente el documento anterior sin leerlo. En su mente revivía sucesos del pasado. Habían pasado casi dos años y un hombre pequeño con zapatos de charol y unos bigotes descomunales se lo había recordado con aquellas preguntas.

Ahora repasaba la conversación mantenida hacía dos años.

Vio una vez más a la muchacha sentada en una silla, al otro lado del escritorio, una figura baja y rechoncha, de piel morena, boca de labios carnosos, pómulos marcados y la fiereza de unos ojos azules sombreados por unas cejas muy pobladas. Un rostro apasionado, lleno de vitalidad, un rostro que conocía el sufrimiento, que probablemente no conocería otra cosa, pero que nunca aprendería a aceptarlo con resignación. La clase de mujer que lucharía hasta el final. «¿Dónde estará ahora?», se preguntó. De un modo u otro, lo había conseguido, pero ¿el qué? ¿Quién la había ayudado? ¿Alguien? Seguro que alguien lo hizo.

Supuso que en aquellos momentos estaría ya en el conflictivo país centroeuropeo del que había venido, al que pertenecía, al que había tenido que regresar porque no tenía otra salida, a menos que se conformara con perder su libertad.

Jeremy Fullerton era un firme defensor de la ley. Creía en la ley, despreciaba a muchos de los magistrados actuales por sus condenas poco estrictas, por su acatamiento a las necesidades escolásticas. Los estudiantes que robaban libros, las jóvenes casadas que desvalijaban los supermercados, las muchachas que sisaban el dinero de sus patrones, los gamberros que destrozaban las cabinas de teléfono, ninguno por una necesidad real, ninguno desesperado. La mayoría de ellos habían crecido muy mimados, convencidos de que todo aquello que no se podían permitir comprar se lo podían llevar. No obstante, junto a esta creencia intrínseca en la administración de la justicia, Mr. Fullerton era un hombre compasivo. Podía apiadarse de la gente. Sentía compasión por Olga Seminoff, aunque no se dejaba influir por las apasionadas explicaciones que le ofrecía.

—Vine a usted en busca de ayuda. Creí que me ayudaría. Fue bueno conmigo el año pasado. Me ayudó con los trámites para renovar mi permiso de residencia en Inglaterra durante un año más. Me dijeron: «No es necesario que conteste a las preguntas que no quiera responder, puede contratar a un abogado». Por eso acudo a usted.

—Las circunstancias que plantea... —Mr. Fullerton recordó la dureza y la frialdad de su tono, que había sonado mucho más duro y frío por la piedad que ocultaba— no se dan ahora. En este caso no puedo representarla a usted legalmente, ya que represento a la familia Drake. Como usted sabe, era el abogado de Mrs. Llewellyn-Smythe.

—Pero ella está muerta. No necesita un abogado si está muerta.

—Ella la apreciaba.

—Sí, me apreciaba mucho. Eso es lo que le digo. Por eso me dejó el dinero.

—¿Todo su dinero?

—¿Por qué no? No quería a sus parientes.

—Se equivoca. Quería mucho a sus sobrinos.

—Quizá quería a Mr. Drake, pero Mrs. Drake no le caía bien. Estaba hasta las narices de Mrs. Drake porque no la dejaba en paz. Nunca le dejaba hacer nada. No le permitía comer lo que le gustaba.

—Es una mujer muy responsable, e intentaba que su tía cumpliera las órdenes del médico en cuanto a la dieta y que no hiciera demasiado ejercicio.

—Las personas no siempre quieren obedecer las órdenes del médico. No quieren que los parientes se entrometan en sus asuntos. Les gusta vivir su vida, hacer lo que ellas quieren y tener lo que desean. Ella tenía mucho dinero. ¡Podía tener cualquier cosa! Podía tener muchísimo de todo. Era rica, rica, rica y podía hacer lo que quisiera con su dinero. Mr. y Mrs. Drake ya tienen mucho dinero. Tienen una hermosa casa, ropas elegantes y dos coches. Están muy bien situados. ¿Para qué necesitan más dinero?

—Ellos son sus únicos parientes.

—Ella quería que yo tuviera el dinero. Sentía pena por mí. Sabía por lo que había pasado. Estaba enterada de que a mi padre se lo había llevado la policía. Mi madre y yo no le volvimos a ver. Después ocurrió lo de mi madre y cómo murió. Toda mi familia murió. Es espantoso lo que he pasado. Usted no sabe lo que es vivir en un estado policial como me ha pasado a mí. No, no, usted está de parte de la policía, no está de mi lado.

—No, no estoy de su lado. Siento mucho lo que le ha sucedido, pero usted es responsable de este problema.

—¡Eso no es verdad! No es verdad que haya hecho algo que no debía hacer. ¿Qué he hecho? Fui buena y amable con ella. Le traje muchas cosas que no debía comer. Chocolate y mantequilla. No tenía que comer más que grasas vegetales, y no le gustaban. Quería mantequilla, montañas de mantequilla.

—No es una cuestión de mantequilla.

—Cuidé de ella. Fui muy amable y ella me lo agradecía. Entonces, cuando ella murió y descubrí que llevada por su bondad y el afecto que sentía por mí había firmado un papel dejándome todo su dinero, aparecieron los Drake y dijeron que no podía tenerlo. Dijeron toda clase de mentiras. Que había sido una mala influencia y cosas peores, terribles. Dijeron que yo había escrito el testamento.

»Y eso es mentira. Ella lo escribió. Después me hizo salir de la habitación, llamó a la asistenta y a Jim, el jardinero, y les dijo que tenían que firmar el papel, yo no. Porque yo iba a recibir el dinero. ¿Por qué no puedo tenerlo? ¿Por qué no puedo tener buena suerte en mi vida, un poco de felicidad? Me pareció maravilloso. Por fin haría todas aquellas cosas con las que tanto había soñado.

—No me cabe la menor duda.

—¿Por qué no puedo hacer planes? ¿Por qué no puedo disfrutarlo? Voy a ser rica, feliz y tener todas las cosas que quiero. ¿Qué he hecho de malo? Nada, absolutamente nada. Se lo digo a usted. Nada.

—He intentado explicárselo.

—Eso es falso. Usted afirma que miento, Dice que yo escribí el papel. No lo escribí, lo escribió ella. Nadie puede decir lo contrario.

—Hay personas que dicen muchísimas otras cosas —afirmó Mr. Fullerton—. Ahora escúcheme. Deje de protestar y escuche. ¿Es verdad o no que Mrs. Llewellyn-Smythe, en las cartas que usted escribía para ella, a menudo le pedía que imitara su letra lo mejor posible? Eso lo hacía porque tenía la idea anticuada de que escribir cartas a máquina a las amistades o personas conocidas era una descortesía. Eso es algo que perdura de la época victoriana. En la actualidad, a nadie le importa si recibe cartas escritas a mano o a máquina, pero para su señora se trataba de una descortesía. ¿Entiende lo que le digo?

—Sí, lo comprendo. Por eso me lo pedía. Me llamaba y decía: «Olga, responde a estas cuatro cartas tal y como te las he dictado, pero las escribes a mano y me imitas la letra todo lo que puedas». Me dijo que aprendiera a imitar su letra, que me fijara en cómo escribía las aes, las bes y las eles. «Mientras se parezca a mi letra ya está bien, y después firmarás con mi nombre. No quiero que la gente crea que ya no puedo escribir cartas, aunque la verdad es que mi reumatismo de la muñeca empeora por momentos y cada día me cuesta más escribir. Sin embargo, no quiero que mis cartas personales se escriban a máquina.»

—Podría usted haberlas escrito con su letra —señaló Mr. Fullerton— y añadir debajo «Por poder» o las iniciales.

—No quería que lo hiciera. Quería que los demás creyeran que ella las había escrito.

Mr. Fullerton pensó que podía ser cierto. Era muy típico de Louise Llewellyn-Smythe. Siempre había detestado no seguir haciendo lo que había hecho siempre, emprender largas caminatas, subir las colinas a paso ligero o realizar ciertas acciones con las manos, sobre todo con la mano derecha. Quería poder decir: «Estoy muy bien y no hay nada que no pueda hacer si me apetece». Sí, lo que había dicho Olga era verdad, y como era así se había aceptado el codicilo añadido al último testamento, correctamente extendido y firmado por Louise Llewellyn-Smythe sin sospecha alguna. Había sido en su propio despacho, recordó el abogado, donde habían surgido las sospechas, porque tanto él como su socio conocían perfectamente la escritura de la dama fallecida. El joven Cole fue el primero en decir:

—¿Sabe? No acabo de creerme que Louise Llewellyn-Smythe escribiera el codicilo. Sé que estaba muy mal de la artritis, pero mire estas muestras de la escritura que recogí en su casa para enseñárselas. Hay algo que no es normal en ese codicilo.

Mr. Fullerton había estado de acuerdo en que había algo sospechoso. Había dicho que lo mejor sería llamar a los peritos calígrafos. La respuesta de los expertos había sido contundente: todos coincidían en que la letra del codicilo no era la de Louise Llewellyn-Smythe. Si Olga no hubiese sido tan codiciosa, pensó Mr. Fullerton, si se hubiera contentado con escribir un codicilo que dijera: «Por su gran cariño y las atenciones que me ha dispensado, dejo...» y hubiese escrito una cantidad considerable, los parientes la habrían considerado excesiva, pero no hubieran puesto inconveniente alguno. Sin embargo, no dejar ni un penique a los parientes, al sobrino que siempre había aparecido como heredero de toda la fortuna en los cuatro testamentos que la mujer había redactado en los últimos veinte años, y dejárselo a Olga Seminoff, no era propio de una persona como Mrs. Llewellyn-Smythe. De hecho, una denuncia por influencia indebida habría bastado para anular el documento. Esta muchacha tan apasionada había sido demasiado ambiciosa. Probablemente, su patrona le hubiera dicho que le dejaría dinero como recompensa por su bondad, sus atenciones y el cariño que sentía por una persona que satisfacía todos sus caprichos. Aquello le había abierto el cielo a Olga. Se lo quedaría todo. La anciana tenía que dejárselo todo y ella recibiría el dinero, la casa, las joyas, todo. Una muchacha codiciosa, y ahora le había llegado la hora de pagar por lo que había hecho.

No obstante, Mr. Fullerton, contra su voluntad y sus conocimientos legales, se había apiadado de la joven. Había sentido pena por alguien que había conocido el sufrimiento desde la más tierna infancia, que había soportado el rigor de vivir en un estado policial, que había perdido a sus padres y hermanos. Las circunstancias la habían convertido en un ser con ansias de tenerlo todo.

—Todo el mundo está en mi contra —protestó Olga—. Todos ustedes están en mi contra y eso no es justo. Y todo porque soy extranjera, porque no pertenezco a este país, porque no sé qué decir o hacer. ¿Qué puedo hacer? ¿Por qué no me dice usted lo que debo hacer?

—No creo que pueda hacer gran cosa, excepto confesar. Es la única salida.

—Si digo lo que usted quiere que diga, faltaré a la verdad. Diré un montón de mentiras. Ella redactó el testamento. Lo escribió de su puño y letra. Me dijo que saliera de la habitación mientras los demás lo firmaban.

—Hay pruebas contra usted. Hay personas dispuestas a declarar que Mrs. Llewellyn-Smythe a menudo no sabía lo que firmaba. No siempre se molestaba en releer lo que debía firmar.

—En este caso, no saben lo que dicen.

—Escúcheme, tiene usted la suerte de no tener antecedentes, de que es extranjera y de que solo entiende el inglés de una manera un tanto rudimentaria. Lo más probable es que la condenen a una pena menor e incluso que la dejen en libertad condicional.

—Palabrería. Eso es pura palabrería. Me encerrarán en la cárcel y no volveré a salir.

—¡Vaya tontería!

—Lo mejor sería escapar. Podría huir y esconderme en algún lugar donde nadie me encontrara.

—Si dictan una orden de detención, la encontrarán.

—No si lo hago rápido, si me marcho de inmediato, no

si alguien me ayuda. Puedo huir, salir de Inglaterra en avión o en barco. Puedo encontrar a alguien que me venda un pasaporte falso, un visado o lo que haga falta. Alguien que esté dispuesto a echarme una mano. Tengo amigos. Hay personas que me aprecian. Alguien puede ayudarme a desaparecer. Eso es lo que necesito. Podría ponerme una peluca, caminar con muletas...

—Escúcheme con atención —dijo Mr. Fullerton con voz autoritaria—. Lo siento mucho por usted. Le recomendaré a un abogado que hará todo lo posible por defender su caso. No se comporte como una niña. No puede desaparecer.

—Tengo dinero. He ahorrado. Usted ha intentado ser bueno conmigo. Sí, eso creo, pero no hará nada porque se trata de la ley. Sin embargo, alguien me ayudará. Me marcharé a algún lugar donde nadie podrá encontrarme.

Nadie, pensó Mr. Fullerton, la había encontrado. Se preguntó dónde podría estar ahora.

Capítulo 14

La criada que le abrió la puerta en Los Manzanos acompañó a Poirot a la sala y le informó de que Mrs. Drake no tardaría en atenderle.

Mientras cruzaban el vestíbulo, el detective oyó el rumor de voces femeninas detrás de lo que parecía ser la puerta del comedor.

Poirot se acercó al ventanal de la sala para contemplar el bello y bien cuidado jardín, diseñado de manera impecable y podado meticulosamente. Unos rampantes aster otoñales sobrevivían sujetos a unas cañas; los crisantemos tampoco habían renunciado a la vida. También quedaban un par de rosas que se burlaban de la proximidad del invierno.

No vio señales de las actividades preliminares de un paisajista. Todo era muy convencional. Se preguntó si Mrs. Drake no habría sido un hueso demasiado duro de roer para Michael Garfield. Había lanzado su cebo en vano. Seguía siendo un espléndido jardín suburbano.

Se abrió la puerta y apareció Mrs. Drake.

—Lamento haberle hecho esperar tanto, monsieur Poirot.

En el vestíbulo sonaban las voces de personas despidiéndose.

—Es la fiesta navideña de la parroquia —explicó la dueña de la casa—. Una reunión del comité que se encarga de

149

organizarla. Estas cosas suelen ocupar más tiempo del previsto. Siempre hay alguien que tiene una queja o al que se le ha ocurrido una idea que normalmente no llega a convertirse en realidad.

Lo dijo con un tono agrio. Poirot comprendió que Rowena Drake era de las que no tenían pelos en la lengua cuando se trataba de calificar algo de absurdo. También tenía claro, por los comentarios que había escuchado de boca de la hermana de Spence, de las insinuaciones de otras personas y de diversas fuentes, que Rowena Drake era una de esas personas dominantes de las que se espera que se encarguen de todo y lo dirijan todo, pero que no caen bien a nadie.

Asimismo, comprendía que su afán por llevar la voz cantante seguramente no había sido bien aceptado por una pariente anciana que era como ella. Mrs. Llewellyn-Smythe había venido aquí para estar cerca de su sobrino y de su esposa, y esta se había encargado de controlar a la tía de su marido hasta donde había podido sin llegar a instalarse en la casa. Probablemente, Mrs. Llewellyn-Smythe había llegado a admitir que le debía mucho a Rowena, pero al mismo tiempo había repudiado su comportamiento autoritario.

—Bueno, ya se han marchado todos —comentó Mrs. Drake al oír que salía el último de los miembros del comité—. ¿Qué puedo hacer por usted? ¿Se trata de algo referente a aquella terrible fiesta? Me arrepiento de haberla celebrado aquí, pero no había otra casa adecuada. ¿Mrs. Oliver está todavía con Judith Butler?

—Sí, creo que regresará a Londres dentro de un par de días. ¿La conocía de antes?

—No, pero me encantan sus libros.

—Creo que está considerada una excelente escritora.

—No hay duda de que sabe escribir. Además, es una persona muy agradable. ¿Tiene ella alguna idea sobre quién pudo haber hecho algo tan horrible?

—Creo que no. ¿Usted sí?

—Ya le dije que no tengo ni la menor idea.

—Eso es lo que usted dice, aunque puede que tenga una idea vaga. Insisto. Me refiero a una idea que todavía no se haya concretado, pero que sea plausible.

—¿Por qué piensa tal cosa? —preguntó Mrs. Drake, mirando al detective con curiosidad.

—Quizá vio algo, algo poco importante, pero que después le pareció más significativo de lo que le había parecido en un principio.

—Sin duda está usted pensando en algo determinado, monsieur Poirot, en algo concreto.

—Sí, lo admito. Alguien me lo aseguró.

—¡Vaya! ¿Quién fue?

—Miss Whittaker, una maestra.

—Sí, desde luego. Elizabeth Whittaker es la profesora de matemáticas. Recuerdo que asistió a la fiesta. ¿Ella vio algo?

—No es tanto lo que ella vio, sino su convicción de que posiblemente usted vio algo.

Mrs. Drake meneó la cabeza con una expresión perpleja.

—No recuerdo nada que pudiera haber visto, aunque nunca se sabe.

—Tenía algo que ver con un jarrón de flores —le aclaró Poirot.

—¿Un jarrón de flores? —Rowena frunció el entrecejo, intrigada, y entonces recordó el incidente—. Ah, sí, ahora lo recuerdo. Sí, había un jarrón con crisantemos y hojas secas en la mesa del rellano de la escalera, un jarrón de cristal muy bonito. Uno de mis regalos de boda. Las hojas parecían caídas y las flores se veían marchitas. Recuerdo que me di cuenta cuando cruzaba el vestíbulo. Creo que estaba a punto de acabar la fiesta, no lo tengo muy claro, pero me pregunté qué podía pasarles a los crisantemos. Subí las escaleras, metí la mano en el jarrón y comprobé que algún idiota se había olvidado de llenarlo con agua cuando arregló el ramo. Me enfadé mucho. Así que me lo llevé al baño para llenarlo. ¿Qué vi en el baño? No había nadie, estoy segura. Quizá algunos de los chicos mayores estuvieron allí besuqueándose con chicas durante la fiesta, pero no había nadie cuando entré con el jarrón.

—No, no me refería a eso —manifestó Poirot—. Tengo entendido que se produjo un accidente. El jarrón se le escapó de las manos y se hizo añicos cuando se estrelló contra el suelo del vestíbulo.

—Así es —admitió Rowena—. Se rompió en mil pedazos. Me llevé un buen disgusto, porque, como le acabo de decir, era uno de nuestros regalos de boda, un jarrón perfecto, con el peso suficiente para soportar los grandes ramos otoñales. Fue una estupidez por mi parte. Me resbaló entre los dedos, o se me escapó de las manos y se estrelló contra el suelo del vestíbulo. Elizabeth Whittaker estaba allí. Me ayudó a recoger los trozos y a barrer los restos para que nadie los pisara. Dejamos los cristales en un rincón junto al reloj de péndulo para que la asistenta los retirase por la mañana. —Miró a Poirot con una expresión interrogativa—. ¿Se refería usted a este accidente?

—Efectivamente. Creo que miss Whittaker se preguntó por qué había dejado caer el jarrón. Según sus palabras, tuvo la impresión de que algo la asustó.

—¿Asustarme? —Rowena Drake lo miró, frunciendo el entrecejo de nuevo mientras intentaba recordar—. No, no creo que me asustara. Sencillamente se me resbaló. A veces pasa cuando lavas la vajilla. Creo que ocurre cuando estás cansada. En aquel momento, me fallaron las fuerzas después de ocuparme de todos los preparativos, las actividades de la fiesta y todo lo demás. Confieso que todo salió muy bien. En cuanto a lo del jarrón, fue una de esas torpes acciones que no puedes evitar cuando estás cansada.

—¿Está segura de que no vio nada que la asustase? Tal vez algo inesperado.

—¿Ver algo? ¿Dónde? ¿En el vestíbulo? No vi nada en el vestíbulo. En aquel momento estaba desierto porque todos estaban jugando al Dragón Hambriento excepto miss Whittaker. Creo que ni siquiera me fijé en ella hasta que se acercó a ayudarme cuando bajé las escaleras.

—¿Tal vez vio usted que se abría la puerta de la biblioteca?

—La puerta de la biblioteca. Comprendo lo que quiere decir. Sí, quizá fue eso. —Hizo una pausa para mirar a Poirot con expresión decidida—. No vi a nadie salir de la biblioteca, a nadie.

Poirot desconfió de su firmeza. La manera de decirlo despertó en su mente la posibilidad de que ella estuviera mintiendo, que hubiese visto a alguien o algo, quizá la puerta que se abría, un atisbo de la persona que estaba dentro de la habitación.

Sin embargo, la negativa había sido rotunda. ¿Por qué se había mostrado tan categórica? ¿Había visto a una persona a la que no deseaba ver implicada en el crimen cometido al otro lado de la puerta? Alguien que le interesaba o, lo que era más probable, alguien a quien deseara proteger. Alguien, quizá un niño, que, a su juicio, no fuera consciente del terrible acto que había cometido.

La consideró una persona rigurosa, pero íntegra. Pensó que era como otras muchas mujeres de ese tipo, mujeres que a menudo eran jueces, presidentas de instituciones de beneficencia o que se ocupaban de obras de caridad. Mujeres que creían en las circunstancias atenuantes, siempre dispuestas a buscar excusas, sobre todo para los jóvenes delincuentes. Un adolescente, una niña retrasada, alguien que en algún momento hubiera estado sometido a cuidados «especiales».

Si la persona que había visto salir de la biblioteca era de

esa clase, sería posible que hubiera entrado en juego el instinto protector de Rowena Drake. En la actualidad, no tenía nada de particular que los niños cometieran crímenes, niños pequeños, chiquillos de siete, ocho o nueve años, de los que, a menudo, resultaba difícil saber qué hacer con ellos cuando aparecían en los tribunales de menores.

Se buscaban excusas para justificar su comportamiento: hogares deshechos, padres negligentes, drogadictos o alcohólicos.

Pero las personas que hablaban en su favor con más vehemencia, las que buscaban las excusas más inverosímiles, eran personas como Rowena Drake. Una mujer inflexible y crítica en casi todo, excepto en esos casos.

Poirot no estaba de acuerdo con dichos planteamientos. Era un hombre que ponía la justicia por encima de todo. Sospechaba —siempre lo había hecho— de la piedad, mejor dicho, del exceso de piedad. Sabía muy bien, por su experiencia en Bélgica y en Inglaterra, que el exceso de piedad a menudo comportaba que se cometieran nuevos crímenes en los que morían víctimas inocentes, que no habrían muerto si se hubiera puesto la justicia en primer lugar.

—Comprendo —murmuró—, comprendo.

—¿No cree usted posible que miss Whittaker viera entrar a alguien en la biblioteca? —sugirió Mrs. Drake.

Poirot se mostró interesado.

—Ah, ¿cree usted que pudo ocurrir algo así?

—Solo es una posibilidad. Quizá vio entrar a alguien en la biblioteca, digamos unos cinco minutos antes o algo así, y después, cuando se me resbaló el jarrón, tal vez creyó que yo había visto a la misma persona, que yo la había conocido. Quizá no quiso decir nada que pudiera involucrar, injustamente, a una persona a la que solo había visto de espaldas, tal vez a un niño o a un adolescente.

—¿Usted cree, no es así, que se trataba de un chico o de

una chica, de un niño o de un adolescente? Digamos que, si bien no vio usted a nadie en particular, piensa que alguien de esa edad cometió el crimen que estamos investigando. ¿Me equivoco?

Mrs. Drake se mantuvo callada mientras reflexionaba sobre la pregunta.

—Sí —respondió finalmente—. Supongo que así es. No lo había pensado. Es que en la actualidad casi todos los delitos y crímenes son obra de jóvenes, personas que no saben muy bien lo que hacen, que buscan venganzas ridículas, que tienen un instinto primitivo para la destrucción. Incluso los que destrozan las cabinas de teléfonos o pinchan los neumáticos de los coches lo hacen para hacer daño a los demás, sencillamente porque odian, no a nadie en particular, sino al mundo. Es algo intrínseco a esta época. Supongo que cuando nos tropezamos con algo así, como una niña ahogada en una fiesta sin motivo aparente, damos por hecho que quien lo hizo no era del todo responsable de sus acciones. ¿No está de acuerdo conmigo en que, sin duda, es lo más probable en este caso?

—Creo que la policía tiene su punto de vista; al menos lo tenía.

—Bueno, ellos tienen que saberlo. Tenemos una policía competente en este distrito. Han resuelto diversos crímenes. Son perseverantes y no cejan hasta dar con el culpable. Creo que también acabarán resolviendo este caso, aunque diría que no será de inmediato. Estas cosas siempre necesitan mucho tiempo. Hace falta mucha paciencia para reunir las pruebas.

—En este caso, señora, reunir las pruebas no será tarea fácil.

—No, supongo que no. Cuando mataron a mi marido... era inválido, ya lo sabe... cruzaba la carretera y lo atropelló un coche. Nunca se encontró al responsable. Como usted sabe, o quizá no se lo hayan dicho, mi marido era víctima de la polio. Había quedado parcialmente paralítico unos seis años antes. Mejoraba, pero tenía dificultades para valerse por sí mismo y, desde luego, no podía apartarse si un coche se le echaba encima a mucha velocidad. Siempre me he sentido un poco responsable de lo ocurrido, aunque él nunca quiso que ni yo ni nadie lo acompañáramos, porque le molestaba muchísimo tener que depender de una enfermera o de una esposa que hiciera ese papel y, además, siempre era muy precavido a la hora de cruzar la calle. A pesar de todo, una no puede dejar de sentirse responsable cuando ocurre un accidente.

—¿Aquello ocurrió tras morir su tía?

—No. Ella murió poco después de fallecer mi marido. Las desgracias nunca vienen solas.

—Eso es cierto —afirmó Poirot—. ¿La policía no encontró el coche que arrolló a su marido?

—Creo que se trataba de un Grasshopper Mark 7. Uno de cada tres coches que ves por la calle es de esa marca, o por lo menos lo era en aquella época. Me dijeron que era el coche más popular. Descubrieron que lo habían robado en Medchester, del aparcamiento de Market Place. Pertenecía a un tal señor Waterhouse, un hombre mayor que tenía un negocio de venta de semillas en Medchester. Mr. Waterhouse era un conductor prudente, no había tenido nada que ver con el accidente. Se trataba de uno de esos casos en los que algún joven irresponsable roba un coche única y exclusivamente para irse de juerga. Creo que a esos gamberros tendrían que tratarlos con mano dura y no como ahora, que cualquier excusa es buena para no castigarlos.

—Unos años de cárcel, no como ahora que les imponen una fianza que pagan los padres, siempre dispuestos a tolerar cualquier cosa.

—Debemos recordar —dijo Mrs. Drake— que estos jóvenes están en una edad en la que es imprescindible que continúen sus estudios si deseamos verlos prosperar en sus vidas.

—La vaca sagrada de la educación —replicó Poirot—. Es una frase que he escuchado con frecuencia —se apresuró a añadir— en boca de personas que, supuestamente, saben de qué hablan, como profesores o personas que ostentan algún cargo importante.

—Quizá no tienen en cuenta algunos hechos importantes, como la falta de una buena educación o las consecuencias de un hogar roto.

—¿Usted cree que necesitan algo distinto que no sea enviarlos a la cárcel unos cuantos años?

—Lo que necesitan es un buen tratamiento médico —afirmó Rowena muy convencida.

—¿Cree que eso conseguiría, usando otro viejo proverbio, que un olmo nos diera peras? ¿No cree en la máxima de que «cada hombre lleva colgado su destino alrededor del cuello»?

La expresión de Mrs. Drake mostró un cierto desagrado y sus profundas dudas sobre la verdad de la máxima.

—Creo que es una máxima islámica —explicó Poirot.

La mujer no pareció impresionada.

—Confío y espero —manifestó— que no hagamos nuestras las ideas, o mejor debería decir los ideales, de Oriente Próximo.

—Debemos aceptar los hechos, y hay un estudio presentado por los biólogos modernos, me refiero a biólogos occidentales por supuesto, que parece indicar que el origen de las acciones de una persona está en sus genes, que un asesino de veinticuatro años ya era un asesino en potencia cuando tenía dos, tres o cuatro años. Claro que también se da el mismo caso cuando se trata de un genio matemático o musical.

—No estamos hablando de asesinatos —dijo Mrs. Drake—. Mi marido murió como consecuencia de un accidente cometido por una persona desquiciada. Si el responsable fue un niño o un adolescente, siempre hay la esperanza de una eventual aproximación a la aceptación de que la consideración hacia los demás es un deber. A que aprenda la aberración que es matar a otra persona, sencillamente por lo que se podría describir como una despreocupación criminal más que como una intención homicida.

—Por consiguiente, a su juicio, ¿no cree que fuera un caso en que el homicida tuviera la intención de asesinar a alguien?

—Lo dudo mucho —afirmó Mrs. Drake un tanto sorprendida—. No creo que la policía considerara esa posibilidad en ningún momento. Yo, desde luego, no. Fue un accidente. Un episodio muy trágico que alteró la vida de muchas personas, incluida la mía.

—Usted dice que no estamos hablando de asesinos —señaló el detective—, pero en el caso de Joyce se trata de un asesinato. No fue un accidente. Alguien, a propósito, hundió la cabeza de la niña en el agua y la mantuvo sumergida hasta que murió. Fue un homicidio deliberado.

—Lo sé, lo sé. Es terrible. No me gusta pensar en ese crimen. Recordarlo me pone enferma.

La mujer se levantó para pasearse por la habitación, dominada por un evidente nerviosismo. Poirot insistió, implacable.

—Aquí todavía queda por saber algo muy importante: no hemos encontrado el motivo del asesinato.

—A mí me parece un crimen que no necesita motivo.

—¿Se refiere a que lo hizo un demente, alguien capaz de disfrutar con la muerte de otra persona, tal vez asesinando a alguien joven e inmaduro?

—No es infrecuente. Lo que resulta difícil averiguar es la causa original. Incluso los psiquiatras no se ponen de acuerdo en este tema.

—¿Rehúsa encontrar una explicación más sencilla?

—¿Más sencilla? —repitió Mrs. Drake, intrigada.

—Alguien que no sea un perturbado mental, probablemente una persona que no provocaría discusión alguna entre los psiquiatras. Alguien que solo quería mantenerse a salvo.

—¿A salvo? Ah, se refiere usted a...

—Exactamente. Aquel día, horas antes de comenzar la fiesta, la niña alardeó de haber sido testigo de un asesinato.

—Joyce —manifestó Mrs. Drake con claridad— era una chiquilla ridícula y tonta. Me temo que nunca supo lo que era decir la verdad.

—Eso es lo que me ha dicho todo el mundo —comentó Poirot—. Estoy comenzando a creer que deben de tener razón. —Exhaló un suspiro—. Es lo que suele suceder.

Se levantó, cambiando de actitud.

—Le pido perdón, señora, por hablar de asuntos muy dolorosos para usted, asuntos que en realidad no me conciernen, aunque al parecer, por lo que me dijo miss Whittaker...

—¿Por qué no averigua algo más a través de ella?

—¿A qué se refiere?

—Ella es maestra. Sabe mejor que yo cuáles son las potencialidades, como las llama usted, de los niños a los que enseña. —Hizo una pausa para después añadir—: Lo mismo puede hacer con miss Emlyn.

—¿La directora?

Poirot se mostró sorprendido.

—Sí, ella sabe cosas. Me refiero a que es una persona con grandes dotes psicológicas. Usted dijo que yo podía tener una idea un tanto vaga sobre la identidad del asesino de Joyce. No la tengo, pero creo que no es el caso de miss Emlyn.

—Eso es interesante.

—Con esto no digo que tenga pruebas, sino sencillamente que lo sabe. Ella podría decírselo, aunque no creo que esté dispuesta a hacerlo.

—Cada vez tengo más claro que todavía me queda un largo camino por delante. La gente sabe cosas, pero no me las quiere decir. —Miró a Rowena Drake con expresión pensativa—. Su tía, Mrs. Llewellyn-Smythe, tenía una *au pair* que la cuidaba, una muchacha extranjera.

—Parece estar muy bien enterado de todos los chismes locales —afirmó Rowena con tono seco—. Sí, así es. Se marchó un tanto repentinamente tras el fallecimiento de mi tía.

—Al parecer, tenía buenas razones para hacerlo.

—No sé si es difamación o calumnia decirlo, pero aparentemente no había duda de que ella falsificó el codicilo testamentario de mi tía, o por lo menos que alguien la ayudó a hacerlo.

—¿Alguien?

—Era amiga de un joven que trabaja en el despacho de un abogado de Medchester. Él ya había estado mezclado en un caso de falsificación. El caso nunca llegó a los tribunales porque la muchacha desapareció al darse cuenta de que el juez no admitiría la validez del codicilo y que posiblemente la acusarían de un delito de falsificación. Se marchó del vecindario y nunca se ha vuelto a tener noticias suyas.

—Si no me equivoco, ella también provenía de un hogar roto.

Rowena Drake lo miró con vivacidad, pero se encontró con que él le sonreía amablemente.

—Muchas gracias por todo lo que me ha contado, señora —agradeció Poirot, y se marchó.

El detective salió de la casa y decidió dar un paseo por un camino lateral que, según rezaba un cartel, se llamaba Helpsly Cemetery Road. No tardó mucho en llegar al cementerio. Era un trayecto que no se tardaba más de diez minutos en recorrer a pie. Resultaba obvio que era un cementerio construido en los últimos diez años, seguramente para enfrentarse a la creciente importancia de Woodleigh como centro residencial.

La iglesia, un edificio que databa de unos tres siglos atrás, tenía un pequeño cementerio donde ya no quedaba espacio para más sepulturas. Por lo tanto, había sido necesario construir otro que se conectaba con el primero a través de un sendero.

Era un cementerio funcional, con las expresiones de dolor escritas en lápidas de mármol o de granito; tenía urnas, estatuas, macizos de flores y setos. No había inscripciones ni viejos epitafios. No se veía gran cosa que pudiera interesar a los anticuarios, todo muy limpio, ordenado y práctico.

El detective se detuvo para leer la leyenda de la lápida de una tumba que databa de unos dos o tres años atrás. La inscripción decía: «En memoria de Hugo Edmund Drake, amado esposo de Rowena Arabella Drake, que dejó este mundo el 20 de marzo de 19... Dios le concedió su merecido descanso».

Poirot, impresionado por la vitalidad de Rowena Drake, pensó que quizá el sueño había sido una bendición para el difunto señor Drake.

En un recipiente de alabastro, al pie de la lápida, se veían los restos de un ramo de flores. Un viejo jardinero, que evidentemente se ocupaba de las tumbas de los decentes ciudadanos fallecidos, se acercó a Poirot confiando en que tendría la oportunidad de disfrutar de unos minutos de conversación. Dejó a un lado la azada y la escoba.

—Es usted forastero, ¿verdad, señor?

—Es cierto. Le soy tan desconocido como lo fueron mis padres antes que yo.

—Ah, sí, tenemos esa frase en alguna parte, o algo parecido. Creo que está en una de las tumbas en aquel rincón. Mr. Drake —añadió— era un caballero muy agradable. Paralítico. Cogió la parálisis infantil, como la llaman, aunque no son los niños quienes la padecen, sino los adultos. Mi esposa tenía una tía que se contagió en España. Fue allí de vacaciones y se bañó en un río. Después dijeron que fue una infección del agua contaminada, pero no creo que supieran gran cosa. Los doctores casi nunca saben demasiado. A pesar de ello, actualmente la medicina ha cambiado mucho. Esas vacunas que ponen a los niños y todo eso. No hay tantos casos como antes. Sí, era un caballero muy agradable y no se quejaba, aunque llevaba bastante mal lo de ser inválido. En sus tiempos había sido un buen deportista. Solía batear para nosotros en el equipo del pueblo y nos hizo ganar más de un partido. Sí, era todo un caballero.

—Murió en un accidente, ¿no?

—En efecto. Cruzaba la calzada al anochecer. Apareció un coche a toda velocidad en el que viajaban un par de gamberros con pelo hasta en las orejas. Eso es lo que dijo la gente. No se detuvieron. Continuaron la marcha y ni siquiera se molestaron en mirar. Abandonaron el coche en un aparcamiento a unos treinta kilómetros de aquí. El coche ni siquiera era suyo. Lo habían robado de otro aparcamiento. Ah, es terrible, hoy en día hay muchos accidentes de esa clase y la policía casi nunca puede hacer nada. Su esposa le quería mucho. Fue terrible para ella. Viene por aquí casi todas las semanas y trae flores. Era una pareja que se quería. Si me lo pregunta, le diré que ella no se quedará por aquí mucho tiempo.

—¿Ah, no? Tiene una casa muy bonita.

—Sí, por supuesto. También hace muchas cosas en el pueblo. Está metida en asociaciones femeninas, en beneficencia y no sé en cuántas actividades más. Hace de todo, demasiadas cosas según algunos. Es de esas a las que les gusta mandar. Algunos dicen que es una mandona y una entrometida, pero el vicario confía en ella. Le gusta organizar eventos, prepara viajes turísticos y salidas. A veces me digo, aunque no me gustaría tener que contárselo a mi esposa, que por muchas buenas obras que hagan esas mujeres, eso no hace que los demás las aprecien. Siempre parecen saberlo todo. Te dicen lo que debes hacer y lo que no. No hay libertad. Al menos, hay menos libertad que antaño.

—¿Usted cree que Mrs. Drake piensa marcharse?

—No me sorprendería que cualquier día se marchara para irse al extranjero. Les gustaba mucho viajar, siempre se iban de vacaciones al extranjero.

—¿Por qué cree que quiere marcharse?

En el rostro del viejo apareció una expresión de picardía.

—Yo diría que ya ha hecho aquí todo lo que podía. Como se dice en la Biblia: «Necesita cultivar otro viñedo». Tiene que hacer nuevas obras y aquí se le han acabado. Ya ha hecho todo lo que había que hacer e incluso más, según algunos.

—¿Quizá necesita un nuevo campo que labrar? —sugirió Poirot.

—Ha dado en el clavo. Es mejor instalarse en otra parte donde pueda dar órdenes a gente nueva. Aquí nos tiene a todos donde quería y no le quedan muchos alicientes.

—Es posible.

—Ni siquiera tiene un marido al que cuidar. Lo cuidó durante muchos años. Digamos que eso daba sentido a su vida. Con lo del marido y todas esas buenas obras estaba todo el día ocupada. Es de esas que no saben estarse sin hacer nada. Para colmo, tampoco tiene hijos, por lo que creo que acabará por irse y empezará de nuevo en otro lugar.

—Quizá no vaya usted tan desencaminado. ¿Dónde cree que podría ir?

—A tanto no llego. Tal vez a algún lugar de la Costa Azul, España o Portugal. También está Grecia. Alguna vez la he oído hablar de las islas griegas. Mrs. Butler fue a Grecia en un crucero de esos que llaman helenísticos, que a mí más bien me suena a fuego y azufre.

Poirot sonrió ante el comentario del jardinero.

—Las islas griegas... —murmuró—. ¿A usted le cae bien?

—¿Quién? ¿Mrs. Drake? Yo diría que no me cae bien. Es una buena mujer que cumple con sus obligaciones de buena vecina y todo eso, pero siempre necesita de la colaboración de los demás para hacer sus buenas obras y, además, a nadie le gustan las personas que siempre quieren saber más que los demás. Me dice cómo debo podar los rosales, aunque sé hacerlo perfectamente. No deja de incordiarme para que plante toda clase de verduras. A mí la col me parece muy buena y no pienso cambiar.

—Debo irme —anunció Poirot—. ¿Sabe dónde viven Nicholas Ransom y Desmond Holland?

—La tercera casa después de la iglesia. Se alojan con Mrs. Brand. Van todos los días a la escuela técnica de Medchester. A esta hora ya estarán en casa. —Miró a Poirot con interés—. Así que por ahí van sus deducciones. Hay algunos que opinan lo mismo.

—No, todavía no creo nada, pero estaban allí, eso es todo.

Mientras se alejaba, Poirot se dijo: «Estoy a punto de acabar con la lista de los presentes».

Capítulo 15

Los jóvenes miraron a Poirot con expresión inquieta.

—No veo qué más podemos decirle, monsieur Poirot. La policía ya nos interrogó a los dos.

El detective observó a los adolescentes. Ninguno de ellos se describiría como un chico: se comportaban como adultos. Tanto que, si se cerraban los ojos, su conversación podría pasar por la de personas mayores hablando en su club. Nicholas tenía dieciocho años; Desmond, dieciséis.

—Para complacer a una persona, estoy entrevistando a quienes estuvieron presentes en algún momento, no durante la celebración de la fiesta de Halloween, sino en los preparativos. Vosotros dos colaborasteis.

—Sí, así es.

—Hasta ahora, he entrevistado a las asistentas, he conseguido saber el punto de vista de la policía, he hablado con el médico, el primero que examinó el cadáver, con la maestra que estaba presente, con la directora de la escuela, con los desconsolados familiares y me han contado todos los cotilleos del pueblo. Por cierto, me han dicho que aquí tenéis a una bruja. ¿Es verdad?

Los dos muchachos se echaron a reír.

—Se refiere usted a mamá Goodbody. Sí, ella asistió a la fiesta e interpretó el papel de bruja.

—Ahora vengo a buscar a la generación joven, de los que gozan de una vista y un oído excelentes, y que lo saben

165

todo sobre los últimos adelantos científicos y el lúcido pensamiento filosófico. Estoy interesado, ansioso, por conocer vuestra opinión sobre el caso.

Dieciocho y dieciséis, pensó mientras miraba a los dos chicos. Jóvenes para la policía, niños para él, adolescentes para los reporteros. Daba igual el nombre, eran productos de su época. Ninguno de los dos era estúpido, aunque tampoco fueran tan inteligentes como había querido sugerir para halagar sus vanidades y facilitar la conversación. Ambos habían estado en la fiesta y también habían estado ocupados en desplegar sus habilidades para ayudar a Mrs. Drake.

Habían subido escaleras, colocado las calabazas en lugares estratégicos, se habían ocupado de poner las bombillas de colores y alguno de ellos se había encargado de preparar una serie de fotos de los supuestos futuros maridos de las niñas.

También tenían una edad que los colocaba en el primer lugar de la lista de sospechosos elaborada por el inspector Raglan y, al parecer, del viejo jardinero. El porcentaje de asesinatos cometidos por personas comprendidas en este grupo de edad iba en aumento constante. Poirot no compartía estas sospechas, pero todo era posible. Incluso que el asesinato de hacía dos o tres años antes lo hubiera cometido un niño, un joven o un adolescente de doce o catorce años. Los periódicos habían informado de algunos casos.

Sin olvidar esta posibilidad, se centró en su propia valoración de esos dos muchachos: su aspecto, su ropa, sus modales, sus voces, a la manera de Hércules Poirot, disfrazada detrás de una cortina de palabras empalagosas y de exageraciones extranjeras, para que sintieran un leve desprecio hacia él, aunque lo disimularan con cortesía.

Ambos tenían unos modales exquisitos. Nicholas, el mayor, era muy guapo, llevaba patillas, el pelo le llegaba por debajo de la nuca y vestía de negro. No era una muestra de duelo por la reciente tragedia, sino de su gusto personal en cuanto a prendas modernas. El menor, con el pelo rubio rizado, llevaba una chaqueta de terciopelo rosa, pantalones color malva y una camisa con volantes. Era evidente que ambos gastaban mucho dinero en ropa, que no la compraban en las tiendas del pueblo y que, probablemente, la pagaban de su bolsillo y no con el dinero de la paga que les daban sus padres o tutores.

—Tengo entendido que ambos estuvisteis, por la mañana o por la tarde del día de la fiesta, ayudando en los preparativos.

—A primera hora de la tarde —precisó Nicholas.

—¿En qué ayudasteis? Me han hablado de la colaboración de diversas personas, pero no lo tengo muy claro. Nadie parece saber lo que hicieron los demás.

—En primer lugar, nos ocupamos de la instalación de las luces.

—Tuvimos que subirnos a las escaleras para colocar las que tenían que estar más altas.

—Me comentaron que también hicisteis algo relacionado con la fotografía.

Desmond metió una mano en el bolsillo y sacó una cartera donde llevaba varias fotos.

—Preparamos unas cuantas antes —dijo—. Los maridos para las chicas. Se parecen bastante. Todas quieren jóvenes modernos. No están mal, ¿verdad?

Se las entregó a Poirot, que observó con interés una foto en color un tanto desenfocada de un joven con la barba rubia, otra donde aparecía un muchacho con el pelo peinado como una aureola, una tercera en la que al modelo el pelo le llegaba hasta las rodillas y otras de personajes con barbas y bigotes.

—Conseguimos un surtido bastante amplio.

—¿Contratasteis modelos?

—No, somos nosotros los que aparecemos en todas las

fotos. Solo es cuestión de maquillaje. Las hicimos Nick y yo. Él me sacó unas cuantas y, después, yo le fotografié a él. Lo único que variaba era lo que podríamos llamar el peinado.

—Muy astutos.

—Las hicimos un poco desenfocadas para que se parecieran más a fotos de espíritus.

—A Mrs. Drake le gustaron mucho —afirmó Nicholas—. Nos felicitó. También se rio mucho. Lo que hicimos en su casa fue sobre todo instalar las luces. Colocamos un par de lámparas para que las chicas vieran un rayo de luz en los espejos y después la imagen reflejada. Solo teníamos que cambiar las fotos para que cada una viera a un personaje diferente.

—¿Sabían que se trataba de vosotros dos?

—No, no lo creo, al menos mientras se celebraba la fiesta. Sabían que habíamos ayudado en los preparativos, pero no creo que nos reconocieran en los espejos. No eran lo bastante listas. Además, llevábamos una caja de maquillaje para ir cambiando de aspecto. Primero Nicholas y después yo. Las chicas se lo pasaron en grande. Fue muy divertido.

—¿Qué hay de las personas que estuvieron por la tarde? No os pido que las recordéis a todas.

—Calculo que en la fiesta había unas treinta personas que entraban y salían. Por la tarde, estaban Mrs. Drake, por supuesto, y Mrs. Butler; una de las maestras, que me parece que se llama Whittaker; una tal señora Flatterbut o algo así, que es hermana o esposa del organista; miss Lee, la enfermera del doctor Ferguson, que tenía la tarde libre y se acercó para colaborar en lo que hiciera falta, y también algunos de los chicos, que vinieron a echar una mano. No creo que ayudaran mucho. Las chicas no hicieron más que charlar entre ellas y reírse de cualquier cosa.

—¿Recordáis qué chicas había allí?

—Las Reynolds estaban allí, Ann y la pobre Joyce, la chica que asesinaron. Ann es la mayor, una chica insoportable. Se cree muy lista, está segura de que sacará sobresaliente en todas las asignaturas. Leopold, el pequeño, es un pesado. Es un chismoso. Espía. Lo cuenta todo. Es de lo peor. Después estaban Beatrice Ardley y Cathie Grant, que es una tonta de cuidado, y un par de mujeres útiles. Me refiero a las señoras de la limpieza, y la escritora, la que le trajo a usted aquí.

—¿Algún hombre?

—El vicario apareció un momento para echar una ojeada, por así decirlo. Un viejo bastante simpático, aunque algo tonto, y su nuevo asistente, uno que tartamudea cuando se pone nervioso. No lleva aquí mucho tiempo. No recuerdo a nadie más.

—Fue entonces, si no me han informado mal, cuando oísteis a la chica, Joyce Reynolds, decir algo referente a que había sido testigo de un asesinato.

—Yo no —replicó Desmond—. ¿Dijo eso?

—Es lo que comentan —manifestó Nicholas—. Yo tampoco lo oí. Supongo que cuando lo dijo yo debía de estar en otra habitación. ¿Dónde estaba ella? Me refiero a cuando lo dijo.

—En la sala —contestó Poirot.

—Sí, bueno, la mayoría de la gente estaba allí, a menos que alguien estuviera haciendo algo especial. Desde luego, Nick y yo —dijo Desmond— estuvimos casi todo el rato en la habitación donde las chicas iban a participar en el juego de los espejos. Teníamos que tender los cables eléctricos y cosas así. O en las escaleras, instalando las bombillas de colores. Fuimos un par de veces a la sala para colgar las calabazas y colocar las que llevaban luces en el interior, pero no oí nada por el estilo mientras estuvimos allí. ¿Tú oíste algo, Nick?

—No. ¿Es verdad que Joyce comentó que había sido testigo de un asesinato? —preguntó Nicholas interesado—. Si es cierto lo que dijo, es muy interesante.

—¿Por qué es muy interesante? —preguntó Poirot.

—Bueno, es un tema de percepción extrasensorial, ¿no? Me refiero a que vio cometer un asesinato y, al cabo de un par de horas, la asesinan. Eso te hace pensar. Al parecer, en los últimos experimentos realizados se puede ayudar al proceso colocando un electrodo o algo así en la yugular. Lo he leído en alguna parte.

—Nunca han llegado muy lejos con esa historia de la percepción extrasensorial —afirmó Nicholas con tono de desprecio—. Sientan a unas cuantas personas en habitaciones separadas y les hacen mirar unas tarjetas con palabras o dibujos geométricos, y los demás tienen que decir cuál es la tarjeta que miran, pero nunca aciertan la palabra o el dibujo correcto, o casi nunca.

—Tienes que ser muy joven para hacerlo. A los adolescentes les funciona mejor que a los mayores.

Hércules Poirot, que no tenía el menor interés en escuchar esa discusión de alto nivel científico, los interrumpió.

—Hasta donde vosotros recordáis, mientras estuvisteis allí, ¿no ocurrió nada siniestro o de importancia, algo que probablemente nadie más viera, pero que quizá despertara vuestra atención?

Nicholas y Desmond fruncieron el entrecejo, exprimiéndose los sesos para ver si recordaban algún incidente de importancia.

—No, solo fue cuestión de dar martillazos, tender cables y prepararlo todo.

—¿Tienes alguna teoría? —le preguntó Poirot a Nicholas.

—¿Cómo dice? ¿Teorías sobre quién se cargó a Joyce?

—Sí, me refiero a algo que quizá viste y que te podría llevar a sospechar de alguien basándote en teorías psicológicas.

—Sí, ya lo entiendo. Quizá tenga razón.

—Yo apostaría por miss Whittaker —intervino Desmond, interrumpiendo las meditaciones de Nicholas.

—¿La maestra?

—Sí, es una solterona. Desesperada por el sexo y dedicada a enseñar siempre rodeada de mujeres. Hace un par de años más o menos estrangularon a una maestra. Decían que era un poco rara.

—¿Lesbiana? —preguntó Nicholas con un tono mundano.

—No me extrañaría. ¿Recuerdas a Nora Ambrose, la chica que vivía con ella? No estaba mal. Comentaron que había tenido uno o dos novios y que la otra chica se había puesto furiosa. Alguien mencionó que era madre soltera. Faltó a la escuela durante dos trimestres y después regresó. Claro que en este pueblo son capaces de decir cualquier cosa.

—La cuestión es que Whittaker estuvo en la sala la mayor parte de la mañana. Seguramente oyó lo que dijo Joyce. Eso quizá le dio la idea.

—Si se trata de la Whittaker —señaló Nicholas—, está la cuestión de la edad. ¿Cuántos años tendrá? ¿Cuarenta y muchos? ¿Cincuenta? Las mujeres se vuelven algo raras a esa edad.

Ambos miraron a Poirot con el aire del sabueso satisfecho de haber encontrado algo útil para complacer a su amo.

—Me juego lo que quieras a que miss Emlyn lo sabe. Hay muy pocas cosas que no sepa de lo que pasa en la escuela.

—¿Crees que lo dirá?

—Quizá se sienta obligada a ser leal y protegerla.

—No creo que lo haga. Si está convencida de que Elizabeth Whittaker no está bien de la cabeza, lo dirá, porque siempre hay el riesgo de que se cargue a unos cuantos alumnos más.

—¿Qué te parece el ayudante del vicario? —propuso Desmond—. Quizá está algo chalado. Ya sabes, toda esa historia del pecado original, el agua, las manzanas y todo el rollo. Espera, se me acaba de ocurrir una idea muy buena. Demos por hecho que está pirado. No lleva aquí mucho tiempo y nadie sabe cómo es. Supongamos que el juego del Dragón Hambriento le da la idea. ¡El fuego del infierno! Coge a Joyce y le dice: «Ven conmigo, que te mostraré algo». La lleva a la habitación de las manzanas y le ordena: «Arrodíllate. Esto es el bautismo», y le hunde la cabeza en el agua. ¿Lo veis? Todo encaja. Adán y Eva, la manzana, el fuego del infierno y el dragón, y que te vuelvan a bautizar para liberarte del pecado.

—Quizá primero se exhibió —manifestó Nicholas entusiasmado—. Siempre hay un fondo sexual en todas estas historias.

Los jóvenes miraron a Poirot.

—Bien, está muy claro que me habéis dado muchas cosas en que pensar.

Capítulo 16

Hércules Poirot miró con interés el rostro de Mrs. Goodbody. Era el modelo perfecto para una bruja. El hecho de que sus rasgos fueran acompañados de un carácter muy amable y bondadoso no disipaba la ilusión. La mujer habló gustosamente de la fiesta y de su participación.

—Sí, claro que estuve, siempre hago el papel de bruja en las fiestas del pueblo. El vicario me felicitó el año pasado y dijo que había estado magnífica en el desfile, y me regaló un sombrero nuevo. Los sombreros de las brujas se estropean, como todos los demás. Sí, estuve allí aquel día. Hago las cuartetas, ¿sabe usted?, me refiero a las cuartetas para las niñas, empleando su nombre de pila. Una para Beatrice, otra para Ann y para las demás.

La buena mujer hizo una pausa para tomar aliento y siguió:

—Después se las entrego a la persona que hace la voz del espíritu y se las recita a las chicas mientras se contemplan en el espejo, y los muchachos, Nicholas y Desmond, se encargan de proyectar las fotos trucadas. Más de una vez me parto de risa cuando los veo en las fotos que se hacen ellos mismos con las barbas postizas y las pelucas, y no hablemos de cómo visten... El otro día vi a Desmond vestido de una manera que no quiera usted saberlo. Una chaqueta rosa y pantalones de montar amarillos. ¡Superan a las chicas de lejos!

»Las chicas solo piensan en acortarse más las faldas, y no les sirve de nada porque tienen que ponerse más cosas debajo. Me refiero a las medias enteras y a los pantis, que en mis tiempos solo usaban las coristas y nadie más. Se gastan todo el dinero en esas tonterías.

»¡Pero los chicos! —se regocijó la bruja buena—. Madre mía, parecen faisanes o aves del paraíso. No niego que me gusta ver algo de color y siempre me ha parecido que antiguamente debía de ser muy divertido, como se ve en las películas. Ya sabe, los hombres con encajes, lazos, chisteras y todo lo demás. Ofrecían un poco de espectáculo a las muchachas. Pero también, en el pasado, a las chicas solo se les ocurría ponerse unas faldas enormes y cuellos de encaje.

»Mi abuela me contaba que sus señoritas... (era criada en una buena familia victoriana), sus señoritas... (creo que eso era antes de la reina Victoria, en la época en que estaba en el trono un rey con cabeza de pera, Billy el Tonto, ¿no?, o Guillermo IV). Bueno, pues sus señoritas... (me refiero a las jóvenes señoritas de mi abuela) usaban enaguas de muselina hasta los tobillos, muy pudorosas ellas, aunque mojaban las enaguas para que se les pegaran a las piernas. Las mojaban para que se volvieran transparentes y se les viera todo lo que había que ver. Siempre se las veía muy recatadas, pero a los caballeros les entusiasmaba.

»Le presté a Mrs. Drake mi bola mágica para la fiesta. La compré en una subasta, ya no recuerdo dónde. Es aquella que está colgada allí, junto a la chimenea. Es de un color azul brillante muy bonito. Siempre la tengo a mano.

—¿Adivina usted el futuro?

—No debería decirlo, ¿verdad? —replicó la mujer con una risita—. A la policía no le gusta. Claro que tampoco les importan mis predicciones. No tienen importancia. En un lugar como este, siempre sabes quién sale con quién y es muy fácil hacerlas.

—¿Puede coger su bola mágica, mirar en su interior y decirme quién mató a Joyce?

—Creo que se confunde —afirmó Mrs. Goodbody—. Es en una bola de cristal donde se ven cosas, no en una bola mágica. Si le dijera quién creo que lo hizo, no le gustaría. Diría que va contra natura, pero hay muchas cosas que van en contra de la naturaleza.

—Quizá tenga razón.

—En conjunto, este es un buen lugar para vivir. Me refiero a que aquí viven personas decentes, por lo menos la mayoría. Pero allí donde vaya, el diablo siempre tiene algunos de los suyos nacidos y educados para el mal.

—¿Se refiere a la magia negra?

—No, en absoluto —manifestó la mujer con tono despectivo—. Eso no son más que tonterías para gente a la que le gusta vestir elegantemente y hacer locuras. Sexo y todo eso. No, yo hablo de aquellos a quienes el diablo ha tocado con su mano. Nacen así. Son hijos de Satanás. Nacen con la idea de que matar no tiene importancia, si haciéndolo consiguen un beneficio. Cuando quieren algo, van a por ello. Son despiadados, y también pueden llegar a ser hermosos como ángeles. Una vez conocí a una niña de siete años que mató a su hermana y a su hermano de cinco o seis meses, gemelos. Los asfixió en la cuna.

—¿Eso sucedió aquí, en Woodleigh Common?

—No, no ocurrió en Woodleigh Common. Que yo recuerde, fue en Yorkshire. Un caso repugnante. Ella era una criatura angelical. Si le ponías un par de alas, podías hacerla subir a un escenario para cantar himnos cristianos y hubiese sido la más adecuada para hacerlo, pero no era ángel, estaba podrida por dentro. Ya sabe usted a lo que me refiero. No es ningún muchacho. Conoce la maldad que existe en el mundo.

—Efectivamente, tiene razón. La conozco muy bien. Si fuera cierto que Joyce vio cómo se cometía un asesinato...

—¿Quién dijo eso?

—Ella.

—Eso no es una garantía. Siempre fue una mentirosa de cuidado. —Miró al detective con viveza—. Supongo que no creerá esa historia.

—No, ya no. Han sido tantas las personas que me han dicho lo mismo, que no tiene sentido creer otra cosa.

—A veces surgen cosas extrañas en las familias —dijo Mrs. Goodbody—. Mire usted a los Reynolds, por ejemplo. Está Mr. Reynolds. Es agente de la propiedad inmobiliaria y nunca ha destacado ni destacará en su profesión. En cuanto a Mrs. Reynolds, siempre está sufriendo y preocupada por todo. Ninguno de sus tres hijos ha salido a sus padres. Ann tiene cabeza. Le irá muy bien en sus estudios. No me extrañaría que decidiera estudiar magisterio y, todo hay que decirlo, está muy pagada de sí misma, hasta tal punto que nadie la soporta. Ninguno de los chicos la mira dos veces. Después estaba Joyce. No era inteligente como Ann, ni como Leopold, el hermano menor, pero quería serlo. Siempre quería saber más que los demás, ser la mejor en todo, y era capaz de decir lo que fuese para que todos se fijaran en ella y le hicieran caso, pero no se podía creer ni una sola palabra de lo que decía porque nueve de cada diez eran mentiras.

—¿Qué hay del chico?

—¿Leopold? Creo que solo tiene nueve o diez años, aunque es muy listo y hábil con las manos. Quiere estudiar Física. Además, es muy bueno en matemáticas. En la escuela se sorprendieron mucho al comprobar sus aptitudes. Sí, es muy inteligente. Supongo que acabará siendo uno de esos científicos, pero si me lo pregunta le diré que las cosas que hará cuando sea científico y las cosas que inventará serán tan repugnantes como la bomba atómica. Es de esos que estudian, que siempre son muy listos y acaban descubriendo algo capaz de destruir medio mundo y, de paso, a la pobre gente como nosotros.

»Tenga cuidado con Leopold. Le gusta engañar a la gente y espiar a los demás. Descubre todos sus secretos. Me gustaría saber de dónde saca el dinero que gasta, seguro que no se lo dan sus padres. No se pueden permitir el lujo de darle demasiado. Siempre tiene mucho dinero, lo guarda en un cajón, bajo los calcetines. Compra cosas, montones de artefactos caros. ¿Quién le da el dinero? Eso es lo que yo me pregunto. Creo que intenta averiguar los secretos de la gente y después les hace chantaje para no irse de la lengua. —Mrs. Goodbody hizo una pausa para recuperar el aliento y después añadió—: Bueno, me temo que no puedo ayudarle por mucho que quiera.

—Me ha ayudado muchísimo —afirmó Poirot—. ¿Sabe usted algo de la chica extranjera que, según dicen, desapareció?

—En mi opinión, no llegó muy lejos. —La mujer miró a Poirot y cantó unas palabras de una canción infantil—: *Ding, dong, dell, pussy's in the well.** Es lo que siempre he creído.

* «Ding, dong, dell, el gato está en el pozo.» *(N. del T.)*

Capítulo 17

—Perdón, señora, ¿podría hablar con usted un momento?

Mrs. Oliver, que estaba en la galería de casa de su amiga atenta a cualquier señal de la aparición de Hércules Poirot, quien la había llamado para avisarle de que vendría a verla más o menos a esa hora, se volvió.

Vio a una mujer de mediana edad, vestida con corrección, que se retorcía las manos enfundadas en unos impecables guantes de algodón, con una expresión nerviosa.

—¿Sí? —dijo Mrs. Oliver.

—Lamento mucho molestarla, señora, se lo aseguro, pero creía que..., bueno, creí que...

Mrs. Oliver prestó atención, pero de ninguna manera pretendió darle prisa. Se preguntó qué podía preocupar tanto a la desconocida.

—Si no me equivoco, es usted la señora que escribe novelas, ¿no? Novelas de robos, asesinatos y cosas así.

—Sí, soy yo.

Ahora se le había despertado la curiosidad. ¿Era el prefacio de una solicitud de un autógrafo o de una fotografía dedicada? Nunca se sabía. Muchas veces se daban las situaciones más raras.

—He pensado que usted sería la persona más adecuada para decírmelo —añadió la mujer.

—Por favor, siéntese.

Preveía que Mrs. Quienquiera-que-fuera —llevaba un anillo de bodas, o sea que debía estar casada— era de las que necesitan tiempo para entrar en materia. La mujer se sentó y siguió retorciéndose las manos.

—¿Le preocupa algo? —preguntó Mrs. Oliver con la mejor buena voluntad para ayudarla a explicarse.

—Me gustaría que me aconsejase, esa es la verdad. Se trata de algo que ocurrió hace mucho tiempo y que en aquel momento no me preocupó, pero ya sabe cómo son esas cosas. Vuelves a pensártelo y quieres conocer a alguien para preguntárselo.

—Comprendo —respondió Mrs. Oliver, confiando en que con esta mentira conseguiría ganarse la confianza de su interlocutora.

—A la vista de los acontecimientos que han pasado últimamente, nunca se sabe, ¿no le parece?

—¿Se refiere usted a...?

—Me refiero a lo que sucedió en la fiesta de Halloween, o como la llamen. Quiero decir que eso demuestra que aquí hay personas en las que no puedes confiar. Te hace ver que hay cosas que no son como creías. Me refiero a que quizá no eran lo que creías, no sé si me entiende.

—¿Sí? —dijo Mrs. Oliver, añadiendo el máximo tono de interrogación posible al monosílabo—. Perdone, pero creo que no me ha dicho usted su nombre.

—Leaman. Mrs. Leaman. Trabajo como asistenta para varias señoras del pueblo. Desde que falleció mi marido, y de eso hace ya cinco años, trabajé para Mrs. Llewellyn-Smythe, la dama que vivía en Quarry House, antes de que vinieran aquí el coronel y Mrs. Weston. No sé si usted llegó a conocerla.

—No, no tuve la ocasión, es la primera vez que visito Woodleigh Common.

—Comprendo. Entonces no sabrá demasiado de lo que sucedía en aquel momento ni de las cosas que se dijeron.

—He oído algo al respecto desde que estoy aquí —manifestó Mrs. Oliver.

—Verá, no sé nada de leyes y siempre me preocupa cuando es una cuestión legal. Me refiero a los abogados. Podrían liarlo todo y no me gustaría tener que ir a la policía. No tiene nada que ver con la policía si es una cuestión de leyes, ¿verdad?

—Quizá no —respondió Mrs. Oliver con cautela.

—Tal vez sepa lo que dijeron sobre el codi... Es una palabra parecida a codi... no sé cuántos.

—¿El codicilo de un testamento? —sugirió la escritora.

—Sí, eso es. A eso es a lo que me refería. Mrs. Llewellyn-Smythe escribió uno de esos codi... codicilos y le dejó todo su dinero a la muchacha extranjera que la cuidaba. Fue una sorpresa que lo hiciera, porque tenía parientes viviendo aquí y se había mudado precisamente para vivir cerca de ellos. A la gente le pareció muy raro y entonces los abogados, ¿sabe usted?, comenzaron a decir cosas. Dijeron que Mrs. Llewellyn-Smythe no había escrito el codicilo, sino que lo había hecho la chica extranjera, para que fuera ella quien recibiese todo el dinero. Después hablaron de que acudirían a los tribunales y que Mrs. Drake pediría la anulación del testamento, si esa es la palabra correcta.

—Los abogados pedirían la anulación del testamento. Sí, creo haber oído algo así —la animó Mrs. Oliver—. ¿Sabe usted algo al respecto?

—No pretendía hacer daño a nadie —manifestó Mrs. Leaman con un leve tono de lloriqueo en la voz, un lloriqueo que Mrs. Oliver conocía por haberlo escuchado muchas veces en el pasado.

Pensó que Mrs. Leaman seguramente era una persona de poca confianza en algunos aspectos, a la que probablemente le gustaba espiar a los demás y escuchar detrás de las puertas.

—No dije nada en su momento —prosiguió Mrs. Leaman— porque, verá usted, no lo sabía a ciencia cierta. Pero me pareció que era extraño y confieso... porque usted es una señora que sabe cómo son estas cosas... confieso que quería saber la verdad. Llevaba tiempo trabajando para Mrs. Llewellyn-Smythe, y una quiere saber cómo ocurrieron las cosas.

—Por supuesto.

—Si hubiese creído que había hecho algo que no debía, lo habría admitido, pero no me pareció que hubiera hecho nada malo, por lo menos en aquel momento, no sé si me entiende.

—Sí, la sigo —afirmó la escritora—. Continúe. Hablaba usted del codicilo.

—Así es. Verá, un día Mrs. Llewellyn-Smythe no se encontraba muy bien, así que nos pidió que entráramos. Estábamos el joven Jim y yo. Jim ayudaba en el jardín y se ocupaba de traer la leña, el carbón y cosas así. Pues bien, entramos en su habitación. Ella estaba sentada tras su escritorio, en el que había varios papeles. Entonces se volvió hacia la chica extranjera, nosotros la llamábamos miss Olga, y le dijo: «Ahora tienes que salir, querida, porque no tienes nada que ver con esto» o algo así. Así que miss Olga salió de la habitación y Mrs. Llewellyn-Smythe nos dijo que nos acercáramos y después nos lo mostró: «Este es mi testamento». Había puesto un trozo de papel secante que tapaba la parte superior, pero la parte inferior se veía con total claridad. Dijo: «Estoy escribiendo algo en este papel y quiero que sean testigos de lo que he escrito y de mi firma al final». Así que comenzó a escribir en el papel. Siempre escribía con una pluma que raspaba, no quería usar bolígrafos ni cosas así.

»Escribió dos o tres líneas —prosiguió la mujer, después de una pausa para respirar—, firmó con su nombre y después me dijo: "Ahora, Mrs. Leaman, escriba su nombre aquí. Su nombre y su dirección". Miró a Jim y le dijo: "Escriba su nombre debajo y no se olvide de la dirección. Muy bien, ya está. Ahora ustedes dos me han visto escribir, me han visto firmar y los dos han escrito sus nombres para atestiguar que así fue". Luego dijo: "Eso es todo. Muchas gracias". Así que salimos de la habitación. Entonces no pensé más en el asunto, pero me extrañó un poco y dio la casualidad de que ocurrió algo cuando volví la cabeza al salir de la habitación. Verá usted, la puerta no siempre cerraba bien. Había que dar un tirón para que se cerrara. Cuando lo hice, en realidad no estaba mirando, no sé si me entiende.

—Sé a qué se refiere —replicó Mrs. Oliver, con un tono neutro.

—El caso es que vi a Mrs. Llewellyn-Smythe levantarse de la silla (tenía artritis y le dolía mucho cuando se movía), para ir hasta la librería. Cogió un libro, metió el papel que acababa de firmar en un sobre y, después, lo guardó en el libro. Era un libro muy grande que estaba en el estante de abajo. Volvió a colocar el libro en el estante. Bueno, nunca volví a pensar en aquello. No, la verdad es que no. Pero cuando comenzó todo este embrollo, bueno, desde luego, me pareció que como mínimo tendría que... —Se interrumpió.

Mrs. Oliver tuvo una de sus útiles intuiciones.

—Pero no me dirá que no ha esperado demasiado tiempo.

—Le diré la verdad. Admito que sentí curiosidad. Después de todo, cuando firmas algo, quieres saber lo que has firmado, ¿no? Me refiero a que la naturaleza humana es así.

—Sí —admitió Mrs. Oliver—, la naturaleza humana es así.

«La curiosidad —pensó— es uno de los principales componentes de la naturaleza humana de Mrs. Leaman.»

—Así que confieso que, al día siguiente, cuando

Mrs. Llewellyn-Smythe se fue a Medchester y yo estaba haciendo su habitación como de costumbre, un dormitorio con despacho porque necesitaba descansar mucho, pensé: «Cuando firmas algo, tienes que saber lo que has firmado». Me refiero a que, cuando compras algo a crédito, siempre te advierten de que debes leer la letra pequeña.

—En este caso, la letra manuscrita pequeña —comentó la escritora.

—Así que pensé, bueno, tampoco es nada malo, no es como si me estuviera llevando algo. Me refiero a que había firmado con mi nombre y pensé que debía saber lo que había firmado. Y miré por las estanterías. De todos modos, había que quitarles el polvo. Entonces lo encontré, estaba en el estante de abajo. Era un libro muy viejo, de esos que publicaban en los años de la reina Victoria. Encontré el sobre con el papel doblado y el título del libro era: *El libro de las mil respuestas*. A mí me pareció que eso tenía algún significado, no sé si me entiende.

—Es obvio que tenía un significado. O sea que sacó el papel del sobre y lo leyó.

—Así es, señora, y no sé si hice bien o mal. Pero la cuestión es que ahí estaba. Era un documento legal, de eso no había duda. En la última página estaba lo que había escrito el día antes. Una escritura nueva con una pluma nueva que rascaba. Sin embargo, se podía leer con bastante claridad, aunque escribía con una letra compleja.

—¿Qué decía? —preguntó Mrs. Oliver, que ahora compartía plenamente la curiosidad sentida por Mrs. Leaman.

—Bueno, decía algo así, hasta donde puedo recordar, porque no estoy segura de las palabras exactas, algo sobre un codicilo y que después de los legados mencionados en su testamento dejaba toda su fortuna a Olga, no recuerdo muy bien el apellido, comenzaba con «S». Algo así como Seminoff. En consideración a su gran bondad y a las atenciones dispensadas durante su enfermedad. Ahí estaba escrito y ella lo había firmado, y yo también, igual que Jim. Así que volví a dejarlo donde estaba porque no quería que Mrs. Llewellyn-Smythe supiera que había estado curioseando entre sus cosas.

»Pero bueno, me dije, esto es una sorpresa, y pensé que nadie hubiera imaginado nunca que la chica extranjera se quedaría con todo el dinero porque todos sabíamos que Mrs. Llewellyn-Smythe era muy rica. Su marido había tenido astilleros y le había dejado una gran fortuna, y pensé, bueno, que había personas que tenían mucha suerte. La verdad es que miss Olga no me caía muy bien. Era grosera y muchas veces daba muestras de muy mal genio, pero reconozco que siempre era muy atenta y cortés con la señora. Se esforzó en ganarse su aprecio y se salió con la suya. Pensé que era una vergüenza que no le dejara todo ese dinero a su familia. Luego me dije que quizá se había enfadado con ellos, pero que, cuando se le pasara, seguramente rompería el escrito y escribiría otro testamento o codicilo. La cuestión es que ahí estaba, así que volví a dejarlo en su sitio y me olvidé del asunto.

»Pero después, cuando se montó todo ese escándalo por lo del testamento y se comentó que lo habían falsificado y que Mrs. Llewellyn no podía haber escrito el codicilo, porque eso es lo que decían, que la señora no lo había escrito, que había sido otro...

—Comprendo. Entonces, ¿qué hizo usted?

—No hice nada. Eso es lo que me preocupa. En ese momento no lo entendí y, cuando lo pensé un poco, tampoco tuve muy claro lo que debía hacer, y me dije que todo era pura charla porque los abogados están contra los extranjeros, como casi todo el mundo. Admito que a mí tampoco me gustan los extranjeros. La cuestión es que ahí estaba y la señorita se daba unos aires... y parecía la mar de contenta, aunque yo me dije que debía de haber algún embrollo legal y ellos dijeron que no tenía derecho a recibir el dinero porque no era familia de la señora. Así que todo quedó aclarado. En cierto modo así tenía que ser, porque renunciaron a presentar la demanda. No la presentaron ante los tribunales y, por lo que sabemos, miss Olga huyó. Volvió a su país. O sea que tenía que haber hecho algo raro. Quizá amenazó a la señora para que le dejara el dinero. Nunca se sabe, ¿verdad? Uno de mis sobrinos, el que estudia para médico, dice que se pueden hacer cosas fantásticas con el hipnotismo. Pensé que a lo mejor había hipnotizado a la señora.

—¿Cuánto hace de todo esto?

—Mrs. Llewellyn-Smythe lleva muerta..., espere un momento..., sí, unos dos años.

—¿Cómo es que no le preocupó antes?

—La verdad es que en aquel momento no me preocupó porque pensé que no tenía importancia. Todo estaba en orden. Miss Olga no se llevaría el dinero, por eso no vi motivo alguno para entrometerme.

—¿Ahora piensa de otra manera?

—Es por esa muerte tan horrible, aquella pobre niña a la que ahogaron en el barreño con las manzanas. Dijo cosas sobre un asesinato que había visto o que sabía algo de un asesinato. Entonces me dije que quizá miss Olga había asesinado a la señora porque sabía que se quedaría con el dinero, pero que después se asustó cuando aparecieron los abogados y la policía, y entonces decidió escaparse. Por eso me dije que tal vez tendría que contárselo a alguien, y pensé en usted, porque es una señora que tiene amigos que se ocupan de asuntos de leyes y que también puede que tenga amigos en la policía. Me dije que quizá podría explicarles que yo solo estaba quitando el polvo de las estanterías, que el papel estaba en el libro y que lo dejé donde estaba. No me llevé nada.

—Pero eso fue lo que pasó, ¿no es así? Usted vio a Mrs. Llewellyn-Smythe escribir el codicilo. Usted la vio firmar con su nombre. Usted y el tal Jim estaban presentes y ambos firmaron con sus nombres. Fue así, ¿verdad?

—Así es.

—Por lo tanto, si los dos vieron a Mrs. Llewellyn-Smythe escribir su nombre, entonces la firma no era falsa. No si usted vio cómo lo escribía.

—Vi cómo lo escribía y lo firmaba, y esa es una verdad como un templo. Jim también se lo diría si no fuera porque se marchó a Australia hace más de un año y no sé su dirección. No era de por aquí.

—¿Qué quiere que haga?

—Quiero que me diga si debo decir o hacer algo. Nadie me preguntó si yo sabía algo de un testamento.

—Se llama usted Leaman. ¿Cuál es su nombre de pila?

—Harriet.

—Harriet Leaman. ¿Cuál es el apellido de Jim?

—¿Cuál era? Déjeme pensar. ¿Cuál era? Jenkins. Eso es. James Jenkins. Le estaría muy agradecida si pudiera ayudarme, porque me preocupa, ¿sabe usted? Todo eso son complicaciones y, si miss Olga lo hizo, me refiero a lo de asesinar a Mrs. Llewellyn-Smythe, y la joven Joyce la vio hacerlo... Ella estaba tan contenta, quiero decir, miss Olga, cuando se enteró por los abogados de que recibiría un montón de dinero... Pero todo cambió cuando apareció la policía haciendo preguntas y ella huyó sin más. Nadie me preguntó, nadie. Pero ahora no puedo evitar plantearme si tendría que haber dicho algo en aquel momento.

—Creo que debería contarle esa historia al abogado que representaba a Mrs. Llewellyn-Smythe —dijo Mrs. Oliver—. Estoy segura de que un buen abogado comprenderá sus sentimientos y sus motivos.

—Yo creo que si usted dice alguna palabrita por mí, siendo una dama que sabe lo que se hace, y les dice cómo sucedió todo y que yo nunca tuve la intención de hacer algo deshonesto... Me refiero a que lo único que hice fue...

—Lo único que hizo fue no decir nada —señaló la escritora, acabando la frase por su visitante—. Parece una explicación muy razonable.

—En cualquier caso, si usted dijera unas palabritas a mi favor para explicar cómo se presentaron las cosas, le estaría eternamente agradecida.

—Haré todo lo que esté en mi mano.

Mrs. Oliver miró hacia el sendero que cruzaba el jardín y vio que se acercaba una figura impecable.

—Bueno, muchas gracias por todo. Me dijeron que era usted una señora muy amable y le estoy profundamente agradecida —dijo Mrs. Leaman.

Se levantó, volvió a ponerse los guantes, que casi había destrozado de tanto retorcerlos, insinuó una reverencia y se alejó a paso rápido. Mrs. Oliver esperó a que Poirot se acercara para hablar con él.

—Venga aquí y siéntese. ¿Qué le pasa? Parece que le duela algo de una forma terrible.

—Me duelen muchísimo los pies —respondió el detective.

—La culpa es de esos zapatos de charol tan estrechos —afirmó Mrs. Oliver—. Siéntese. Cuénteme lo que ha venido a decirme y después yo le contaré algo que le sorprenderá.

Capítulo 18

—¡Ah, esto está mucho mejor! —exclamó Poirot en cuanto se sentó y pudo estirar las piernas.

—Quítese los zapatos y descanse los pies —le recomendó Mrs. Oliver.

—No, no, de ninguna manera.

Poirot pareció escandalizarse ante esa posibilidad.

—Usted y yo somos viejos amigos, y a Judith no le importará si sale de casa y lo ve descalzo. Perdone que se lo diga, pero no tendría que ir con zapatos de charol por el campo. ¿Por qué no se compra un bonito par de zapatos de ante? ¿O esas cosas que llevan los hippies? Ya sabe, esos zapatos sin cordones que nunca tienes que limpiar. Al parecer, se limpian solos por algún proceso extraordinario, una de esas cosas que te ahorran trabajo.

—Nunca me calzaría con algo así —afirmó Poirot con un tono inflexible—. ¡Faltaría más!

—El problema con usted es —comentó Mrs. Oliver, desenvolviendo un paquete que había sobre la mesa y que obviamente había comprado hacía poco— que insiste en ir elegante. Le importa mucho más su atuendo, los bigotes, su aspecto y su ropa que la comodidad. Esto es lo único importante para usted. Cuando se pasa la cincuentena, la comodidad es lo único que importa.

—Señora, me temo que no estoy de acuerdo.

—Más le valdría. Si no lo hace, sufrirá muchísimo y será peor a medida que pasen los años.

Mrs. Oliver acabó de quitar el envoltorio. Levantó la tapa de una caja de colores, cogió algo de su interior y se lo metió en la boca. Después de chuparse los dedos, se los secó con un pañuelo y dijo con la boca llena:

—Pegajoso.

—¿Ya no come manzanas? Siempre la he visto con una bolsa de manzanas en las manos, comiéndoselas o recogiéndolas en la calle porque la bolsa se había roto.

—Ya le dije que no volvería a comer manzanas. No, las odio. Supongo que algún día lo superaré y volveré a comerlas, pero por ahora no quiero verlas ni en pintura.

—¿Puedo saber qué come ahora? —Poirot cogió la tapa donde aparecía la ilustración de una palmera—. Dátiles de Túnez. Ah, ahora come dátiles.

—Así es, dátiles.

Cogió otro dátil, se lo metió en la boca, quitó el hueso, lo arrojó entre los arbustos y siguió masticando.

—Fechas* —dijo Poirot—. Es extraordinario.

—¿Qué tiene de extraordinario comer dátiles? Muchísima gente los come.

—No, no me refería a eso. No hablo de comerlos. Lo extraordinario es que lo diga de esa manera: dátiles.

—¿Por qué? —quiso saber Mrs. Oliver.

—Porque una y otra vez me indica el camino, como se dice, *le chemin*, el camino que debo tomar o que tendría que haber tomado. Me ha señalado la dirección a seguir. Fechas. Hasta este momento no me había dado cuenta de lo importantes que son las fechas.

—No entiendo qué relación pueden tener las fechas con lo ocurrido aquí. Me refiero a que no ha pasado demasiado tiempo. Todo el asunto tuvo lugar ¿hace cuánto? ¿Cinco días?

—El suceso ocurrió hace cuatro días. Sí, eso es cierto.

* Juego de palabras. *Date* significa «dátil» y «fecha». *(N. del T.)*

Pero todo tiene un pasado, algo que ahora aparece integrado en el presente, pero que existió ayer, el mes o el año pasado. El presente casi siempre tiene sus raíces en el pasado. Un año atrás, dos, quizá incluso tres, se cometió un asesinato. Una niña fue testigo del lamentable suceso, y ahora, hace cuatro días, esa niña muere asesinada por haberlo presenciado. Es eso, ¿no?

—Sí, así es. Al menos, supongo que lo es, porque podría no serlo. Quizá sea un loco al que le gusta matar personas y cuya idea de jugar con el agua es sumergir la cabeza de alguien hasta que muere. Podría describirse como la juerga de un loco asesino en una fiesta.

—No fue esa suposición la que le hizo acudir a mí —señaló Poirot.

—No, tiene razón, todo aquello me produjo una sensación muy extraña y sigue sin gustarme.

—Estoy de acuerdo. Creo que tiene razón. Si uno tiene una sensación extraña hay que averiguar el motivo. Estoy intentando averiguarlo por todos los medios, aunque no lo crea.

—¿Cree que lo conseguirá dando vueltas por ahí, hablando con las personas para ver si son agradables o no, y después hacerles preguntas?

—Efectivamente.

—¿Puede decirme qué ha averiguado hasta ahora?

—Hechos —respondió el detective—, hechos que en el momento oportuno quedarán establecidos en el calendario por las fechas.

—¿Eso es todo? ¿Qué más ha descubierto?

—Que nadie cree en la sinceridad de Joyce Reynolds.

—¿Cuando dijo que había presenciado un asesinato? ¡Pero si yo lo oí!

—Sí, lo dijo, pero nadie cree que fuera verdad. Por consiguiente, lo más probable es que no sea cierto, que ella no presenciara crimen alguno.

—A mí me da la impresión de que los hechos le están llevando hacia atrás en lugar de permanecer donde está o avanzar.

—Las cosas tienen que concordar. Por ejemplo, la falsificación. El hecho de la falsificación. Todo el mundo dice que una muchacha extranjera, una *au pair*, se ganó el aprecio de una viuda anciana y muy rica hasta tal punto que la viuda rica escribió un testamento, o el codicilo de uno, en el que le dejaba todo el dinero a la chica. ¿Fue la *au pair* quien falsificó el codicilo o lo hizo otra persona?

—¿Quién más podría haberlo falsificado?

—Había otro falsificador en el pueblo. Quiero decir que había una persona que fue condenada por falsificación, aunque la sentencia fue reducida porque el reo carecía de antecedentes y había circunstancias atenuantes.

—¿Se trata de un nuevo personaje? ¿Alguien que conozco?

—No, usted no lo conoce. Además, murió.

—Vaya. ¿Cuándo?

—Hace un par de años. Todavía no sé la fecha exacta. Pero necesito saberlo. Era un falsificador y vivía aquí. Lo apuñalaron una noche por lo que se podría calificar de un lío de faldas. Verá usted, creo que hay un montón de incidentes aislados que quizá estén mucho más relacionados de lo que parece. No todos, probablemente, pero sí algunos.

—Parece muy interesante, aunque no veo...

—Yo tampoco —le interrumpió Poirot—, pero creo que las fechas pueden ayudar, las fechas de ciertos acontecimientos: dónde estaban las personas, qué les pasó, qué hacían. Todo el mundo cree que la extranjera falsificó el testamento y posiblemente todos tienen razón. Era quien salía beneficiada, ¿no? Espere, espere un momento.

—¿Por qué?

—Se me acaba de ocurrir una idea.

Mrs. Oliver exhaló un suspiro y escogió otro dátil.

—¿Regresa a Londres o piensa pasar aquí una larga temporada?

—Me marcho pasado mañana. No puedo quedarme más tiempo. Están apareciendo demasiadas cosas buenas.

—Dígame algo: en su piso, o en su casa, ahora mismo no recuerdo en cuál —se ha mudado tantas veces últimamente—, ¿tiene una habitación de invitados?

—No se lo diré aunque me torturen —replicó Mrs. Oliver—. Si a usted se le ocurre admitir que tiene una habitación de invitados en Londres, aténgase a las consecuencias. Todos sus amigos, y no solo sus amigos, sus conocidos o incluso los primos terceros de sus conocidos, le escribirán para preguntarle si le importaría alojarlos una noche. Pues a mí me importa. No quiero pagar cuantiosas facturas de lavandería, servirles el té por la mañana y tener que alimentarlos. Mis amigos vienen y se quedan conmigo, las personas a las que quiero de verdad. Los demás que no me busquen. No quiero que se aprovechen de mí.

—¿A quién le gusta? Es usted muy lista.

—En cualquier caso, ¿a qué viene esta pregunta?

—Si se presenta la ocasión, ¿podría alojar a un par de invitados?

—Podría —manifestó Mrs. Oliver—. ¿A quién quiere que aloje? A usted no. Tiene un piso estupendo, ultramoderno, minimalista, todo muy geométrico y lineal.

—Solo se trataría de una medida de precaución.

—¿Para quién? ¿Van a asesinar a alguien más?

—Espero y confío en que no, pero entra dentro de lo posible.

—¿A quién? No lo entiendo.

—¿Conoce muy bien a su amiga?

—¿Conocerla? No, no la conozco muy bien. Nos hicimos amigas durante el crucero y nos acostumbramos a ir juntas a todas partes. Tenía algo interesante, ¿cómo lo diría...? Diferente.

—¿Cree que algún día aparecerá en alguno de sus libros?

—No me gusta esta pregunta. Me la hacen a todas horas, y no es verdad. No es cierto que utilice en mis libros a las personas que conozco.

—¿Es una mentira decir que a veces utiliza en sus libros a personas que conoce? Estoy de acuerdo en que no son amigas, pero sí personas que le presentan. De lo contrario, no sería divertido.

—Tiene toda la razón —reconoció Mrs. Oliver—. De vez en cuando es usted muy bueno adivinando. Es así. Me refiero a que ves a una mujer gorda sentada en un autobús, comiendo un bollo y que mueve los labios mientras mastica, y ves que le está diciendo algo a alguien, o que está pensando en la llamada telefónica que hará, o quizá en una carta que va a escribir. La miras y te fijas en los zapatos que lleva, el vestido, el sombrero, calculas su edad y miras si lleva anillo y otros detalles. Después te bajas del autobús y no quieres volver a verla nunca más, pero tienes en la cabeza una historia sobre alguien llamada Mrs. Carnaby que vuelve a casa en el autobús, tras una entrevista muy extraña en alguna parte donde ha visto a alguien en una pastelería y que le ha recordado a una persona a la que solo había visto una vez, y que, según decían, estaba muerta, aunque aparentemente no lo estaba.

Mrs. Oliver hizo una pausa tras semejante parrafada y se esperó a recuperar el aliento antes de añadir:

—Todo es verdad. Vi a una mujer así en el autobús antes de salir de Londres y ahora lo tengo todo bien planeado en la cabeza. No tardaré en tener la historia completa. Toda la secuencia, lo que dirá cuando vuelva, si lo que dirá la pondrá en peligro o pondrá en peligro a otra persona. Creo que incluso ya tengo el nombre, se llama Constance, Constance Carnaby. Solo hay algo que podría estropearlo.

—¿Qué es?

—Bueno, me refiero a que si la volviera a ver en otro autobús, hablara con ella o ella hablara conmigo o comenzase a saber algo de su persona, eso lo arruinaría todo.

—Sí, sí, la historia debe ser suya, el personaje también. Es como un hijo. Usted lo ha hecho, sabe cómo se siente, dónde vive y lo que hace, pero todo comenzó con un ser humano real y, si descubre cómo es realmente ese ser humano, entonces se queda sin historia, ¿no es eso?

—Ha acertado de nuevo. En cuanto a lo que decía de Judith, creo que es cierto. Fuimos a muchos lugares juntas, pero no llegué a conocerla a fondo. Sé que es viuda, cómo murió su marido, que pasó dificultades económicas y que tiene una hija, Miranda, a la que usted ya conoce. Es verdad que he tenido una sensación extraña, como si ambas fueran importantes, como si estuvieran mezcladas en una obra apasionante. No sé cuál es la obra. No quiero que me lo diga. Me gustaría inventarme la obra en la que querría verlas.

—Sí, sí, veo que son las candidatas para aparecer en otra de las novelas de éxito de Ariadne Oliver.

—Algunas veces es usted una bestia —afirmó Mrs. Oliver—. Hace que todo parezca vulgar. —Hizo una pausa y añadió con un tono pensativo—: Quizá lo sea.

—No, no es vulgar, solo es humano.

—¿Quiere que invite a Judith y Miranda a mi casa de Londres?

—Todavía no. Espérese hasta que esté seguro de que una de mis pequeñas ideas es correcta.

—¡Usted y sus pequeñas ideas! Yo sí que tengo una noticia para usted.

—Señora, me encanta.

—No esté tan seguro. Probablemente dará al traste con sus ideas. Supongamos que le digo que toda esa historia de la falsificación no fue una falsificación.

—¿Qué quiere decir?

—Que Mrs. Llewellyn-Smythe escribió el codicilo en el que dejaba todo el dinero a la *au pair*. Lo firmó delante de dos testigos, que lo firmaron también en presencia de los demás. ¿Qué le parece?

Capítulo 19

—Mrs. Leaman —repitió Poirot, escribiendo el nombre en su libreta.

—Eso es. Harriet Leaman. El otro testigo es un tal James Jenkins. Lo último que se sabe de él es que se marchó a Australia. En cuanto a Olga Seminoff, parece que regresó a Checoslovaquia, o al lugar de donde fuera que vino. Todo el mundo parece haberse ido a alguna parte.

—¿Cree que se puede confiar en Mrs. Leaman?

—No creo que se inventara toda la historia, si es a lo que se refiere. Creo que firmó algo, sintió curiosidad y aprovechó la primera oportunidad para mirar lo que había firmado.

—¿Sabe leer y escribir?

—Supongo que sí, aunque admito que algunas personas no son muy buenas cuando se trata de leer la letra de una dama anciana, que suele ser muy compleja. Si corrían los rumores sobre la existencia de un nuevo testamento o de un codicilo, quizá fue eso lo que leyó en aquel manuscrito un tanto indescifrable.

—Un documento genuino, aunque había un codicilo falsificado —señaló Poirot.

—¿Quién lo dice?

—Los abogados.

—Quizá no era falso.

—Los abogados son muy suyos en esos asuntos. Estaban preparados para presentarse ante el tribunal con expertos calígrafos.

—Entonces, es fácil comprender lo que debió de ocurrir, ¿no le parece? —opinó Mrs. Oliver.

—¿Qué es fácil? ¿Qué ocurrió?

—Salta a la vista. Al día siguiente, o al cabo de unos días, o incluso una semana más tarde, Mrs. Llewellyn-Smythe discutió con su querida *au pair*, o tuvo una deliciosa reconciliación con su sobrino Hugo y su sobrina Rowena, y rompió el testamento o destrozó el codicilo. O acabó por quemar los dos.

—¿Qué pasó después?

—Supongo que después, al fallecer la anciana señora, la muchacha aprovechó la oportunidad para escribir un nuevo codicilo, imitando más o menos la letra de Mrs. Llewellyn-Smythe y las firmas de los dos testigos lo mejor que pudo. Seguramente conocía bastante bien la letra de su señora. Aparece en las tarjetas de la seguridad social y cosas así, y lo hizo convencida de que acabaría por encontrar a alguien dispuesto a firmar como testigo y que todo iría sobre ruedas, pero la falsificación no coló y comenzaron los problemas.

—¿Me permite, *chère* señora, que use su teléfono?

—Le permito que utilice el teléfono de Judith Butler.

—¿Dónde está su amiga?

—Está en la peluquería, y Miranda ha salido a dar un paseo. Entre por aquella vidriera. El teléfono está en esa habitación.

Poirot entró en la casa y regresó al cabo de unos diez minutos.

—¿Bien? ¿Con quién ha hablado?

—He llamado a Mr. Fullerton, el abogado. Ahora le diré algo. El codicilo, el falso, el que entregaron a los abogados, no llevaba la firma de Harriet Leaman. Aparece como testigo una tal Mary Doherty, que había estado al servicio de

Mrs. Llewellyn-Smythe, pero que falleció hace poco. El otro testigo era James Jenkins, que, según le dijo su amiga, Mrs. Leaman, se marchó a Australia.

—O sea que había un codicilo falsificado —afirmó la escritora—, además de uno auténtico. Escuche, Poirot, ¿no le parece que todo esto se está complicando demasiado?

—Es increíblemente complicado. Si me permite decirlo, creo que hay demasiadas falsificaciones.

—Quizá el auténtico todavía está en la biblioteca de Quarry House, dentro de las páginas de *El libro de las mil respuestas*.

—Tengo entendido que todos los efectos de la casa fueron vendidos cuando entraron los nuevos propietarios, excepto algunos muebles y unos cuadros.

—Lo que necesitamos aquí es algo parecido a *El libro de las mil respuestas*. Es un bonito título, ¿no le parece? Recuerdo que mi abuela tenía uno en el que podías encontrar casi de todo: información legal, recetas de cocina, cómo quitar manchas de tinta de la ropa blanca o preparar un maquillaje casero que no perjudicaba la piel. Muchísimas cosas. Sí, ¿no le gustaría tener un libro así en estos momentos?

—Sin duda encontraría una receta para tratar el dolor de pies —manifestó Poirot.

—Supongo que al menos una docena. Pero ¿por qué no se decide a llevar unos zapatos cómodos y adecuados para ir por el campo?

—Señora, me gusta tener un aspecto *soigné*.

—En ese caso, tendrá que seguir llevando prendas que duelen y soportarlo con una sonrisa —opinó Mrs. Oliver—. La cuestión es que ahora mismo no entiendo nada. ¿Es posible que esa tal Leaman me haya contado una sarta de mentiras?

—Siempre es posible.

—¿O alguien le dijo que me contara una sarta de mentiras?

—Eso también.

—¿Alguien le pagó para que me contara una sarta de mentiras?

—Continúe —la animó Poirot—, lo está haciendo muy bien.

—Supongo —manifestó Mrs. Oliver, pensativa— que Mrs. Llewellyn-Smythe, como muchas mujeres ricas, disfrutaba escribiendo testamentos. Lo más probable es que escribiera muchos durante toda su vida. Ya sabe, hoy nombraba a una persona y mañana a otra. Cambiaba de opinión. De todos modos, los Drake estaban en buena posición. En cualquier caso, creo que siempre les dejaba un buen pellizco, pero me pregunto si a cualquiera de los otros les dejó tanto como dice Mrs. Leaman en el falso codicilo y a aquella muchacha, Olga. Admito que me gustaría saber más de ella. Es evidente que ha sabido desaparecer sin dejar rastro.

—Confío en saber algo más de ella dentro de poco —replicó Poirot.

—¿Cómo?

—En un par de días, como mucho, recibiré información al respecto.

—Sé que ha intentado conseguir información en el pueblo.

—No solo aquí, tengo un agente en Londres que me busca información en este país y en el extranjero. Estoy seguro de que en cuestión de horas tendré noticias de Herzegovina.

—¿Quiere saber si consiguió llegar allí?

—Es una de las cosas que averiguaré, pero me parece más probable que reciba información de otro tipo: quizá cartas escritas durante su estancia en este país en las que aparezcan los nombres de los amigos que hizo aquí y con los que pudo tener una relación más íntima.

—¿Qué me dice de la maestra?

—¿A cuál de ellas se refiere?

—Me refiero a la que estrangularon, la que mencionó Elizabeth Whittaker. La verdad es que Whittaker no me cae muy bien, es una pesada, aunque reconozco que es inteligente. —La escritora hizo una pausa y después añadió, con tono absorto—: La veo capaz de planear un asesinato.

—¿Se refiere a estrangular a otra maestra?

—Hay que agotar todas las posibilidades.

—Como tantas otras veces, confiaré en su intuición.

Mrs. Oliver se comió otro dátil.

Capítulo 20

Poirot salió de la casa de Mrs. Butler por el camino que Miranda le había enseñado la primera vez. Le pareció que la abertura en el seto era un poco más ancha que antes. Quizá alguien más corpulento que Miranda había utilizado el atajo. Subió por el sendero hacia la cantera, fijándose una vez más en la belleza del paisaje, un lugar precioso, pero volvió a experimentar la sensación de que podía ser un lugar maldito. Se respiraba algo parecido a una crueldad pagana. Estos senderos sinuosos bien podían ser el lugar donde las hadas cazaban a sus víctimas o una diosa despiadada decidía cuál era el sacrificio que iba a realizar.

Comprendía el motivo por el que el jardín no se había convertido en el lugar favorito de los excursionistas. A nadie se le ocurriría venir aquí a comer huevos duros, ensaladas y frutas, o a contar chistes y divertirse. Era diferente, muy diferente. De pronto se le ocurrió que habría sido mucho mejor que Mrs. Llewellyn-Smythe no hubiera deseado llevar a cabo aquella transformación mágica. Se podría haber hecho un jardín mucho más modesto y más alegre, pero ella había sido una mujer ambiciosa y muy rica. Pensó un instante en los testamentos, en aquellos escritos por las mujeres ricas, en las mentiras que se contaban de los testamentos de las mujeres ricas, en los lugares donde a veces aparecían ocultos los testamentos de viudas ricas, e intentó meterse en la mente de un falsificador. Sin duda, el codicilo presentado para su legalización había sido un fraude. Mr. Fullerton era un abogado competente, eso estaba claro. Pertenecía a la clase de abogados que nunca le recomendarían a un cliente ir a juicio o iniciar acciones legales si no había pruebas concretas y una buena justificación para hacerlo.

Pasó por uno de los recodos con la sensación de que ahora sus pies eran mucho más importantes que las reflexiones. ¿Había cogido el atajo que llevaba a casa del jefe de policía Spence o no? Quizá sí, en línea recta, pero la carretera principal hubiera sido un alivio para sus pies. Ese sendero no era de hierba sino de piedras. Entonces se detuvo.

Delante de él había dos personas. Michael Garfield estaba sentado en una piedra con un bloc de dibujo sobre las rodillas. Dibujaba completamente abstraído en su trabajo. Un poco más allá, de pie junto a un pequeño y cantarín salto de agua, se encontraba Miranda Butler. Poirot se olvidó de los pies y de los dolores del cuerpo humano y volvió a concentrarse en la belleza que podían llegar a alcanzar los seres humanos. No había duda de que Michael Garfield era un hombre muy guapo. Le resultaba difícil saber si le gustaba Garfield o no. Siempre es difícil saber si nos gusta alguien muy hermoso. Es agradable contemplar la belleza, aunque al mismo tiempo nos disgusta casi por principio. Las mujeres podían ser hermosas, pero Hércules Poirot no estaba convencido de que le gustara la belleza en los hombres. A él no le habría gustado ser un joven hermoso, aunque tampoco había tenido la posibilidad de serlo. Solo había un detalle de su aspecto personal que le gustaba, y era la exuberancia de sus bigotes, y la manera como respondían al cuidado, al tratamiento y al recorte. Eran magníficos. No conocía a nadie que tuviera unos bigotes como los suyos. Él nunca había sido apuesto, mucho menos guapo.

¿Qué pasaba con Miranda? Volvió a pensar, como antes, que era su seriedad lo que resultaba tan atractivo. Se preguntó qué pasaría por la mente de la niña. Era algo que nunca podía saberse. No era de las que decían lo que pensaban. Dudaba mucho de que lo dijera si se lo preguntaban. Tenía una mente original, se dijo, una mente reflexiva. Pensó también que era vulnerable, muy vulnerable. Había otras cosas de ella que sabía o creía saber. Hasta ahora no tenía pruebas, pero estaba casi seguro.

Michael Garfield advirtió su presencia.

—¡Ah, Mr. Mostachos! Muy buenas tardes tenga usted.

—¿Puedo mirar lo que está haciendo o le molesta? No quiero parecer entrometido.

—Puede mirar. No me molesta, me estoy divirtiendo —manifestó con voz suave.

Poirot llegó junto al joven y asintió. Era un dibujo a lápiz muy delicado, los trazos apenas se notaban. El hombre sabía dibujar, pensó el detective, además de diseñar jardines.

—¡Bellísimo! —murmuró.

—Yo también lo creo.

Lo dijo de una manera que no dejaba claro si se refería al dibujo o a la modelo.

—¿Por qué?

—¿Por qué lo hago? ¿Cree que tengo un motivo?

—Podría tenerlo.

—Tiene toda la razón. Si me marcho de aquí, hay un par de cosas que quiero recordar. Miranda es una de ellas.

—¿La olvidaría fácilmente?

—Muy fácilmente. Soy así, pero olvidar algo o a alguien, no recordar un rostro, la curva de un hombro, un gesto, un árbol, una flor, el contorno de un paisaje, saber cómo era pero no rescatar la imagen, a veces puede resultar, ¿cómo le diría...?, un sufrimiento. Todo pasa.

—El jardín de la cantera no ha pasado.

—¿Eso cree? No tardará. Es lo que ocurrirá si aquí no hay nadie. La naturaleza tomará las riendas. Necesita amor, atención, cuidado y dedicación. Si pasa a manos del ayuntamiento, y es cada vez más frecuente, harán lo que ellos llaman «mantenerlo al día». Plantarán los setos de moda, construirán nuevos senderos, instalarán bancos cada tantos pasos, incluso llegarán a colocar papeleras. Oh, son tan cuidadosos, se preocupan tanto por preservarlo todo. Esto no se puede preservar, es salvaje. Preservar algo salvaje es más difícil que conservarlo.

—Monsieur Poirot —lo llamó Miranda desde el arroyuelo.

El detective se adelantó para no tener que hablar a gritos.

—Así que estás aquí. Has venido a posar para tu retrato. La chiquilla meneó la cabeza.

—No he venido para eso. Ha sido por casualidad.

—Sí —manifestó Garfield—, sí, ha sido completamente casual. A veces tienes un golpe de suerte.

—¿Has venido a pasear por tu jardín favorito?

—En realidad estaba buscando un pozo —contestó Miranda.

—¿Un pozo?

—En otros tiempos, en el bosque había un pozo de los deseos.

—¿En una cantera? No sabía que hubiera pozos en las canteras.

—Había un bosque que rodeaba la cantera. Aquí siempre ha habido árboles. Michael sabe dónde está el pozo, pero no quiere decírmelo.

—Será mucho más divertido que te dediques a buscarlo —replicó Michael—. Sobre todo, cuando no estás del todo segura de que existe.

—La vieja señora Goodbody sabe todo lo que hay que saber sobre el pozo —afirmó Miranda—. Es una bruja.

—Así es —admitió Michael—. Es la bruja del pueblo, monsieur Poirot. Siempre hay una bruja en la mayoría de los pueblos. No siempre se llaman *brujas* a sí mismas, pero todo el mundo lo sabe. Adivinan el futuro, echan un maleficio sobre tus begonias, secan las peonías, consiguen que las vacas dejen de dar leche y, probablemente, preparan filtros de amor.

—Era un pozo de los deseos —intervino Miranda—. La gente venía aquí y formulaba un deseo. Tenía que dar tres vueltas caminando de espaldas, algo que no era fácil porque estaba en una ladera. —Miró a Michael—. Algún día lo encontraré, aunque no quieras decírmelo. Está por aquí, pero Mrs. Goodbody me dijo que lo cegaron hace años porque dijeron que era peligroso. Una niña, Kitty no sé cuántos, se cayó dentro. Quizá alguien más se cayó.

—Sigue creyendo que existe —dijo Michael—. Es una bonita historia. Donde sí que hay un pozo de los deseos es en Little Belling.

—Por supuesto. Sé todo lo que hay que saber sobre aquel pozo. Es un pozo vulgar y corriente, todo el mundo lo conoce y es ridículo. La gente tira peniques y, como ya no tiene agua, ni siquiera oyes el chapoteo.

—Lo lamento.

—En cuanto lo encuentre, vendré a decírtelo.

—No debes creer todo lo que dice una bruja. No creo que se cayera ningún niño. Supongo que habrá sido algún gato que se ahogó.

—*Ding, dong, dell, pussy's in the well* —cantó Miranda—. Tengo que irme. Mamá me estará esperando.

Se bajó con cuidado de la roca, dirigió una sonrisa de despedida a los dos hombres y se marchó por un sendero que parecía impenetrable y que comenzaba al otro lado del arroyo.

—*Ding, dong, dell* —repitió Poirot con expresión pensativa—. Uno cree lo que quiere creer, Michael Garfield. ¿Miranda está en lo cierto o no?

Garfield miró a Poirot y sonrió.

—Tiene toda la razón. Había un pozo y, como ella dijo, lo cegaron. Supongo que lo hicieron para evitar riesgos. No creo que fuera un pozo de los deseos. Eso deben de ser historias que se inventa Mrs. Goodbody. También había un árbol de los deseos, un abedul, en la ladera. Creo que era allí donde la gente daba tres vueltas caminando de espaldas y formulaba un deseo.

—¿Qué pasó con el árbol? ¿Ya nadie va por allí?

—No. Si no recuerdo mal, un rayo lo partió en dos hará unos seis años. Otra bonita historia que desaparece.

—¿Se lo dijo a Miranda?

—No. Me pareció mejor que siguiera con la historia de su pozo. Un árbol quemado no sería algo tan divertido, ¿no le parece?

—Tengo que marcharme.

—¿Vuelve con su amigo policía?

—Sí.

—Parece cansado.

—Estoy cansado —admitió Poirot—. Muy cansado.

—Estaría mucho más cómodo si llevase zapatillas deportivas o sandalias.

—Ah, *ça non*.

—Comprendo. Quiere ser un dandi. —Miró a Poirot—. El *tout ensemble* no está nada mal, pero los que son magníficos, si me permite decirlo, son sus extraordinarios mostachos.

—Me halaga que se haya fijado en ellos.

—La cuestión es si alguien podría dejar de verlos.

Poirot ladeó la cabeza como un pájaro curioso.

—Dijo que estaba dibujando su retrato porque quiere tener un recuerdo de Miranda. ¿Significa eso que se marchará de aquí?

—Es una posibilidad que he considerado.

—No obstante, a mí me parece que está usted *bien placé ici*.

—Sí, desde luego, es obvio. Tengo una casa propia, pequeña pero diseñada por mí, y tengo mi trabajo, aunque ya no es tan satisfactorio como antes. Por lo tanto, empiezo a sentirme inquieto.

—¿Porque su trabajo es menos satisfactorio?

—Porque la gente quiere que haga las cosas más atroces. Personas que quieren mejorar sus jardines, gente que compra una parcela, construye una casa y quiere que le diseñe un jardín.

—¿No está haciendo un jardín para Mrs. Drake?

—Ella quiere que lo haga. Le hice algunas sugerencias y pareció estar de acuerdo. Sin embargo —añadió pensativamente—, no creo que pueda confiar en ella.

—¿Quiere decir que no le permitiría hacer lo que desea?

—Me refiero a que pretendería conseguir lo que ella desea de verdad y, aunque le atrajeran mis ideas, de repente exigiría algo totalmente opuesto, algo utilitario, algo caro y probablemente ostentoso. Creo que intentaría someterme. Insistiría en que pusiera en práctica sus ideas. Yo no estaría de acuerdo y nos pelearíamos. Por lo tanto, creo que es mejor marcharse antes que discutir, y no solo con Mrs. Drake sino con muchos otros vecinos. Soy muy conocido. No necesito quedarme en este lugar. Puedo encontrar cualquier otro rincón de Inglaterra, Normandía o Bretaña.

—¿Algún lugar donde mejorar o ayudar a la naturaleza? ¿Algún lugar donde experimentar o plantar flores extrañas donde no han crecido nunca, donde no serán abrasadas por el sol ni destruidas por las heladas? ¿Algún trozo de tierra desierta donde pueda divertirse jugando a ser Adán una vez más? ¿Siempre ha sido una persona inquieta?

—Nunca me quedo demasiado tiempo en un mismo lugar.

—¿Ha estado en Grecia?

—Sí, y me gustaría volver. Ha acertado. Un jardín en una ladera griega. Por allí hay muchos cipreses, poco más: la piedra desnuda. Pero si uno quiere, ¿qué no crecería allí?

—Un jardín para que se paseen los dioses.

—Así es. Es usted adivino, monsieur Poirot.

—Me gustaría serlo. Hay tantas cosas que me gustaría saber y que ignoro...

—Ahora está hablando de algo bastante prosaico, ¿no es así?

—Efectivamente.

—¿Incendios, asesinatos, muertes repentinas?

—Más o menos. No sabía que también hubiera incendios. Usted lleva aquí años, Mr. Garfield. ¿Conoció a un joven llamado Lesley Ferrier?

—Sí, lo recuerdo, trabajaba en un despacho de abogados. Creo que en Fullerton, Harrison y Leadbetter. Pasante o algo así. Un tipo guapo.

—Tuvo una muerte repentina, ¿no?

—Sí, lo apuñalaron con nocturnidad y alevosía. Tengo entendido que fue por un lío de faldas. Todo el mundo parece creer que la policía sabe quién lo hizo, pero que no pudieron conseguir pruebas. Estaba liado con una mujer llamada Sandra, no consigo recordar el apellido, Sandra no sé qué. Su marido llevaba el bar del pueblo. Ella y Lesley tenían una aventura, y entonces Lesley empezó a salir con otra muchacha, o al menos esa es la historia.

—¿Sandra se lo tomó mal?

—Creo que le sentó fatal. Claro que a él se le daban muy bien las mujeres. Salía con dos o tres.

—¿Todas inglesas?

—¿A qué viene eso? No, no creo que se limitara a las chicas inglesas, siempre y cuando ellas pudieran hablar el suficiente inglés para entender más o menos lo que él les decía y lo que ellas le contestaban.

—Sin duda, de vez en cuando, hay chicas extranjeras por esta zona, ¿verdad?

—Por supuesto que las hay. ¿Es que hay algún lugar donde no lleguen? Las *au pairs* forman parte de la vida cotidiana. Las hay feas, bonitas, decentes, ladronas. Las hay que son muy útiles para las madres atareadas y otras que son unas inútiles, y también están las que un buen día se marchan sin decir esta boca es mía.

—¿Como hizo aquella chica, Olga?

—Como hizo aquella chica, Olga.

—¿Lesley era amigo de Olga?

—Ah, ya veo por dónde va. Sí, lo era. No creo que Mrs. Llewellyn-Smythe supiera del asunto. Supongo que Olga se cuidó de no decirle nada. Hablaba con mucha formalidad de una persona con la que esperaba casarse algún día en su país. No sé si es verdad o si se lo inventaba. El joven Lesley era guapo. No sé lo que pudo ver en Olga, ella no era precisamente una belleza. A pesar de eso —hizo una pausa para reflexionar—, parecía una mujer apasionada. Eso puede ser atractivo para un joven inglés. En cualquier caso, Lesley consiguió lo que buscaba y sus otras amiguitas se enfadaron con él.

—Es muy interesante —señaló Poirot—. Veo que no me equivoqué al creer que usted me daría la información que necesitaba.

Michael Garfield lo miró con expresión curiosa.

—¿Por qué? ¿A qué viene todo esto? ¿Dónde entra Lesley? ¿A qué viene este interés por remover el pasado?

—Verá, hay cosas que uno quiere saber, sobre todo cuándo comenzaron. Incluso busco más atrás. Antes de que aquellos dos, Olga Seminoff y Lesley Ferrier, se citaran a espaldas de Mrs. Llewellyn-Smythe.

—No estoy muy seguro al respecto. Solo es una idea. Me los crucé con frecuencia, pero Olga nunca me contó nada. En cuanto a Lesley, apenas le conocía.

—Quiero ir todavía más lejos. Si no me equivoco, tuvo algunos problemas en el pasado.

—Eso creo. Al menos, eso es lo que se decía en el pueblo. Mr. Fullerton lo puso a trabajar en su despacho con la esperanza de convertirlo en un hombre honesto. El viejo Fullerton es un buen tipo.

—Creo que lo acusaron de un delito de falsificación.

—Sí.

—Era su primer delito y se alegó que había circunstancias atenuantes. Tenía la madre enferma, era hijo de un alcohólico o algo por el estilo. En cualquier caso, la condena fue menor.

—Desconozco los detalles. Al parecer, al principio la cosa le salió bien y no tuvo problemas, pero después llamaron a los auditores y le descubrieron. Todo fue muy vago. Le estoy hablando de lo que se decía. Falsificación. Sí, por eso lo condenaron. Se demostró que era un falsificador.

—Después, cuando falleció Mrs. Llewellyn-Smythe y se presentó el codicilo para que lo legalizaran, se descubrió que el codicilo de marras era una falsificación.

—Sí, ya veo qué se está planteando. Por lo visto, cree que ambos hechos están vinculados.

—Un hombre que tenía ciertas dotes para la falsificación se hizo amigo de una muchacha, precisamente de una joven que, si se aceptaba el codicilo presentado, se convertiría en la heredera de la mayor parte de una cuantiosa fortuna.

—Sí, sí, eso es lo que parece.

—La muchacha y el joven falsificador eran grandes amigos, hasta el punto de que él dejó a una novia para mantener una relación con la extranjera.

—¿Está sugiriendo que el autor del testamento falsificado fue Lesley Ferrier?

—Parece lo más probable, ¿no?

—Se dijo que Olga era capaz de copiar la letra de Mrs. Llewellyn-Smythe bastante bien, pero a mí siempre me ha parecido que no estaba tan claro. Escribía las cartas personales de su señora, aunque supongo que ambas escrituras no se parecerían mucho, no hasta el punto de superar el examen de un calígrafo. Pero si ella y Lesley estaban juntos en el engaño, es diferente. Estoy seguro de que era capaz de hacer un buen trabajo y convencido de que podría pasar por auténtico. Claro que seguramente él creía lo mismo la primera vez que lo pillaron, y supongo que volvió a equivocarse en la segunda. Posiblemente cuando se destapó el asunto, cuando los abogados comenzaron a poner trabas, llamaron a los expertos para examinar los documentos y empezaron a hacer preguntas, la muchacha perdió el valor y se peleó con Lesley. Después se largó con la esperanza de que él cargara con las culpas.

Garfield se interrumpió. Meneó la cabeza con fuerza y luego preguntó:

—¿Por qué ha venido a mi hermoso bosque para hablarme de cosas como esas?

—Quería saber más.

—Es mejor no saber. Siempre es mejor no saber. Vale más dejar las cosas como están. No espiar, rebuscar o indagar.

—Usted busca la belleza —replicó Poirot—. La belleza a cualquier precio. Por mi parte, quiero la verdad, siempre busco la verdad.

Michael Garfield se echó a reír.

—Váyase a casa de su amigo el policía y déjeme a mí en el paraíso. Apártate de mí, Satanás.

Capítulo 21

Poirot subió la colina. De pronto ya no le dolían los pies. Algo había ido creciendo en su mente y empezó a relacionarse todo lo que había pensado y sentido, lo que intuyó que estaba vinculado, pero sin saber cómo. Era consciente del peligro, de un peligro inminente que amenazaba a una persona, a menos que se tomaran medidas oportunas para evitarlo. Un peligro muy grave.

Elspeth McKay le abrió la puerta.

—Parece agotado —dijo la mujer—. Pase y siéntese.

—¿Su hermano está aquí?

—No, ha ido a comisaría. Creo que ha ocurrido algo.

—¿Ha ocurrido algo? —repitió Poirot sorprendido—. ¿Tan pronto? No es posible.

—¿A qué se refiere?

—Nada, nada. ¿Quiere decir que le ha ocurrido algo a alguien?

—Así es, pero no sé a quién. La cuestión es que ha llamado Tim Raglan y le ha pedido que fuera a la comisaría. Le traeré una taza de té.

—No, muchas gracias. Creo que volveré a casa —replicó Poirot, que se veía incapaz de tomar una taza de té amargo. Pensó en una buena excusa para no parecer descortés—. Me duelen mucho los pies. Mi calzado no es el más apropiado para el campo, creo que pide un cambio.

Elspeth McKay miró los zapatos del detective.

—Ya me hago cargo. El charol oprime el pie. Por cierto, hay una carta para usted. Tiene sellos extranjeros. La han enviado de fuera, a la atención del superintendente Spence, Pine Crest. Se la traeré.

La hermana del policía regresó al cabo de un par de minutos y le entregó la carta.

—Si no necesita el sobre, me gustaría dárselo a uno de mis sobrinos. Colecciona sellos.

—Por supuesto.

Poirot abrió la carta y le dio el sobre.

Mrs. McKay le dio las gracias y entró en casa.

El detective leyó la carta. El servicio extranjero de Mr. Goby funcionaba con la misma competencia que demostraba el inglés. No reparaba en gastos y obtenía resultados rápidamente.

En realidad, los resultados obtenidos en esta ocasión no eran gran cosa, pero Poirot tampoco esperaba mucho más.

Olga Seminoff no había regresado a su ciudad natal. Allí no quedaba familiar vivo alguno. Había tenido una amiga, una persona mayor con la que se había carteado de manera esporádica comentándole novedades de su vida en Inglaterra. Se había llevado bien con su patrona, que a veces era demasiado exigente, aunque también muy generosa.

Las últimas cartas escritas por Olga llevaban fecha de hacía un año y medio. En ellas se mencionaba a un joven. Había insinuaciones de que estaban considerando el matrimonio, pero el joven, cuyo nombre no mencionaba, todavía debía abrirse camino, así que aún no había nada decidido. En su última carta comentaba con un tono alegre que las cosas iban cada vez mejor. Cuando no llegaron más cartas, la amiga dio por sentado que Olga se había casado con su novio inglés y se había ido a vivir a otra parte. Esas cosas ocurrían con frecuencia cuando las muchachas se iban a Inglaterra. Si se casaban y disfrutaban de un matrimonio feliz, casi nunca volvían a escribir.

Por consiguiente, no se había preocupado.

Todo encajaba, pensó Poirot. Lesley había hablado de boda pero quizá no lo dijo en serio. De Mrs. Llewellyn-Smythe se decía que era «generosa». Lesley había recibido dinero de alguien, tal vez de Olga (dinero que le había dado su patrona) para que este hiciera una falsificación del codicilo.

Elspeth McKay salió una vez más a la terraza. Poirot le comentó sus suposiciones sobre una vinculación entre Olga y Lesley.

La hermana del jefe de policía reflexionó durante un par de minutos antes de dar su opinión.

—Si fue así, lo mantuvieron muy callado —dijo el oráculo—. Nunca corrieron rumores sobre esos dos. Hubiera sido lo natural, en un lugar como este.

—El joven Ferrier mantenía relaciones con una mujer casada. Quizá le dijo a la muchacha que no se lo mencionara a su patrona.

—No lo niego. Es probable que Mrs. Llewellyn-Smythe pensase que Lesley Ferrier era un mal bicho, y no hay duda de que habría alertado a la muchacha de haber sabido que salían juntos.

Poirot dobló la carta y se la guardó en el bolsillo.

—Le preparo una taza de té —insistió Mrs. McKay.

—No, no, debo volver a la pensión y cambiarme de zapatos. ¿No sabe cuándo volverá su hermano?

—Ni idea. No me dijeron el motivo de la llamada.

Poirot se fue a la pensión, que estaba a unos trescientos metros. Cuando se acercaba a la puerta, la casera, una simpática mujer de unos treinta y tantos años, salió a su encuentro.

—Ha venido a verle una señora —dijo—. Lleva esperando desde hace un rato. Le he dicho que no sabía dónde estaba o cuándo regresaría, pero ha insistido en esperar. Es Mrs. Drake. Creo que está muy nerviosa. Suele ser una

217

persona muy tranquila en cualquier situación, pero esta vez creo que algo la ha afectado mucho. ¿Le traigo té o alguna otra cosa?

—No —respondió Poirot—, será mejor no servirle nada de momento. Primero escucharé lo que tenga que decir.

Abrió la puerta y se dirigió a la sala. Rowena Drake estaba junto a la ventana. No era la ventana que daba al camino, así que no le había visto llegar. Se volvió bruscamente cuando oyó el ruido de la puerta.

—Monsieur Poirot, por fin. Llevo esperándole desde hace rato.

—Lo siento mucho, señora. He estado en el jardín de la cantera. Después he ido a ver a mi amiga, Mrs. Oliver, y he estado hablando con dos chicos: Nicholas y Desmond.

—¿Nicholas y Desmond? Sí, ya sé. Me pregunto si... ¡Oh, una piensa tantas cosas!

—Está usted muy alterada —señaló Poirot con voz suave.

No era algo que hubiera esperado llegar a ver: Rowena Drake alterada por no tener el control de la situación, incapacitada para disponerlo todo y obligar a los demás a seguir sus decisiones.

—Ya se ha enterado, ¿no? —preguntó Mrs. Drake—. Bueno, quizá no lo sabe.

—¿Qué tendría que saber?

—Es terrible. Está muerto. Alguien lo ha matado.

—¿Quién está muerto, señora?

—Entonces no lo sabe. El pobre no era más que un niño, y creí... Oh, qué tonta he sido. Tendría que habérselo dicho. Tendría que habérselo dicho cuando me lo preguntó. Me hace sentir muy mal, me siento culpable por haber creído que hacía lo correcto, pero le aseguro que lo hice con la mejor intención. Tiene que creerme, monsieur Poirot.

—Siéntese, señora, siéntese. No pierda la calma y dígame qué ha pasado. ¿Han matado a otro niño?

—A su hermano —respondió Mrs. Drake—. A Leopold.

—¿Leopold Reynolds?

—Sí. Han encontrado el cuerpo en uno de los senderos. Seguramente volvía de la escuela y se desvió del camino para ir a jugar al arroyo. Alguien le atacó y le metió la cabeza dentro del agua hasta ahogarlo.

—¿Igual que hicieron con su hermana?

—Sí, sí. Ahora lo veo claro, tiene que ser un loco. Y lo peor es no saber quién puede ser. No tener la menor idea. Creía saberlo. Sí, lo creía. Supongo que era algo muy perverso.

—Debe contármelo, señora.

—Sí, estoy dispuesta a hacerlo. Para eso he venido. Porque, verá, usted vino a verme después de hablar con Elizabeth Whittaker. Ella le dijo que algo me asustó, que yo vi algo en el vestíbulo de mi casa. Yo le dije que no había visto nada y que no me había asustado porque, verá, creí... —Se interrumpió.

—¿Qué vio?

—Tendría que habérselo dicho entonces. Vi que se abría la puerta de la biblioteca, muy despacio, y entonces él salió. No es que saliera rápido. Se quedó un momento en el umbral, pero después volvió a cerrar la puerta y se quedó en el interior de la habitación.

—¿Quién era?

—Leopold. Era Leopold, el niño que han matado ahora. Verá, yo creí... oh, qué error, qué equivocación tan grande. Si se lo hubiera dicho, quizá usted ya sabría quién es el autor de todos estos crímenes.

—¿Usted creyó que Leopold había matado a su hermana? ¿Es eso lo que creyó?

—Sí, eso es. No entonces, desde luego, porque no sabía que ella estaba muerta, pero él tenía una expresión extraña. Siempre fue un niño extraño. En cierto sentido, te daba un poco de miedo porque notabas algo raro. Era muy inteligente, casi brillante, aunque no era del todo normal.

»Me pregunté: "¿Por qué Leopold está en la biblioteca y no juega al Dragón Hambriento?". Y después: "¿Qué habrá estado haciendo, con esa expresión tan extraña?". Claro que luego no volví a pensar en el asunto, aunque supongo que fue su expresión lo que me asustó, de modo que dejé caer el jarrón. Elizabeth me ayudó a recoger los trozos de cristal, volví al despacho donde jugaban al Dragón Hambriento y no volví a pensar en lo que había visto hasta que encontramos a Joyce. Fue entonces cuando creí...

—¿Usted creyó que Leopold lo había hecho?

—Sí, sí, eso fue lo que pensé, porque explicaba aquella expresión. Creí saberlo. Durante toda mi vida siempre he creído saberlo todo, que nunca me equivoco en nada, pero ahora me doy cuenta de que también me equivoco, y mucho, porque el hecho de que lo hayan asesinado indica algo muy diferente. Él entró allí, encontró a su hermana muerta, y debió de ser un golpe tremendo para él. Tuvo miedo. Por lo tanto, lo que pretendía era salir de la biblioteca sin ser visto. Supongo que, al verme, decidió cerrar la puerta y esperar a que no hubiera nadie en el vestíbulo. No se ocultó porque la hubiera matado, no, lo que hizo fue a consecuencia del shock sufrido.

—Sin embargo, usted no dijo nada. No mencionó a quién había visto, incluso tras descubrir el cadáver de la niña.

—No, la verdad es que no pude. Él era tan joven, supongo que debo decirlo. Diez años, once como mucho, y tuve la sensación de que él no podía saber lo que había hecho, que no era culpa suya. No se le podía considerar responsable moral. Siempre había sido bastante extraño y creí que se podría buscar el tratamiento adecuado sin tener que ponerlo todo en manos de la policía, ni someterlo a los procedimientos oficiales. Creí que se podía buscar un tratamiento psicológico especial. Lo hice con las mejores intenciones. Tiene que creerme.

«Qué palabras tan tristes —pensó Poirot—. Las palabras más tristes del mundo.» Mrs. Drake pareció adivinar los pensamientos del detective.

—Sí —manifestó—, lo hice con la mejor intención, por el bien ajeno. Uno siempre cree saber lo que es mejor para los demás, pero no es verdad. Ahora me doy cuenta de que hacía esa cara porque había visto al asesino, o algo que le hizo pensar en quién debía de ser el asesino. Por tanto, el homicida se sintió amenazado. Así que esperó hasta que tuvo la oportunidad. Encontró al niño junto al arroyo y lo ahogó para que no pudiera hablar, para asegurarse de que no se lo diría a nadie. Si yo hubiera hablado, si se lo hubiera dicho a usted o a la policía... Pero creía que conocía la verdad.

—Hoy mismo —manifestó Poirot después de permanecer en silencio unos instantes mientras esperaba a que Mrs. Drake controlara los sollozos— me han dicho que últimamente Leopold tenía mucho dinero. Supongo que alguien le estaría sobornando para que mantuviera la boca cerrada.

—¿Quién, quién?

—Lo descubriremos. No creo que falte mucho.

Capítulo 22

No era característico de Hércules Poirot pedir la opinión ajena. En general, le bastaba su propia opinión. Sin embargo, había momentos en los que hacía excepciones. Aquel era uno. Spence y él habían mantenido una breve conversación. Luego había pedido un coche de alquiler y, tras otra breve charla con su amigo y el inspector Raglan, se había marchado. Había pedido el coche para volver a Londres, pero por el camino hizo una parada. Le pidió al chófer que lo llevara hasta Los Olmos y le dijo que no tardaría más de quince minutos en reanudar el viaje. Entró en la escuela y pidió ver a miss Emlyn.

—Lamento mucho molestarla a la hora de la cena.

—Le concedo el beneficio de la duda, monsieur Poirot, porque supongo que no vendría a molestarme a la hora de cenar si no tuviera un buen motivo para hacerlo.

—Es muy amable. Le seré franco: necesito que me dé su opinión.

—¿Sí?

Miss Emlyn pareció un tanto sorprendida. En realidad, más que sorprendida, su expresión era escéptica.

—Es algo poco habitual en usted, monsieur Poirot. ¿No es usted del tipo de personas que suelen estar del todo satisfechas con sus propias opiniones?

—Sí, así es, pero me encantaría que alguien cuya opinión respeto estuviera de acuerdo conmigo.

La directora se mantuvo en silencio, pero le interrogó con la mirada.

—Sé quién es el asesino de Joyce Reynolds —afirmó Poirot—. Además, creo que usted también lo sabe.

—Yo no he dicho eso —replicó miss Emlyn.

—No, no lo ha hecho. Por eso creo que considera esa posibilidad como una opinión

—¿Una corazonada? —preguntó miss Emlyn con un tono más desabrido que de costumbre.

—Preferiría no utilizar esa palabra. Mejor decir que tiene una opinión concreta y definitiva.

—De acuerdo, admito que tengo una opinión concreta. No obstante, eso no implica que esté dispuesta a contársela.

—Lo que me gustaría hacer, señorita, es escribir cuatro palabras en un papel. Después, le preguntaré si está de acuerdo con esas cuatro palabras.

Miss Emlyn se levantó. Fue hasta el escritorio, cogió una hoja de papel y se la acercó a Poirot.

—Me ha picado la curiosidad. Cuatro palabras.

Poirot tenía una estilográfica en la mano. Escribió las cuatro palabras en el papel, lo dobló y se lo entregó a la mujer.

Miss Emlyn desdobló la hoja y la miró con atención.

—¿Bien? —preguntó Poirot.

—Estoy de acuerdo en dos de las palabras escritas en este papel. No puedo decirle nada concreto sobre las otras dos. No tengo pruebas y jamás me lo he planteado.

—Pero sobre las dos primeras palabras, ¿tiene pruebas definitivas?

—Creo que sí.

—Agua —manifestó Poirot con un tono pensativo—. Cuando se enteró, comprendió quién era. Lo mismo me ocurrió a mí. Los dos estamos seguros. Ahora, han ahogado a un niño en el arroyo. ¿Está al tanto de la noticia?

—Sí, alguien me ha llamado por teléfono para contármelo. El hermano de Joyce. ¿Qué implicación tenía en este caso?

—Quería dinero —respondió Poirot—. Lo consiguió y, en el momento oportuno, lo ahogaron en el arroyo.

La voz del detective no cambió. En todo caso, se volvió algo inflexible.

—Quien me lo dijo —añadió— se movía por la compasión, estaba alterada emocionalmente. Sin embargo, yo no soy así. Este segundo niño que ha muerto era muy joven, pero su muerte no ha sido un accidente. Fue, como tantas otras cosas en esta vida, el resultado de sus acciones. Quería dinero y corrió el riesgo. Era muy listo, lo bastante astuto como para saber que estaba corriendo un riesgo, pero quería dinero. Tenía solo diez años. Sin embargo, la causa y el efecto son prácticamente los mismos a esa edad que a los treinta, los cincuenta o los noventa años. ¿Sabe qué es lo primero que me preocupa en un caso como este?

—Diría que está mucho más preocupado por la justicia que por la compasión.

—Mi compasión no puede ayudar a Leopold —afirmó el detective—. Va más allá de cualquier ayuda. La justicia, si usted y yo conseguimos que se haga (creo que ambos compartimos la misma opinión al respecto), tampoco ayudará a Leopold, pero podría ayudar a otros como él, podría ayudar a mantener vivo a algún otro niño, si conseguimos que se haga justicia con la rapidez necesaria. Corremos un enorme riesgo si permitimos que siga en libertad un asesino que ha matado más de una vez, alguien que considera el asesinato una forma de mantenerse a salvo. Ahora voy de camino a Londres para reunirme con ciertas personas y discutir cómo enfocar este asunto. Debo convencerlos de que tengo razón en este caso.

—Puede ser difícil —opinó miss Emlyn.

—No, no lo creo. La manera de conseguirlo puede serlo, pero creo que mi deducción de los hechos los convencerá. Todos conocen a la perfección cómo trabaja la mente de un criminal. Solo quiero pedirle algo más. Quiero su punto de vista. Esta vez se trata de una sensación, no de una prueba. Quiero saber qué piensa sobre el carácter de Nicholas Ransom y Desmond Holland. ¿Me recomendaría que confiase en ellos?

—Yo diría que ambos son de la más absoluta confianza. Es lo que yo creo. En algunos temas todavía no han madurado, pero es una etapa efímera de la vida. En lo fundamental, son buenos chicos, muchachos sanos. Tanto como una manzana sin gusanos.

—Siempre acabamos hablando de manzanas —manifestó Poirot con un tono apenado—. Debo irme. El coche me espera. Aún tengo que hacer otra parada.

Capítulo 23

I

—¿Se ha enterado de lo que están haciendo en el jardín de la cantera? —le preguntó Mrs. Cartwright a Elspeth Mc-Kay mientras metía una caja de detergente y una botella de suavizante en el carro de la compra.

—¿En el jardín de la cantera? —repitió la hermana del jefe de policía Spence—. No, no he oído nada.

Escogió una marca de cereales entre las muchas que había en la estantería.

Ambas mujeres estaban haciendo la compra en el supermercado que acababan de inaugurar en el pueblo.

—Dicen que hay peligro con los árboles. Esta mañana han llegado un par de agentes forestales. Al parecer, el problema lo tienen en aquella parte de la colina donde la pendiente es demasiado pronunciada y hay un árbol casi colgado. Quizá tienen miedo de que se caiga. El invierno pasado, un rayo partió uno de los árboles, pero creo que van más allá. La cuestión es que están escarbando entre las raíces y un poco más allá. Es una pena, acabarán destrozándolo todo.

—Bueno, supongo que saben lo que hacen —opinó Elspeth—. Alguien los habrá llamado.

—También hay un par de agentes de policía. Se ocupan de que la gente no se acerque. No quieren que nadie toque nada. Dicen que tienen que averiguar cuáles son los árboles enfermos.

—Comprendo —manifestó Mrs. McKay.

Probablemente era cierto. Nadie se lo había dicho, pero tampoco hacía falta.

II

Ariadne Oliver abrió el telegrama que le acababan de entregar en mano. Estaba tan acostumbrada a recibir telegramas por teléfono, a correr de aquí para allá en busca de un lápiz para tomar nota del texto, a insistir hasta el cansancio en que le enviaran una copia, que le resultaba insólito tener en la mano lo que ella llamaba un *telegrama real*.

El texto del mensaje era el siguiente:

POR FAVOR, LLEVE A MRS. BUTLER
Y A MIRANDA A SU PISO DE INMEDIATO.
NO HAY TIEMPO QUE PERDER. IMPORTANTE
VER DOCTOR PARA OPERACIÓN.

Entró en la cocina, donde Judith Butler estaba preparando un postre de gelatina.

—Judy —dijo Mrs. Oliver—, ve y prepara una maleta con lo imprescindible. Vuelvo a Londres, y Miranda y tú vendréis conmigo.

—Es muy amable por tu parte, Ariadne, pero tengo muchísimo trabajo. Además, no es necesario que te marches ahora mismo.

—Sí, tengo que hacerlo. Me han pedido que regrese de inmediato.

—¿Quién te lo ha dicho? ¿Tu ama de llaves?

—No —respondió la escritora—. Otra persona. Una de

las pocas a las que obedezco cuando me dice algo. Venga, date prisa.

—No quiero marcharme de casa ahora mismo. No puedo.

—Tienes que venir. Tengo el coche delante de la puerta. Podemos irnos en cuanto estés lista.

—No creo que Miranda deba venir con nosotras. Podría dejarla con alguien. En casa de los Reynolds o con Rowena Drake.

—Miranda viene con nosotras —manifestó Mrs. Oliver con un tono que no admitía discusión—. No pongas más impedimentos, Judith. Esto es grave. No sé cómo se te ocurre que podrías dejarla con los Reynolds. Te recuerdo que han asesinado a dos de los hijos de esa familia.

—Sí, sí, eso es cierto. ¿Crees que hay algo anormal en esa casa...? Me refiero a que allí hay alguien capaz de... Vaya, ¿qué digo?

—Ya está bien de tanta charla —manifestó Mrs. Oliver—. Además, si cabe la posibilidad de que maten a alguien más, creo que la víctima más probable sería Ann Reynolds.

—¿Qué pasa con esa familia? ¿Por qué tienen que matarlos a todos, uno tras otro? Oh, Ariadne, es aterrador.

—Así es, pero hay momentos en los que tener miedo está justificado. Acabo de recibir un telegrama y actúo siguiendo las instrucciones.

—Vaya, no he oído sonar el teléfono.

—No han llamado por teléfono. Lo han traído en mano.

La escritora vaciló un instante y acabó por entregarle el telegrama a su amiga.

—¿Qué significa? —preguntó Judith—. ¿Qué es esto de una operación?

—Probablemente una operación de amígdalas. La semana pasada Miranda estaba con anginas, ¿no? Por lo tanto, es muy lógico que vaya a Londres a consultar a un especialista.

—¿Has perdido el juicio, Ariadne?

—Supongo que estoy loca de atar —admitió Mrs. Oliver—. Venga, a Miranda le encantará ir a Londres. No te preocupes. Nadie la va a operar de amígdalas. Eso es lo que llamamos *una tapadera* en mis novelas de espías. La llevaremos al teatro, a la ópera o al ballet, lo que ella quiera, aunque supongo que lo mejor será llevarla al ballet.

—Tengo miedo —anunció Judith.

Ariadne Oliver miró a su amiga. Temblaba. Se parecía más que nunca a Ondina, a alguien ajeno a la realidad.

—Vamos —insistió la autora—. Le prometí a Hércules Poirot que te llevaría conmigo en cuanto me avisara. Bien, ya lo ha hecho.

—¿Qué está pasando aquí? —preguntó Judith—. Ni siquiera recuerdo el motivo que me hizo venir aquí.

—A veces yo también me lo he preguntado —comentó Mrs. Oliver—, pero nunca se sabe la razón por la cual las personas van a vivir a un lugar determinado. El otro día, un amigo mío se fue a vivir a Moreton-in-the-Marsh. Le pregunté por qué quería ir a vivir allí. Dijo que era algo que siempre había deseado. Había decidido que cuando se jubilara iría a vivir a ese pueblo. Le comenté que yo nunca había estado allí, pero que me daba la impresión de que sería un lugar húmedo. ¿Cómo era, en realidad? Me respondió que no lo sabía porque él tampoco había estado allí. Pero era el lugar donde quería vivir. Sin embargo, es una persona bastante cuerda.

—¿Vive allí?

—Sí.

—¿Le gusta?

—Aún no me lo ha dicho. Pero las personas son muy extrañas, ¿no crees? Las cosas que quieren hacer, lo que sencillamente quieren hacer. —Mrs. Oliver salió al jardín—. Miranda, nos vamos a Londres.

Miranda se acercó a paso lento.

—¿Nos vamos a Londres?

—Ariadne nos llevará en su coche —le explicó su madre—. Iremos al teatro. Ariadne cree que conseguirá entradas para el ballet. ¿Te gustaría ver una función de ballet?

—Me encantaría —respondió Miranda con expresión de felicidad en su rostro—, pero primero debo despedirme de alguien.

—Nos vamos ahora mismo.

—Debo pediros disculpas, solo serán unos minutos. Hay algo que había prometido hacer.

La niña se fue corriendo.

—¿Quiénes son los amigos de Miranda? —preguntó Mrs. Oliver.

—La verdad es que no lo sé. Nunca me cuenta gran cosa. Algunas veces creo que sus únicos amigos son los pájaros que ve en el bosque o las ardillas. Creo que le cae bien a todo el mundo, pero no sé si tiene buenos amigos. Me refiero a que nunca invita a nadie a tomar el té o cosas por el estilo. Al menos, no como las otras niñas. Creo que su mejor amiga era Joyce Reynolds. —Judith hizo una pausa para después añadir, con tono pensativo—: Joyce solía contarle historias fantásticas sobre elefantes y tigres. Bueno, será mejor que prepare la maleta antes de que insistas. La verdad es que no quiero irme. Tengo un montón de tareas pendientes, entre ellas acabar el postre de gelatina.

—Tienes que venir —manifestó Mrs. Oliver muy decidida.

Judith entró en la casa y reapareció al cabo de unos diez minutos con dos maletas, justo cuando Miranda entraba por la puerta lateral. La niña respiraba agitada como si hubiera estado corriendo.

—¿No vamos a comer antes de marcharnos? —preguntó.

A pesar de su aspecto de ninfa, era una niña sana que no se saltaba ninguna comida.

—Pararemos a comer por el camino —dijo Mrs. Oliver—, en The Black Boy, en Haversham. Está a unos tres cuartos de hora de aquí y se come muy bien. Vamos, Miranda, es hora de irnos.

—No he tenido tiempo de decirle a Cathie que mañana no podré ir al cine con ella. Tengo que llamarla por teléfono.

—De acuerdo. Date prisa —dijo su madre.

Miranda corrió a la sala donde estaba el teléfono. Judith y Mrs. Oliver cargaron las maletas en el coche. La niña salió de la casa.

—Le he dejado un mensaje —manifestó—. Ya está todo arreglado.

—Creo que estás loca, Ariadne —opinó Judith mientras subía al coche—. Loca de remate. ¿A qué viene todo esto?

—Supongo que nos enteraremos en su momento —contestó la escritora—. No sé si el loco es él o yo.

—¿Él? ¿Quién?

—Hércules Poirot —respondió Mrs. Oliver.

III

Hércules Poirot se encontraba en una habitación con cuatro hombres más. Uno era el inspector Timothy Raglan, respetuoso como siempre para con sus superiores; el segundo era el jefe de policía Spence; el tercero, Alfred Richmond, jefe de policía del condado, y el cuarto era un miembro de la fiscalía. Todos miraban a Poirot sin mostrar sus opiniones.

—¿Está seguro, monsieur Poirot?

—Lo estoy —respondió el detective—. Cuando se tienen todas las cosas ordenadas y en su sitio, tal y como debe ser, lo único que queda es buscar razones para que no sea así. Si no se encuentran esos motivos, nuestra opinión se ve reforzada.

—Los motivos parecen un tanto complejos.

—No, en realidad no lo son. Al contrario. Son tan sencillos que resulta difícil verlos con claridad.

El abogado de la fiscalía le miró con expresión escéptica.

—Pronto tendremos una prueba definitiva —señaló el inspector Raglan—. Claro que si nos equivocamos en ese punto... —El policía no acabó la frase.

—¿Se refiere a que el gato puede no estar en el pozo? —preguntó Poirot—. ¿Es eso lo que quiere decir?

—Debe reconocer que solo es una conjetura.

—Las pruebas lo indican con total claridad. No hay muchas razones para explicar la desaparición de una muchacha. La primera es que se haya ido con un hombre. La segunda es que esté muerta. Todo lo demás es muy rebuscado y prácticamente casi nunca ocurre.

—¿No quiere hablar de ningún otro tema, monsieur Poirot?

—Sí, me he puesto en contacto con una conocida empresa inmobiliaria. Allí trabajan unos amigos míos especializados en propiedades de las Antillas, el Egeo, el Adriático, el Mediterráneo y otros lugares. Ofrecen sol y sus clientes suelen ser personas adineradas. Aquí está el informe de una venta reciente que quizá les interese.

Le entregó un folio al representante de la fiscalía.

—¿Cree que esto es concluyente?

—No me cabe la menor duda.

—Creía que el gobierno de ese país había prohibido la venta de islas.

—Eso es algo que siempre puede solucionarse fácilmente si se tiene dinero.

—¿Algo más?

—Es posible que, en un plazo de veinticuatro horas, pueda ofrecerle una prueba definitiva.

—¿De qué se trata?

—De un testigo presencial.

—¿Quiere decir...?

—El testigo presencial de un crimen.

El abogado miró a Poirot con expresión incrédula.

—¿Dónde está ese testigo?

—Espero y confío que de camino a Londres.

—Parece usted nervioso.

—Es verdad. He hecho lo posible para tenerlo todo controlado, pero admito que estoy asustado. Sí, a pesar de las medidas de protección adoptadas, tengo miedo. Porque, verá usted, no sé cómo describirlo, nos enfrentamos a alguien despiadado, de reacciones rápidas, impulsado por una codicia que va más allá de los límites humanos y, quizá, no estoy seguro pero lo considero posible, con un toque de locura, una locura no innata sino adquirida. Una semilla que echó raíces y creció rápidamente. Tal vez ahora se haya convertido en un factor dominante que inspira un comportamiento inhumano ante la vida.

—Tendremos que buscar otras opiniones —dijo el representante fiscal—. No podemos apresurarnos. Desde luego, todo depende del resultado de la actividad en el bosque. Si es positivo, podremos seguir adelante, pero en caso contrario, tendremos que replantearnos todo el asunto.

Poirot se levantó.

—Tengo que irme. Les he dicho todo lo que sabía, además de lo que temo y considero posible. Me mantendré en contacto con ustedes.

Estrechó las manos de todos los presentes y salió de la habitación.

—Ese hombre habla demasiado —opinó el abogado—. ¿No les parece que está algo tocado? Quiero decir que no parece estar muy cuerdo. Además, es un señor mayor. No creo que pueda confiarse demasiado en las facultades de un hombre de su edad.

—Creo que puede usted confiar en sus facultades —dijo el jefe de policía—. Al menos, esa es mi opinión. Spence, usted lo conoce desde hace muchos años. Es su amigo. ¿Cree que ya chochea?

—No, no lo creo —afirmó el jefe de policía—. ¿Usted qué opina, Raglan?

—Hace poco que le conozco, señor. Al principio, desconfié de su manera de hablar, de sus ideas, me pareció un tanto fantasioso, pero ahora estoy convencido de que tiene razón.

Capítulo 24

I

Mrs. Oliver estaba sentada junto a una de las ventanas del restaurante. Era temprano, así que no había mucha gente. Judith Butler volvió del lavabo, se sentó delante de su amiga y comenzó a leer el menú.

—¿Qué le gusta a Miranda? —preguntó Mrs. Oliver—. Podemos pedir por ella, así ganamos tiempo.

—Le gusta el pollo asado.

—Muy bien. ¿Tú qué pedirás?

—Pediré lo mismo.

—Tres platos de pollo asado —pidió Mrs. Oliver.

Se reclinó en la silla y observó a su amiga con atención.

—¿Por qué me miras así?

—Estaba pensando —respondió la escritora.

—¿Pensando en qué?

—Me decía que en realidad sé muy poco de ti.

—Bueno, eso nos pasa a todos, ¿no?

—¿Te refieres a que nunca lo sabemos todo de los demás?

—Eso es.

—Quizá tengas razón.

Las dos mujeres guardaron silencio durante unos minutos.

—Sí que tardan en servir.

—Creo que ahí llega nuestra comida —dijo Mrs. Oliver.

Una camarera se acercó a la mesa con la comida.

—Miranda tarda demasiado. ¿Sabe dónde está el comedor?

—Sí, por supuesto. Lo ha visto cuando entramos. —Judith se levantó impaciente—. Iré a buscarla.

—Quizá se ha mareado en el coche.

—Solía pasarle de pequeña. —Judith fue a buscar a su hija, pero regresó sola al cabo de unos cinco minutos—. No está en el lavabo. Hay una puerta que da al jardín. Quizá haya salido para ir a mirar los pájaros. Ella es así.

—No es hora de ir a mirar los pájaros —afirmó Mrs. Oliver—. Ve a buscarla, tenemos que seguir nuestro camino.

II

Elspeth McKay aplastó unas salchichas con un tenedor, las puso en una fuente y las guardó en la nevera. Después, se puso a pelar patatas.

Sonó el teléfono.

—¿Mrs. McKay? Soy el sargento Goodwin. ¿Está su hermano?

—No, hoy está en Londres.

—He llamado, pero ya había salido. Cuando vuelva, dígale que hemos obtenido un resultado positivo.

—¿Quiere decir que han encontrado un cadáver en el pozo?

—No sirve de nada ocultarlo. Todo el pueblo lo comenta.

—¿Quién es? ¿La *au pair*?

—Eso parece.

—Pobre muchacha —se lamentó Elspeth—. ¿Se arrojó al pozo o qué?

—No fue un suicidio. La apuñalaron. Fue un asesinato.

III

Miranda esperó un par de minutos después de que su madre saliera del lavabo. Luego abrió la puerta, se asomó con mucha cautela y, cuando estuvo segura de que nadie la veía, fue hasta la puerta lateral que daba al jardín y salió. Se alejó rápidamente por el sendero que llevaba hasta lo que años atrás habían sido las caballerizas, transformadas ahora en un garaje y, desde allí, se dirigió a la calle. Un poco más allá había un coche aparcado. Un hombre con unas cejas enormes y una barba gris estaba sentado al volante, absorto en la lectura de un periódico. Miranda abrió la puerta y se sentó en el asiento del acompañante. Se echó a reír.

—Tienes un aspecto ridículo.

—Ríete todo lo que quieras, no hay nada que te lo impida.

El conductor puso el coche en marcha, siguió por la carretera hasta el primer desvío a la derecha, después en el cruce siguiente giró a la izquierda, luego otra vez a la derecha y tomó un camino secundario.

—Vamos bien de tiempo —comentó el hombre de la barba gris—. Dentro de poco verás el megalito del hacha doble tal como se debe ver y también Kilterbury Down. Una vista maravillosa.

Un coche les pasó tan cerca mientras los adelantaba que estuvieron a punto de salirse de la carretera.

—¡Idiotas! —exclamó el acompañante de Miranda.

Uno de los jóvenes que viajaba en el otro coche llevaba el pelo largo hasta los hombros y unas gafas que lo hacían parecer un búho. Su compañero llevaba unas patillas que le daban cierto aire latino.

—¿Crees que mamá se preocupará cuando descubra que me he ido? —preguntó Miranda.

—No tendrá tiempo de preocuparse. Cuando suceda, tú ya estarás donde querías estar.

IV

En su casa de Londres, Poirot cogió el teléfono. Oyó la voz de Mrs. Oliver.

—Hemos perdido a Miranda.

—¿Qué quiere decir con «la hemos perdido»?

—Nos hemos detenido a comer en The Black Boy. Miranda ha ido al lavabo y no ha vuelto. Alguien ha dicho que la ha visto marcharse en un coche conducido por un hombre mayor. Pero quizá no era ella, podría ser cualquiera.

—Alguien tendría que haberse quedado a su lado. No tendrían que haberla perdido de vista ni un segundo. Le advertí que había peligro. ¿Mrs. Butler está muy preocupada?

—Por supuesto. ¿Qué se cree? Está desesperada. Insiste en llamar a la policía.

—Sí, es lo más adecuado. Yo también los llamaré.

—¿Por qué iba a estar Miranda en peligro?

—¿No lo sabe? A estas horas ya tendría que saberlo. Han encontrado el cadáver.

—¿De qué cadáver habla?

—Del que estaba en el pozo.

Capítulo 25

—Es precioso —afirmó Miranda, contemplando el panorama.

Kilterbury Ring era uno de los paisajes más bonitos del lugar, aunque los restos no gozaban de una fama especial. Los habían desmantelado hacía cientos de años. Sin embargo, en algunas zonas podía verse un megalito, como recuerdo de los viejos rituales. Miranda no dejaba de hacer preguntas.

—¿Para qué servían todas estas piedras?

—Para los rituales. Para el culto y los sacrificios rituales. Entiendes lo que eran los sacrificios, ¿no, Miranda?

—Creo que sí.

—Hay que hacerlo. Es importante.

—¿Te refieres a que no es un castigo? ¿A que es otra cosa?

—Sí, es otra cosa. Mueres para que otros puedan vivir. Te sacrificas para que viva la belleza, para que exista. Eso es lo importante.

—Creía que...

—¿Sí, Miranda?

—Creía que quizá tenía que morir por haber hecho algo que causó la muerte de otra persona.

—¿De dónde has sacado esa idea?

—Estaba pensando en Joyce. Si no le hubiera contado una cosa, ella no estaría muerta.

—Quizá no.

—Estoy preocupada desde que murió Joyce. No tenía que habérselo dicho. Se lo dije porque quería contarle algo muy importante. Ella había estado en la India y me contaba muchas cosas sobre tigres y elefantes, joyas de oro y bordados en los vestidos. Entonces quise compartirlo con ella, porque en realidad nunca le había hecho mucho caso. ¿Puede considerarse un sacrificio?

—Sí, en cierto sentido.

Miranda volvió a contemplar el panorama con expresión pensativa.

—¿Ya es la hora?

—El sol todavía no está en la posición correcta. Dentro de unos cinco minutos, los rayos caerán directamente sobre la piedra.

Volvieron a sentarse junto al coche.

—Creo que ahora sí —manifestó el compañero de Miranda, tras comprobar la posición del sol—. Es el momento. No hay nadie. Nunca vienen a esta hora del día ni suben a la cima de Kilterbury Down para contemplar Kilterbury Ring. Hace mucho frío y se ha acabado la temporada de arándanos. Primero te enseñaré el megalito del hacha doble. La tallaron cuando vinieron de Micenas o de Creta, hace centenares de años. ¿No te parece fantástico, Miranda?

—Sí, lo es. Enséñamela.

Subieron hasta la piedra más alta. A su lado había otra más pequeña caída y, un poco más allá, una tercera se inclinaba sobre la ladera, vencida por el paso de los años.

—¿Eres feliz, Miranda?

—Sí, soy muy feliz.

—Aquí está el símbolo.

—¿Es un hacha doble de verdad?

—Sí, está gastada por la erosión, pero es esa. Es el

símbolo. Apoya la mano. Ahora brindaremos por el pasado, el futuro y la belleza.

—Oh, me parece genial.

El hombre de la barba le puso una copa dorada en la mano y la llenó con un líquido amarillento que llevaba en una petaca.

—Tiene sabor a frutas, a melocotón. Bébetelo, Miranda, y te sentirás más feliz.

Miranda olió el líquido.

—Sí, huele a melocotón. Oh, mira el sol. Tiene un color rojo fuego. Parece que se vaya a caer por el borde del mundo.

El hombre se volvió hacia la niña.

—Levanta la copa y bebe.

Miranda obedeció, colocando una mano sobre el dibujo tallado en el megalito. Su compañero estaba junto a ella. Por detrás de la piedra inclinada, aparecieron dos figuras. Los que estaban en la cumbre no se dieron cuenta porque estaban de espaldas. Los desconocidos avanzaron corriendo.

—Bebe por la belleza, Miranda.

—¡Y un cuerno! —dijo una voz.

Una chaqueta de terciopelo rosa apareció sobre su cabeza, un puñal voló de la mano que se alzaba lentamente. Nicholas Ransom sujetó a Miranda con fuerza y la apartó de los otros dos, que empezaron a pelear.

—Eres idiota —afirmó Nicholas Ransom—. ¡A quién se le ocurre venir aquí con un loco asesino! Tendrías que haber pensado lo que hacías.

—Lo hice —replicó Miranda—. Me iba a sacrificar porque todo fue culpa mía. Soy la responsable de que mataran a Joyce. Por lo tanto, es justo que me sacrifique. Habría sido un sacrificio ritual.

—Deja de decir tonterías sobre muertes rituales. Han encontrado a la otra chica, ya sabes, la *au pair* que llevaba tanto tiempo desaparecida. Todos creían que había escapado después de falsificar un testamento. No lo hizo. Han encontrado su cuerpo en el pozo.

—¡Oh! —gritó Miranda angustiada—. No me digas que la han hallado en el pozo de los deseos... Con las ganas que tenía de encontrarlo. No quiero que esté en el pozo. ¿Quién la puso allí?

—Quien te trajo aquí.

Capítulo 26

Una vez más, los cuatro hombres miraron a Poirot. El inspector Raglan, el jefe de policía Spence y el jefe de policía del condado tenían la expresión satisfecha de un gato esperando que le sirvan un tazón de leche. El cuarto hombre seguía con una expresión escéptica en su cara.

—Bien, monsieur Poirot —dijo el jefe de policía haciéndose cargo del procedimiento y dejando con la palabra en la boca al representante de la fiscalía—. Estamos todos aquí...

Poirot hizo un gesto. El inspector Raglan salió de la habitación y regresó al cabo de un momento acompañado de una mujer de unos treinta y tantos años, una niña y dos jóvenes. Se los presentó al jefe de policía.

—Mrs. Butler, su hija, Miranda Butler, Mr. Nicholas Ransom y Mr. Desmond Holland.

Poirot se levantó para coger la mano de Miranda y acompañarla hasta una silla.

—Siéntate aquí junto a tu madre, Miranda. Mr. Richmond, el jefe de policía del condado, quiere hacerte algunas preguntas y tienes que contestar. Están relacionadas con algo que viste hace casi dos años. Se lo contaste a una persona y, si no me equivoco, a nadie más. ¿Es correcto?

—Se lo dije a Joyce.

—¿Qué le dijiste a Joyce?

—Que había visto un asesinato.

—¿Se lo dijiste a alguien más?

—No, pero creo que Leopold se enteró. Le gustaba espiar, ¿sabe? Escuchaba tras las puertas y cosas así. Le gustaba descubrir los secretos de los demás.

—Ya sabes que Joyce Reynolds, mientras se preparaba la fiesta de Halloween, afirmó haber sido testigo de un crimen. ¿Era cierto lo que dijo?

—No, solo repitió lo que yo le había contado, pero haciendo ver que ella había sido el testigo.

—¿Nos dirás ahora lo que viste?

—Al principio no comprendí que se trataba de un crimen. Creí que había sido un accidente. Di por hecho que se había caído por la ladera.

—¿Dónde lo viste?

—En el jardín de la cantera, en el hueco donde antes estaba la fuente. Yo estaba subida a un árbol. Observaba a una ardilla y tienes que estar muy quieta para no espantarlas. Las ardillas son muy rápidas y asustadizas.

—Dinos lo que viste.

—Vi a un hombre y a una mujer que la levantaban y se la llevaban por el sendero. Creí que la llevaban al hospital o a Quarry House. Entonces la mujer se detuvo de repente y dijo: «Alguien nos está observando». Miró en dirección al árbol donde estaba yo y me asusté. Me quedé muy quieta. El hombre dijo: «Tonterías», y siguieron avanzando. Entonces vi un pañuelo con manchas de sangre y un cuchillo ensangrentado, y pensé que quizá alguien había intentado matarse. La cuestión es que no me moví.

—¿Te asustaste?

—Sí, pero no sé por qué.

—¿No se lo dijiste a tu madre?

—No, me dije que quizá no tendría que haber estado allí espiando a los mayores. Al día siguiente, como nadie comentaba nada sobre un accidente, me olvidé del asunto. No lo recordé hasta que...

Se interrumpió bruscamente. El jefe de policía abrió la boca y la volvió a cerrar. Miró a Poirot y le hizo un gesto casi imperceptible.

—Sí, Miranda —la animó Poirot—, hasta que...

—Fue como si todo estuviera sucediendo otra vez. En esa ocasión estaba mirando un pájaro carpintero verde y yo estaba muy quieta, oculta tras unos arbustos. Ellos dos estaban sentados, hablando de una isla, una isla griega. Ella dijo algo así como: «Ya está todo firmado. Es nuestra. Podemos ir allí cuando queramos, pero será mejor no apresurarse, tenemos que ir con cuidado».

»Entonces el pájaro carpintero salió volando y yo me moví. Ella dijo: "Cállate, no te muevas, alguien nos está observando". Lo dijo como la otra vez y con la misma expresión en el rostro, y volví a sentir miedo. Y entonces lo recordé. Esa vez lo sabía. Sabía que había visto un asesinato y que, entre los dos, cargaban un cadáver para esconderlo en alguna parte. Yo ya no era una niña. Sabía cosas y lo que significaban la sangre, el cuchillo y el cadáver.

—¿Cuándo fue todo eso? —preguntó el jefe de policía—. ¿Cuánto hace?

Miranda pensó durante un momento.

—En marzo pasado, después de Pascua.

—¿Puedes decirnos quiénes eran esas dos personas, Miranda?

—Claro —replicó Miranda, extrañada.

—¿Les vistes la cara?

—Desde luego.

—¿Quiénes eran?

—Mrs. Drake y Michael.

No fue una declaración teatral. Lo dijo serena, quizá con un leve toque de asombro, pero con convicción.

—No se lo dijiste a nadie. ¿Por qué? —quiso saber el jefe de policía.

—Creí que podía tratarse de un sacrificio.

—¿Quién te lo dijo?

—Me lo dijo Michael. Dijo que los sacrificios eran necesarios.

—¿Querías a Michael? —preguntó Poirot con voz amable.

—Oh, sí, le quería muchísimo.

Capítulo 27

—Ahora que por fin lo tengo aquí, quiero que me lo cuente todo —dijo Mrs. Oliver. Miró a Poirot muy decidida y después le preguntó con tono de reproche—: ¿Por qué no ha venido antes?

—Mil perdones, señora, pero he estado muy ocupado colaborando con la policía en sus investigaciones.

—Son los sospechosos los que colaboran. ¿Qué demonios le llevó a pensar que Rowena Drake podía estar implicada en un asesinato? A nadie más se le ocurrió.

—Fue algo sencillo en cuanto conseguí la clave.

—¿A qué llama la clave?

—Al agua. Buscaba a alguien que estuviera en la fiesta y que fuera mojado cuando no debía estarlo. El asesino de Joyce Reynolds tenía que estar empapado. Es lógico suponer que la víctima se resistiera con todas sus fuerzas mientras le mantenían la cabeza metida dentro de un barreño con agua, salpicando por todas partes, de modo que su atacante quedara empapado. Por lo tanto, tenía que haber ocurrido algo más para dar una explicación inocente a ir tan mojado. Cuando todos estaban en el comedor jugando al Dragón Hambriento, Mrs. Drake se llevó a Joyce a la biblioteca. Si tu anfitriona te pide que la acompañes, es natural que aceptes. Joyce no tenía por qué sospechar de Mrs. Drake. Miranda solo le había dicho que en una ocasión había sido testigo de un asesinato. Por eso asesinaron a Joyce y la homicida iba calada hasta los huesos. Tenía que haber una explicación y ella buscó una. Necesitaba un testigo que justificara que fuera empapada. Esperó en el rellano con el jarrón lleno de agua. Miss Whittaker salió del comedor porque la agobiaba el calor. Mrs. Drake hizo ver que algo la asustaba y dejó caer el jarrón de una manera que derramó toda el agua sobre sí misma antes de hacerse añicos contra el suelo. Bajó las escaleras corriendo y, con la ayuda de miss Whittaker, recogió los trozos y las flores, al tiempo que se lamentaba por la pérdida de su hermoso jarrón. Se las apañó para dar la impresión a miss Whittaker de que había visto algo o a alguien salir de la biblioteca donde se había cometido el asesinato. Miss Whittaker interpretó sus palabras al pie de la letra. Pero cuando esta se lo mencionó a miss Emlyn, la directora comprendió inmediatamente que había algo extraño. Por lo tanto, le pidió a miss Whittaker que me contara la historia. De ese modo —añadió Poirot retorciéndose el bigote— supe quién era el asesino de Joyce.

—O sea que la pobre Joyce no fue testigo de un asesinato.

—Mrs. Drake no lo sabía, pero siempre sospechó que quizá había alguien más en el jardín de la cantera cuando ella y Michael Garfield asesinaron a Olga Seminoff y que quizá los había descubierto.

—¿Cuándo descubrió que la testigo había sido Miranda y no Joyce?

—Cuando el sentido común me obligó a aceptar el veredicto universal de que Joyce era una mentirosa. Por tanto, todo indicaba que debía de ser Miranda. Ella iba con frecuencia al jardín de la cantera para observar los pájaros y las ardillas. Miranda dijo que Joyce era su mejor amiga. Me aseguró: «Ella y yo nos lo contábamos todo». Miranda no fue a la fiesta y Joyce, que era una mentirosa compulsiva, aprovechó la historia que le había contado su amiga sobre el asesinato para darse importancia delante de los demás, especialmente delante de usted, que es una famosa escritora de novelas policíacas.

—Eso es, écheme a mí la culpa.

—No, no.

—Rowena Drake —murmuró Mrs. Oliver—. No me lo puedo creer.

—Reunía todas las condiciones —afirmó Poirot—. Siempre me he preguntado qué clase de mujer era lady Macbeth. ¿Cómo sería si me la presentaran en la vida real? Bien, creo que la he conocido.

—¿Qué me dice de Michael Garfield? No parecen los más indicados para formar pareja.

—Interesante. Lady Macbeth y Narciso, una combinación muy poco habitual.

—Lady Macbeth —repitió la escritora con tono pensativo.

—Era una mujer bonita y elegante, competente, una administradora innata, y muy buena actriz. Tendría que haberla visto lamentándose por la muerte del pobre Leopold con grandes sollozos y enjugándose los ojos con un pañuelo siempre seco.

—Repugnante.

—Recuerdo que en una ocasión le pregunté quiénes eran, a su juicio, personas agradables.

—¿Michael Garfield estaba enamorado de Rowena?

—Dudo mucho de que Michael Garfield llegue a enamorarse de alguien que no sea él. Quería dinero, muchísimo dinero. Quizá en un primer momento creyó que podría aprovecharse de Mrs. Llewellyn-Smythe y convertirse en el único heredero de su inmensa fortuna, pero su patrona no era de esa clase de mujeres.

—¿Cómo se explica la falsificación? No lo entiendo. ¿Cuál era el objetivo?

—Al principio no estaba muy claro. Había demasiadas

falsificaciones. Sin embargo, si se analiza un poco, el propósito salta a la vista. Solo hay que ver qué fue lo que ocurrió en realidad.

»La fortuna de Mrs. Llewellyn-Smythe fue a parar a manos de Rowena Drake. El codicilo era una falsificación tan burda que cualquier abogado se habría dado cuenta. Podía ser refutado ante un tribunal, y el testimonio de los expertos ratificaría que se trataba de una falsificación. En consecuencia, el testamento original sería el único válido. Por otra parte, como el marido de Rowena había muerto hacía poco, ella sería la única heredera.

—¿Cómo explica el codicilo que la mujer de la limpieza firmó como testigo?

—Supongo que Mrs. Llewellyn-Smythe descubrió que Michael Garfield y Rowena Drake tenían una aventura, probablemente incluso antes de que falleciera el marido. Furiosa, redactó un codicilo dejándole toda su fortuna a la *au pair*. Es lógico suponer que la muchacha se lo contara a Michael porque pensaba que se casaría con el paisajista.

—¿Creía que iba a casarse con Ferrier?

—Esa fue una historia plausible que me contó Michael, pero no encontré pruebas que la confirmaran.

—Entonces, si él sabía de la existencia de un codicilo auténtico, ¿por qué no se casó con Olga para quedarse con toda la fortuna?

—Porque dudaba de que la muchacha acabara recibiendo el dinero. Estaba de por medio la posibilidad de la influencia indebida. Mrs. Llewellyn-Smythe era una mujer anciana y enferma. Los testamentos anteriores habían sido a favor de sus parientes más próximos, la clase de testamento considerado correcto por cualquier tribunal. La muchacha extranjera solo llevaba un año a su servicio y no tenía parentesco con ella. Aunque fuera auténtico, el codicilo podía invalidarse. Además, dudo mucho de que Olga hubiera aceptado comprar una isla griega o hubiese podido llevar a cabo la operación. No tenía amigos influyentes ni contactos en los círculos empresariales. Le atraía Michael, pero solo como un buen partido que le permitiría vivir en Inglaterra, su principal objetivo.

—¿Qué me dice de Rowena Drake?

—Ella sí que estaba perdidamente enamorada. Su marido había sido un inválido durante muchos años. Rowena era una mujer madura, pero apasionada, que conoció a un joven de una belleza poco común. Las mujeres se volvían locas por Michael, pero él no deseaba la belleza de las mujeres, sino tener la oportunidad de llevar a la práctica su deseo de crear belleza. Para eso necesitaba dinero, todo el posible. En cuanto al amor, tenía bastante con quererse a sí mismo. Era Narciso. Hay una vieja canción francesa que escuché hace muchos años...

Poirot repitió la letra con voz muy suave:

> Regarde, Narcisse
> Regarde dans l'eau
> Regarde, Narcisse, que tu es beau
> Il n'y a au monde
> Que la Beauté
> Et la Jeunesse,
> Hélas! Et la Jeunesse...
> Regarde, Narcisse...
> Regarde dans l'eau...*

—Me cuesta creer que alguien pueda cometer un asesinato para construir un jardín en una isla griega —afirmó Mrs. Oliver.

—¿No puede? ¿No puede visualizar la imagen que él

---

* Mira, Narciso, mira en el agua. Mira, Narciso, qué guapo eres. En el mundo no cuenta nada más que la belleza y la juventud. ¡Cielos! La juventud... Mira, Narciso, mira en el agua... (N. del T.)

tenía en su mente? La roca pelada, pero con unas formas que ofrecían mil posibilidades: tierra, carretadas de tierra fértil para tapar el esqueleto desnudo de las rocas y, después, las plantas, las semillas, los arbustos, los árboles. Quizá leyó en los periódicos la noticia de que un naviero millonario había transformado toda una isla en un jardín para la mujer amada. Entonces se le ocurrió la idea: haría un jardín, pero no para una mujer, sino para sí mismo.

—Me sigue pareciendo una locura.

—Sí, lo parece. Dudo que él se diera cuenta de la inmoralidad de sus motivos. Lo consideró algo necesario para la creación de más belleza. El afán de creación le hizo perder el juicio. La belleza del jardín de la cantera, la hermosura de otros jardines que había diseñado, y ahora pensaba en algo mucho más grande: convertir toda una isla en algo bellísimo. Por otro lado, tenía a Rowena, que lo amaba con locura. Para él, Rowena era la fuente del dinero que necesitaba para crear belleza. Sí, es probable que perdiera el juicio. Los dioses primero vuelven locos a los que destruyen.

—¿Cree que deseaba la isla hasta ese punto? ¿Incluso teniendo que soportar a Rowena Drake? ¿Aceptar que estuviera constantemente diciéndole lo que debía hacer?

—Siempre hay accidentes. Creo que a Mrs. Drake le hubiera llegado su turno en el momento oportuno.

—¿Otro asesinato?

—Sí, todo comenzó de una manera sencilla. Olga tenía que ser eliminada porque era la beneficiaria del codicilo y, también, porque sería la cabeza de turco, acusada de ser una falsificadora. Mrs. Llewellyn-Smythe había ocultado el documento original, así que creo que a Ferrier le pagaron para que falsificara un documento similar, pero de una manera lo bastante burda para despertar sospechas. Eso firmó su sentencia de muerte. No tardé en llegar a la conclusión de que Lesley Ferrier no había sido cómplice ni había mantenido una relación con Olga. Eso fue lo que me sugirió Michael Garfield, aunque creo que este pagó a Lesley. Fue Michael quien quiso conquistar a la muchacha, advirtiéndole que mantuviese la relación en secreto y no se lo dijera a su patrona. Probablemente le habló de matrimonio en un futuro, pero al mismo tiempo la señaló a sangre fría como la víctima que él y Rowena Drake necesitarían si querían conseguir el dinero. No era necesario que Olga Seminoff fuera acusada de falsificación o llevada a juicio. Bastaba con que se sospechara del codicilo. Aparentemente, la falsificación la beneficiaba. Podía ser la autora, porque había pruebas de que en ocasiones anteriores había copiado la letra de su patrona y, si desaparecía sin dar explicaciones, todos creerían que no solo había sido una falsificadora, sino que también había tenido algo que ver con la súbita muerte de su patrona.

»A Lesley Ferrier lo mataron en lo que se consideró un ajuste de cuentas entre criminales o la venganza de una mujer celosa. Pero el arma encontrada en el pozo se parece mucho a la utilizada en su asesinato. Las heridas son prácticamente idénticas. Sabía que el cuerpo de Olga debía de estar oculto en algún paraje cercano, pero no tenía pistas del lugar hasta que un día escuché a Miranda preguntarle a Michael dónde estaba el pozo de los deseos. Insistió mucho en que Michael la llevara hasta allí, pero él se negó.

»Poco después, en una conversación mantenida con Mrs. Goodbody, mencioné mi interés por encontrar a Olga, y Mrs. Goodbody me respondió con aquel estribillo de que "El gato está en el pozo". Entonces supe que habían ocultado el cadáver en el pozo. Descubrí que estaba en el bosque que había en el jardín de la cantera, en una ladera cercana a la casa de Michael, y me dije que Miranda habría presenciado el asesinato o el traslado del cadáver.

»Mrs. Drake y Michael temían que alguien los hubiera visto, aunque no sabían quién podía ser y, como después nadie habló del asunto, se relajaron. Hicieron planes. No tenían prisa, pero los pusieron en marcha. Rowena habló de comprar unas tierras en el extranjero, insinuó la posibilidad de marcharse de Woodleigh Common, un lugar lleno de recuerdos muy tristes, sin olvidar el profundo dolor que le provocó la muerte de su marido. Todo iba a las mil maravillas cuando se produjo la inesperada sorpresa del anuncio de Joyce durante la fiesta de Halloween. En ese momento Rowena supo que verdaderamente alguien había sido testigo del crimen, o por lo menos creyó saber quién estuvo en el bosque aquel día. En consecuencia, actuó sin demora. Sin embargo, los problemas no acabaron allí: Leopold le pidió dinero, había cosas que quería comprarse. No está muy claro lo que sabía o había adivinado, pero era el hermano de Joyce, y la pareja consideró que probablemente sabía mucho más. Por lo tanto, tenía que desaparecer.

—Usted sospechó de Rowena por la pista del agua. ¿Qué le llevó a sospechar de Michael Garfield?

—Encajaba —respondió Poirot—. Además, la última vez que hablé con Garfield, se despejaron todas mis dudas. Me dijo, riéndose: «Apártate de mí, Satanás. Ve a reunirte con tus amigos policías». Entonces lo supe seguro. «Es a la inversa, soy yo quien me alejo de ti, Satanás», me dije. Un Satanás joven y hermoso como solo él puede aparecer ante los mortales.

Había otra mujer en la habitación, pero hasta el momento no había abierto la boca. Ahora se decidió a intervenir.

—Satanás. Sí, ahora comprendo. Siempre fue así.

—Era muy bello —comentó Poirot— y amaba la belleza. La belleza que creaba con el cerebro, la imaginación y las manos. Estaba dispuesto a sacrificar cualquier cosa en aras de la belleza. Creo que, a su manera, amaba a Miranda, pero estaba dispuesto a sacrificarla para salvarse. Planeó su muerte con mucho cuidado, la convirtió en un ritual y llegó a convencerla de su idea. Miranda tenía que avisarlo si pensaba irse de Woodleigh Common. Le dio instrucciones para que se reuniera con él en el restaurante donde se detuvieron a comer. Tenían que encontrar el cadáver en Kilterbury Ring, junto al símbolo del hacha doble, con una copa dorada a su lado. Un sacrificio ritual.

—Un loco —manifestó Judith—. No hay duda de que está loco de atar.

—Señora, su hija está a salvo, pero hay algo que me interesaría saber.

—Creo que se merece todas las explicaciones que quiera, monsieur Poirot.

—Ella es su hija. ¿También era hija de Michael Garfield?

La mujer permaneció en silencio durante un par de minutos, antes de decidirse a responder.

—Sí.

—¿Ella lo sabe?

—No. No tiene ni la menor idea. Encontrarlo aquí fue pura coincidencia. Le conocí cuando era joven. Me enamoré locamente y después me dio miedo.

—¿Miedo?

—Sí. No sé por qué. No fue por nada que él hiciera. Sencillamente me asusté de su naturaleza. Era encantador, pero tras la máscara había un ser frío y despiadado. Incluso me asustó su pasión por la belleza y la creación en su trabajo. No le dije que iba a tener un hijo. Lo abandoné y el bebé nació en otro lugar. Me inventé la historia de un marido piloto muerto en un accidente. Me mudé varias veces y acabé en Woodleigh Common más o menos por casualidad. Buscaba un trabajo de secretaria a tiempo parcial y tenía contactos en Medchester.

»Entonces, un día, Michael Garfield apareció para trabajar en el jardín de la cantera. No me importó y creo que a él tampoco. Lo nuestro se había acabado hacía muchísimos años, aunque más tarde, cuando me di cuenta de la frecuencia de las visitas de Miranda al jardín, comencé a preocuparme.

—Sí —afirmó Poirot—, había un vínculo entre ellos. Una afinidad natural. Advertí el parecido, solo que Michael Garfield, el seguidor de Satanás el hermoso, era malvado, mientras que su hija era inocente y libre de toda maldad.

Se acercó al escritorio para coger un sobre que contenía un delicado retrato a lápiz.

—Su hija —dijo, entregándole el dibujo a Judith.

La madre de Miranda le echó una ojeada. Llevaba la firma de Michael Garfield.

—La dibujó junto al arroyo —añadió el detective—, en el jardín de la cantera. Le hizo el retrato para no olvidarla. Tenía miedo de olvidarla, aunque eso no le hubiera impedido matarla. —Poirot señaló una palabra escrita en la esquina superior izquierda—. ¿Puede leerla?

Judith deletreó la palabra con dificultad.

—Ifigenia.

—Así es —manifestó Poirot—. Ifigenia. Agamenón sacrificó a su hija para conseguir que el viento impulsara sus naves hasta Troya. Michael estaba dispuesto a sacrificar a su hija para conseguir su nuevo jardín del Edén.

—Sabía lo que estaba haciendo —señaló Judith—. Me pregunto si alguna vez sintió remordimientos.

Poirot no respondió. En su mente se estaba formando la imagen de un joven de singular belleza tendido junto a un megalito marcado con el símbolo del hacha doble, con la copa dorada sujeta en la mano, la copa que había cogido para beberse el contenido de un trago cuando unos intrusos habían aparecido para rescatar a la víctima y entregarlo a la justicia.

Michael Garfield había tenido una muerte muy apro-

piada, se dijo el detective, pero no habría ya un jardín flori-
do en una isla griega. A cambio estaría Miranda: viva, joven y hermosa.

Poirot besó la mano de Judith.

—Adiós, señora. Dele recuerdos a su hija.

—Ella recordará siempre lo mucho que le debe.

—Yo preferiría lo contrario. Hay cosas que más vale ol-
vidarlas.

Se volvió hacia Mrs. Oliver.

—Buenas noches, *chère* señora. Lady Macbeth y Narciso. Una combinación muy interesante. Una vez más, le doy
las gracias por acudir a mí en este caso.

—¡Ya está bien! —exclamó Mrs. Oliver con un tono co-
lérico—. ¡Como siempre, me echa la culpa de todo!

Descubre los clásicos de Agatha Christie

¿POR QUÉ NO LE PREGUNTAN A EVANS?
UN PUÑADO DE CENTENO
EL MISTERIOSO SEÑOR BROWN

Su fascinante autobiografía

Y los casos más nuevos de Hércules Poirot
escritos por Sophie Hannah

www.coleccionagathachristie.com